犯罪心理

刚雪印 著

档案

FANZUI XINLI
DANG'AN

[第一季]

凝渊者

贵州出版集团
贵州人民出版社

人物介绍
· · · ·

韩 印
性别：男
年龄：30岁

职业：应用犯罪心理学讲师。

外貌性格：斯文俊朗，亲和沉稳，惯常一抹浅笑挂于嘴角。

擅长：犯罪侧写。

经历：曾在地方警队挂职一年，目前任教于某警官学院。他通过对微表情的解读，识破嫌疑人谎言；通过对行为证据的分析，准确预判案件性质；通过对罪犯的侧写，将犯罪嫌疑人缩小在极小的范围内。他充分运用所研究专业，在挂职期间协助警方破获多起重大案件，在警界渐有知名度，并成为任教学院中的明星讲师。

叶 曦
性别：女
年龄：34岁

职业：刑警队长。

外貌性格：漂亮妩媚，成熟大气，女人韵味浓烈，平日总是一身职业套装。

擅长：刑事侦破，警队管理。

经历：S省警官学院毕业后，即进入J市公安局刑警队，由于性别以及惹眼的外表，怀疑甚至鄙夷的目光以及风言风语始终围绕着她，但一路由小警员晋升至刑警队长，被列为S省公安厅重点培养对象，完全是凭借自身的天赋和努力。她几乎将整个生命都奉献给了刑警队，至今仍孑然一身。

顾菲菲

性别：女
年龄：32岁

职业：法医。

外貌性格：知性冷艳，生性淡泊，言语直白，有"冰美人"之称。

擅长：法医鉴证，物证鉴证。

经历：有海外留学背景，法医学、心理学双博士，曾在国外知名法医实验室深造多年，归国后担任S省公安厅物证鉴定中心主任级法医。她运用最新的DNA检测技术、指纹提取技术、骨骼检测技术、颅骨重合技术等，为数起疑难案件提供了有力证据以及突破口。由于自身条件优越，虽追求者无数，但最终无人能打动她的芳心。

康小北

性别：男
年龄：26岁

职业：刑警队警员。

外貌性格：阳光帅气，身材高大，单纯开朗，行事稍显鲁莽浮躁。

擅长：擒拿格斗，枪法神准。

经历：S省警官学院毕业，刑警队长叶曦的小师弟，J市公安局刑警队工作资历三年，工作积极向上，吃苦耐劳，已成为叶曦的得力助手。感情状况一直空窗，见到美女便怦然心动，但缘分一直未到，内心极度渴望爱情。

目 录
Contents

第一卷
碎案血证

我医治你，所以要伤害你；我爱你，所以要惩罚你！

——泰戈尔

◎引子

1996年，1月18日，J市，大雪。

这是J市入冬以来第一场雪，从前一天傍晚到次日凌晨，雪花漫天飞舞，飘散在大街小巷，城市间被皑皑的白雪包裹着，幽静又肃穆。宽阔的马路如一张铺平的白纸，没有丝毫污垢和褶皱，偶尔经过的汽车和行人的印记，很快被新鲜雪花覆盖，留不下一丝痕迹，真是个"抛尸"的好日子！

清晨4点左右，雪终于停了，空旷的大街上传来一阵"咯吱咯吱"的声响，环卫清扫工沈秀兰推着四轮保洁小车，走在她负责清扫的路段上。

沈秀兰在一个巷口的大垃圾箱旁停下。深深吸了口气，雪后清爽的空气，终于将她残留的困意彻底驱散，她从保洁车上拿起扫帚，抖了两下，开始清扫马路。

此时，巷口刮起一阵旋风，扬了她一身的雪，垃圾箱前面原本堆着的雪也被风吹散了，露出一只深色的旅行包，在四周一片雪白之中，深色旅行包显得尤为扎眼。

"这些人也真是的，多一步都懒得走，非要扔到外面！"

沈秀兰摇摇头嘟囔一句，随手拎起旅行包，正要往垃圾箱里扔的时候，突然转念，想看看包里装的是什么。她赶紧住手，把包放到地上，拉开拉链朝里面扛量。

天刚蒙蒙亮，光线昏暗。沈秀兰隐约看到包里好像是一些血色模糊、外表裹着细冰碴儿的猪肉。她凑近闻了闻，没什么异味，心想，可能是哪个批发猪肉的早上送货时不小心掉落的，或者是哪个大户人家嫌肉肥不愿意吃便扔了。

"唉，真是糟蹋东西。也就是现在生活好了，要是再早几年，家家户户做菜用的油，可都是这肥猪肉炼出来的。"

沈秀兰发了一句感叹，将拉链拉好，重新拎起旅行包，放到保洁车上，她准备将这包肉带回家给"小黄"吃。

"小黄"是沈秀兰在清扫马路时捡到的一只流浪狗。当时，小狗浑身黑不溜秋，脏兮兮地趴在街边，前面两只小爪子正流着血，看起来像受伤了。小狗哼哼唧唧的，用痛苦无助的眼神盯着沈秀兰，善良的她心一下子软了。她把它抱回家，和女儿一起给它洗了个澡，包扎好伤口。洗过澡的小狗，现出它本来的毛色——黄色，于是女儿便给它起了个名字叫小黄。小黄自此成为家庭的一员。沈秀兰的女儿特别喜欢它，每天除了睡觉和上学，几乎和小狗形影不离，像照顾弟弟一样照顾这只可爱的小狗。

一大早刚开工，就捡到一包肉，沈秀兰觉得自己今天的运气真不错，干活的劲头也不免高涨起来，两个多小时便干净利落地完成了路段的除雪工作。她麻利地收拾了一下工具，推着小车往家返。

　　沈秀兰住的地方距离她清扫的路段不远，步行一个来回也就半个多小时，所以她经常在早班结束后，偷偷地溜回家去，给丈夫和女儿做一顿热乎乎的早饭。

　　沈秀兰的房子是她丈夫单位分的，周围住的也都是丈夫单位的同事，彼此很熟络。她一边喜滋滋地和楼道里来往的邻居打着招呼，一边掏出钥匙打开自家的房门。

　　果不其然，女儿起床之后顾不上洗脸，便和小狗在客厅里玩耍起来，丈夫还没起床。

　　"小昕，别玩了，赶紧洗脸刷牙！"沈秀兰换上拖鞋，走到厨房门口将旅行包放下，边往洗手间走边催促女儿。

　　沈秀兰换下工作服挂在洗手间的墙上，听到女儿在客厅里问："妈，你拿回来的那个包里装的什么呀？"

　　"在路上捡了一包肉，带回来给小黄吃的。"

　　"妈，我喂小黄一块好不好？"

　　"行啊，你当心点儿，别把睡衣弄脏了。"

　　"嗯，知道了。"

　　沈秀兰走到洗手盆前，往手上和脸上涂香皂，听到女儿拖鞋"嗒嗒"的声响到了厨房边，接着是窸窸窣窣拉拉链的声音，然后静默了一小会儿，估计女儿正在挑选肉片，但是很快，一声凄厉的尖叫传进她的耳朵里……

　　沈秀兰从没听过女儿如此惨烈的声音，顾不上多想，香皂还糊在脸上便冲出了洗手间，同时被女儿尖叫声惊醒的丈夫也从卧室里飞奔出来。

　　两个大人，此时都惊呆了！女儿瞪着一双眼睛，张着小嘴，呆呆地坐在厨房门口，整个人仿佛被冻住了。她伸在半空中的小手里，紧紧攥着一根血淋淋的"手指"！

　　男人惊呼……

　　女人惨叫……

　　小黄狗"汪汪"地狂吠……

　　小女孩一双惊愕的眼睛死死盯在血手指上……

◎ 第一章　重案再现

2012年，北方某警官学院，犯罪心理学教研室。

韩印坐在安静的办公室里，左手轻托脸颊靠在椅子扶手上，右手在桌上摆弄鼠标，躲在黑色复古镜框后面的那双沉静的眼睛，正专注地盯着电脑屏幕。他在为下午的一堂大课做着准备。

从地方警队挂职回到学院已有段时间了，告别一线刑警的紧张和忙碌，生活重新规律起来，韩印不免觉得有些枯燥和平淡，身上也多了不少赘肉。

为时一年的基层锻炼，韩印收获很大，不但搜集到一些比较典型且具有研究价值的案例，而且还亲身参与了多起重大案件的侦办工作。在短短一个月时间里，成功破获了一起涉及数名被害人的连环杀人案，让他在警界一战成名，以至于在他回学院授课时，课堂上总是挤满各种专业慕名而来的学生。学院当然乐于支持学生的学习欲望，也乐见具有明星效应的老师出现，便把他的课全部安排到大阶梯教室，所以他的每堂课基本上都是大课。

与职业上的成就相比，他更希望自己能在专业上有所突破。"应用犯罪心理学"在国内起步较晚，实践机会缺乏，时至今日仍以借鉴西方理论为主。虽说人类的行为存在很多共性，但人的心理活动不可能一模一样，尤其在不同的社会体系、社会发展阶段以及社会环境中。所以韩印还是希望能多出去参与实践，只是这种机会并不会经常出现。

韩印下午的课，要讲行为证据分析中两个基本的知识点——"犯罪惯技"与"犯罪标记"。它们在现实办案中，对串并案件和预判心理畸变犯罪，起着很重要的作用，同时又极易混淆。所以韩印把它们放到一起来讲，希望通过"实际案例"的对比，让学生有比较直观的认识和清晰的理解。

这是韩印擅长的。他不喜欢照本宣科，板书也写得极简单，通常只有一个标题而已。他更愿意将知识点融入现实案例中，与学生一起分享和探讨。正如他喜欢的郭德纲的相声，没有任何表演痕迹，看似和观众唠嗑，观众的笑发自内心，而那些刻板传统、与剧本丝毫不差的表演，观众则很难由心底发出笑声。演员在台上卖力忙活了一通，观众却始终体会不到笑点，最后只是被演员满头大汗的敬业精神所感动，才象征性地拍几下手。韩印觉得那是做演员的悲哀，同样作为一名老师，如果只是日复一日、年复一年，教条化、程式化地混职称，那也给不了他足够的动力。他有很优越的家庭背景，父亲是一名实业商人，以韩印的条件，他可以有很多选择，之所以选择做一名老师，完全是出于对这门专业的热爱。

此时，韩印正在他个人的案例素材库中搜寻可引用的案例，桌上的电话突然响了起来。是院长的电话，口气很急，让他速到院长办，说有省厅领导点名要见他。韩印不敢怠慢，简单收拾下桌子，便起身前往……

几小时后，一架满载乘客的"波音737"，平稳降落在江南某座城市的机场跑道上。舱门打开，韩印随着人流缓缓走出。

这里是S省，J市。正值3月初，乍暖还寒时候，午后和煦的阳光，轻柔地泼洒在韩印身上，暖融融的，非常舒服。

走出机场安检口，韩印在大厅中驻足张望，很快，他的视线被前方不远处的一位漂亮女士所吸引。

那位女士，看起来与韩印年龄相仿，30岁左右，不过当下女人善于保养，年龄实在不太好猜。她梳着齐耳短发，刘海儿盖过前额到眉间，脸庞纤瘦，眼眸明亮锐利，皮肤白皙透红，妆容淡雅，恰到好处。身着一身灰色小西服套装，脚穿黑色细跟高跟鞋。整个人端庄干练，又透着一股浓浓的女人韵味，貌似某些大公司的高级白领。她双臂交叉抱于胸前，身子笔直，双腿叉开幅度很宽，目光凌厉地扫视着每一个从安检口出来的旅客，但视线只在韩印脸上停驻了几秒钟，便挪开了。

这是一个非常强势和下意识维护领地的站姿，几乎就是"警察"特有的姿势。

韩印抿嘴笑笑，径直走到漂亮女士身前，伸出手礼貌地问道："您好，您是市公安局的吧？"

女士愣了一下，抬手接过韩印的手轻轻握了握，迟疑地说："您，您是韩印老师？"见韩印点头承认，她随即露出一丝盈盈浅笑，落落大方地说，"我叫叶曦，是市刑警队负责人，久仰大名，没想到您会是一位年轻儒雅的帅哥。"

"哪里，哪里。"韩印谦虚着回赞一句，"我也从未见过像您这么漂亮的女刑警队长。"

叶曦收回手，扭头冲自己身后望望，转回头一脸疑惑地问："你是怎么认出我是警察的？"

"呵呵，我蒙的。"韩印不想太露锋芒，轻描淡写地敷衍了一句。

"蒙的？真的假的……"

叶曦半信半疑，再欲追问，身后传来一阵重重的喘息声。很快，一个身材高大、相貌阳光的小伙子，手里拎着写有韩印名字的接机牌跑到她身旁。小伙子擦着额头上的汗，喘着气说："叶队，来了吗？"

"停个车怎么那么久？人家韩老师都自己找上门了。"叶曦白了小伙子一眼嗔怪道，然后换上一副笑脸，缓和了语气为彼此介绍，"这是韩印老师，这是队里的警员康小北。"

"车位不好找啊！咱人民警察也不能使用特权不是？再说今儿飞机怎么这么准时？"小伙子一脸诌笑，大大咧咧地说。说罢急忙转向韩印，殷勤地"抢下"他手上的旅行手袋："不好意思，让您久等了，一路辛苦，我帮您提行李吧？"

盛情难却，韩印只好笑笑放手。

寒暄几句，三人走向大厅外。韩印走在前面，康小北和叶曦在背后小声嘀咕着：

"叶队，他是怎么找上你的？"

"说是蒙的。"

“哦，我看也差不多，准是看您漂亮，上来套磁蒙中的。”

“你以为都跟你似的，看见漂亮女孩就想调戏，人家是专业的。别那么多废话，老老实实跟人家学两手吧。”

步出机场大厅，康小北快步跑到一辆挂着警方牌照的灰色轿车旁边，打开车门。韩印和叶曦谦让着先后上了车，康小北也随即上车发动了引擎。

车子开出后不久，坐在后座的叶曦冲身旁的韩印歉意地说：“不好意思韩老师，这次邀请你过来协助我们办案，按理应事先和你沟通一下。可我没有你的联系方式，只好求助省厅的一个朋友帮忙引见，没想到他直接把你派过来了，你不会觉得我们官僚主义吧？”

“不会，不会。”韩印连连摇头，语气诚恳地说，“我应该感谢你们才对，这种实践机会对我来说非常难得。”

“好，那咱就不客套了，我先简单说说案子情况！”提到案子，叶曦面色严肃起来，“年初，本市发生了一起杀人碎尸案，诡异的是，该案与早年间一起碎尸悬案非常相似。碎尸程度、抛尸地点，都极为接近，我们初步判断两起案件出自同一凶手。市局为此成立了专案组，之后我们对两名被害人以及她们的社会关系做了广泛调查，但没发现她们之间有任何联系。案子查到现在，可以说任何有价值的线索也未找到，对下一步的调查方向和重点，我们也是毫无头绪，所有想请你来帮我们做一份犯罪侧写报告，也希望你能帮我们制定出有效的侦破策略。”

“没问题，我一定会尽力的。”韩印听着叶曦的介绍，用力点点头说。

大约半小时后，车子在一家叫作香园招待所的门前停下，招待所不远处的一栋矮楼门口，挂着J市公安局古楼分局的牌子。

怎么会到分局来了？一般这种大案，专案组都设在市局才对啊？

韩印微微蹙眉正有些纳闷，只听叶曦一边打开车门下车，一边解释道：“两起碎尸案都发生在古楼区，而且早年的案子市局在侦办多年无果后，将案子转回古楼分局积案组，案子资料也全部存放在此。为了方便，也为了尽可能减少外界的干扰，所以市局把专案组设在这里，我们也就就近给你安排了住宿，条件有限，还请你多谅解。"

"没关系。"韩印应了一声，心下不禁对叶曦的敏锐大为赞赏。他刚刚只是在心里暗自嘀咕，表露出来也只是个微小的表情，但仍被细心的叶曦捕捉到了，看来这女子年纪轻轻坐上刑警队一把手的位置，绝对有其过人之处。

韩印下车，跟着叶曦走进招待所。

说是招待所，其实条件还不错，差不多有二星级酒店的水平。大厅很宽敞也很整洁，旋转门右侧还有一个小水吧。几个客人正悠闲地坐在落地玻璃窗边喝着茶，看起来很是惬意。

房间事先都安排好了，所以两人加上提行李的康小北，直接坐上电梯来到为韩印预订的房间"508"室。打开门，房间里竟还坐着两个人，看来已等候多时了。

"这是专程来协助我们办案的韩印老师，这位是我们市局主管刑侦的副局长胡智国，这位是专案组副组长付长林。"叶曦为彼此做了介绍，又指着韩印身边的康小北说，"小北这次是你办案的全程陪同，我们安排他住在你对面。一来，可以保护你的安全；二来，他是本地人，对市区地理人文比较熟悉，你查案和用车也方便些。"

"谢谢！谢谢！"韩印对叶曦的周到安排连声道谢，但又觉得有些拖累康小北，便客气地说道，"这样会不会太麻烦康警官了？"

"没事，我正'单着'呢，下了班回家也是啃老，在这儿管吃管住的，还可以跟您学两招儿，多好啊！"康小北抢着说道。

"别管他，他巴不得呢。这招待所不大，但美女还不少，没看他刚刚上来的时候，看人家前台小姑娘眼睛都绿了。"叶曦笑着揶揄康小北。

"这不对啊叶队，您怎么把我说得跟色狼似的，那可是有为单身男青年的正常反应。"康小北继续贫嘴。

"哎哎，差不多得了，整天就知道贫。"胡局长实在有些看不过眼，忙叫停两人，不好意思地对韩印说："你看我手下的这些兵，没大没小的，让你见笑了，都是让我惯的。"

"对啊，你别见笑，我们这儿从局长开始就很亲民，我们也不敢摆架了，工作氛围特别好。"叶曦适时地补上一句，"对吧，付队？"

"嗯嗯，是，是。"

付长林干笑两声附和，显得心不甘情不愿。韩印看在眼里，心里不禁闪过一丝阴霾。

几个人寒暄客套几句，胡局长提出到饭厅吃个饭，算是为韩印接风。午饭时间已经过了，晚饭还早着，韩印本想推辞，但想着到人家地界了，还是客随主便的好，要不然显得太各色，便点头应允了。

众人一路谦让着来到餐厅包间。坐定不久，菜陆续端上，美味丰富，色香俱全，很快堆满了旋转餐桌。

胡局长举起杯子道："来，以茶代酒，预祝咱们合作成功……"

吃过饭，与众人道别，韩印回到房间。不大一会儿，叶曦又单独到访，带来案件卷宗交给韩印过目。由于相关案件排查记录实在太多，叶曦不可能一下子都搬来，所以暂时只带来涉及案情描述的部分卷宗，其他的如果韩印有需要，可以随时到专案组和积案组调阅。

叶曦将卷宗递给韩印，顺便交代第二天的计划安排："明天早晨我来接你参加组里早间例会，会上会针对法医和物证痕迹检验方面做一个汇总分析，我们一起听听结果，顺便你也和组里其他同事认识一下，然后再带你去几个抛尸地点实地感受感受。你看，这样安排行吗？"

"不用麻烦你过来一趟，我和小北直接去组里就行。"韩印接过卷宗放到桌上，转头提出疑问，"法证结果怎么才出来？"

"你也知道碎尸案件的尸检工作向来繁重，而且我们想对早年间那起悬案的标本重新进行检验，困难很大，技术上要求很高。省厅特别派来一位曾经在美国康涅狄格州法医实验室深造过的专家前来主持工作，所以耽搁了一些时间。"叶曦抬腕看看表，起身冲韩印微笑一下，贴心地说，"今天先这样吧，有什么要求你可以随时提，我就不打扰了。你看完卷宗好好睡一觉，从明天开始我们就要并肩作战，也会麻烦你跟我们辛苦一阵子啦。"

"你别客气，这是我的荣幸。"韩印送叶曦出门，脸上挂着他招牌般的微笑，一直目送叶曦的身影走进电梯。

转身回屋，韩印表情有些复杂，他活动活动脸颊，好像在卸掉一张面具。

许多人都喜欢韩印温文尔雅的浅笑，殊不知那只是他掩饰真实情感的工具罢了。很小的时候，母亲嫌弃父亲事业无成，遂抛弃父子俩远赴国外。从那时起，他便成为同学和周遭邻居孩子嘲笑的对象，幼小懂事的他怕父亲知道伤心，只好躲起来一个人偷偷地掉眼泪。终于有一次被父亲发现了，父子俩抱头痛痛快快地大哭了一场。之后，父亲特别严肃地对小韩印说："从此以后，咱们谁也不许为不值得的人掉一滴眼泪，没有人会因为你哭得伤心而怜悯你，反而会变本加厉地看轻你。你要笑，受伤得越重越要笑，要笑得他们自觉无趣，要笑到他们自惭形秽。"那时，小韩印还无法完全听懂父亲的话，但是在脑袋里牢牢记住了。

开心时笑，悲伤也笑；得意时笑，失意也笑；讨厌一个人笑，喜欢一个人不知所措的时候也笑……

说实话，对于女人，尤其是漂亮女人，年纪轻轻坐上警界高位总会让人有些遐想。也许是社会上靠女色上位的事件层出不穷，所以韩印对叶曦的第一反应不免也落入俗套，他联想到某些潜规则。但当他握住叶曦的手，那掌心中的硬茧让他相信，这是一只经常握枪并勤于磨炼的手。而再接触下来，叶曦表现出作为刑警的敏锐，而且办案经验老到，思路异常清晰。她的几点安排都很对路，从韩印的角度说，初始接触案件，为避免先入为主，他是不希望看到所谓的嫌疑人名单的；实地勘查抛尸地点，更有助于他对凶手意图的解读；而关于串并案件、行为证据分析，必须结合法医意见。当然这其中，他也感受到叶曦在处理上下级关系中的豁达和圆滑，可以说游刃有余。总之，虽然只有短短几小时的接触，叶曦的落落大方、自然坦率，让韩印觉得和她交流起来非常舒服，他心里开始荡漾着一种说不清的东西，好像有只手在轻推他尘封许久的心门，正唤醒他很多年未在女人身上找到的感觉……

洗把脸，脱掉外套，躺到床上，韩印打开卷宗。

早年的案子要追溯到1996年1月18日。一场铺天盖地的大雪之后，女环卫工人晨扫大街时，在垃圾箱旁捡到一旅行包的肉。女环卫工天性善良，本能地认为那是一包猪肉，便带回去给家里的小狗吃，结果在包里发现了人的手指，于是拨打报警电话。

接到报警电话，警方立即出警，确认了旅行包里的肉片来自人体，清点包内，有数百块肉片和三根手指。

随后一直到中午，J市又有多处发现碎尸残骸。经法医对骨骼、毛发特征，以及肌肉组织的鉴定，认为当日所发现的碎尸残骸来自同一女性。遇害时间以及死亡原因，由于尸体毁坏严重，无法得出准确结论。毒理检测显示，无中毒迹象，促性腺检测显示，无怀孕迹象。

尸体碎块达数百块之多，被弃于本市的四个地点，切割相对整齐。除子宫生殖器部位，其余内脏无缺失；骨骼四肢部分，缺少骨盆以及一根手指。头颅以及内脏和皮肉均有高温烫过迹象。凶手抛尸时，将死者衣物和内脏叠放整齐……

所有证物中，除在一只装尸块的旅行包内发现火药残留物外，未发现指纹、毛发、血液、精液等与凶手有关的信息。

确认性别后，警方首先在失踪报案中寻找尸源，无果后遂在J市日报上刊登启事。当日下午，一干自称是本市古都大学的师生前来认尸。

经辨认确认，死者为古都大学中文系一年级学生，名叫尹爱君。

尹爱君，20岁，本省Q市人。1996年1月9日傍晚，因同宿舍学生违规使用电热炉，她身为舍长受到牵连遭到处罚，在铺好床铺负气外出后失踪。尹爱君最后出现地点为古都大学北门所在路段——河口路与青鸟路的交叉路口；失踪当日身穿红色棉外套、蓝色牛仔裤……

此案被S省公安厅列为一号重案，有关方面要求限期破案，J市警方集精英警员成立名为"1·18"碎尸案的专案组，全市所有警力均参与此案侦办。

围绕第一抛尸现场，警方先是圈定周围三公里处，后扩大到五公里处，作为碎尸现场的排查范围。持续排查过数百所民居以及几千名嫌疑人，单在古都

犯罪心理档案

大学校内的排查就长达三个月之久，但种种努力并未为此案带来光明。

一年之后，专案组宣布解散；三年后，案子转到古楼区分局积案组。至此，围绕该案的调查实质上已经结束，虽说多年来偶有零星线索出现，但多经不起推敲，此案便一直未重新开启过。

时光荏苒，岁月交替，新人换旧人，当年"1·18"碎尸案的专案组成员，也经历着各自不同的人生轨迹。他们有的退休了，有的不做警察了，有的高升了，有的仍做着默默无闻的小刑警，但他们从未忘记那个雪白血红的清晨，那个穿着红色外套的女大学生，"1·18"碎尸案已经在他们的人生中烙下难以磨灭的印记。当然，从事刑侦工作多年、经验丰富的他们，心里也很清楚，通常的黄金破案时间其实只有短短的72小时。这么多年过去了，恐怕"1·18"碎尸案的真相将永远沉入海底的泥沙之中，凶手也会永远地消失。

然而，时隔16年，在被玛雅人预言为"世界末年"的2012年，J市又发生了一起碎尸血案。

诡异的是，该起案件被害人同样被分尸，尸体碎块也达数百块，刀工精细，抛尸地点与"1·18"碎尸案丝毫不差，甚至第一个目击碎尸残骸报案的是同一个环卫工人。

死者，王莉，女，32岁，本市人，公司会计。于2012年1月1日凌晨1点左右失踪，失踪当日身穿红色羊绒大衣。1月4日早晨5点左右，尸体碎块被环卫清扫工发现。

此案一出，市局火速成立专案组，命名为"1·4"碎尸案，同时重启"1·18"碎尸案，并案调查，组长为叶曦，由于古楼分局积案组组长付长林强烈要求加入，故任命其为专案组副组长……

韩印从一堆血淋淋的现场照片中，拣出两张被害人的生前照。

王莉很漂亮，可以用妩媚动人来形容，标准的瓜子脸，卷曲的长发如瀑布般飘散在肩头，一双媚眼，风情万种。

　　而尹爱君则是个梳着短发、模样清秀的女孩，她站在古都大学的牌子下面，冲着镜头腼腆微笑。这可能是她入学第一天的留念照，对未来生活充满了憧憬。但是就在留影的三个多月后，花季少女便化作一缕尘烟，永远离开了这个刚刚开启美好未来的世界，留给世人一个至今也无法解开的悬念。

　　"爱君，我能让你瞑目吗？"韩印忍不住一阵难过。

◎第二章　抛尸现场

落日黄昏。

灰色大街，一眼望不到尽头，矗立街边的路牌上写着路的名称"青鸟路"，白底黑字，庄严肃穆，仿佛指引着地狱的方向。女孩孤独的身影，漫步在静谧街头，痴迷在自己的心事里，夕阳余晖如追光灯般追逐着她的背影，身上的红色外套在金黄色光束的映照下，艳如鲜血。

也许感受到韩印的关注，她俏皮地站上路基，伸出双臂如行走在平衡木上。她不时回头冲韩印招手，韩印看不清她的样子，只觉得那会是一张赛过群芳的面容。

一阵猛风吹过，女孩失去了平衡，身子突然歪向街道内侧，一辆高速疾驶的卡车正好驶来，迎面撞上。女孩的身体瞬间粉碎，在天空中画出了一道道完美的抛物线，七零八落地落到街道上。女孩的头颅最后落下，翻滚着到了韩印的脚边，那头颅赤红赤红地仰面朝上——啊！是叶曦！

梦！是个梦！还好只是个梦！

韩印醒过来，心有余悸。从床头桌上摸起眼镜戴上，墙上的钟显示在8点整。窗外已是夜色漫漫，看不见星光，也没有月亮，黑夜如一块幕布挂在韩印窗前。

陡然又看见身边那一堆血淋淋、触目惊心的照片，一种莫名的压抑堵住韩印的胸口，他想，还是出去透透气吧。

穿上外套，带上房门，坐着电梯下到大堂。

大堂里没有客人，康小北和前台两个女接待正在聊天。康小北神采飞扬地比画着，女接待笑得花枝乱颤。

韩印不想打扰他们，放轻脚步，钻进旋转门走出门去。

果真是乍暖还寒，忽冷忽热。下午还阳光普照，这会儿便冷风徐徐，地上也湿透了，看来刚刚下过一阵子雨。

远处又传来断断续续的雷声，不知是雨在渐退，还是要卷土重来。韩印感觉到一丝阴冷，缩了缩脖子，想着是回去加件衣服，还是干脆回去睡觉得了。正犹豫着，康小北追了出来。

"韩老师您去哪儿？我送您吧？"

"哪儿也不去，随便转转，你忙你的，不用管我。"

"不忙，不忙，我也是没事瞎聊。"

"那两个女孩挺漂亮。"

"嘻嘻。"康小北不好意思地摸了摸脖子，"要不我带您欣赏一下我们这儿的夜景吧？"

韩印想了想："那好吧。"

"您等一下，我取车去。"

未等韩印回话，康小北已经向招待所停车位走去，韩印刚要阻止，想想，又算了。穿得太少，有车能暖和些。

康小北将车停到韩印身边，韩印坐进车里，突然改了主意。

"小北，案子的情况你熟悉吗？"

"熟悉啊，从一开始我就跟随叶队进入了，所有的卷宗我都看过很多遍。怎么了，韩老师？"

"那你带我到抛尸现场转转吧。"

"行，韩老师您可真敬业，我得好好跟您学学。"

"呵呵。哎，对了，以后别跟我这么客气。我比你大，你喊我韩哥或者印哥都行，别韩老师、韩老师的，听着像文艺圈的称呼。"

"呵呵，那好，我叫你印哥吧。"

康小北踩下油门，汽车疾驶出去。

康小北载着韩印拐出招待所向南行驶，不长时间便在一个岔路口右拐。车窗外出现一排爬满藤蔓的围墙，视线稍微往上，借着高射灯的光亮，便能看到一栋塔楼式的古旧建筑。有五六层楼的高度，灰色墙面同样被浓郁的藤蔓包围着，一抹岁月的沧桑和历史的厚重，浑然天成，积淀于此。

"这就是古都大学了。"康小北指着车窗右手边介绍道，说完又指着左边车窗外几栋棕色瓦顶的小洋楼，"那边是学生宿舍区。"

"尹爱君当年就住在那儿吗？"韩印问。

"对，住在四号宿舍楼。"

应着康小北的回声，车子从古都大学北门门口驶过，很快拐上一条宽阔的直路。

"这是古都大学学生最后看到尹爱君身影的路段，青鸟路。"

原来这里就是出现在自己梦里的路，但并不似梦里那般寂寥僻静，当然也不会出现叶曦的头颅。韩印下意识地松了口气，随即又拧起眉毛。"在那个傍晚，在这条路上，花季少女究竟遇到了什么人、什么事呢？"

汽车在韩印的沉思中，七拐八拐终于停了下来。

"到了，环卫工人两次发现尸体碎块的地方就在那儿。"康小北下车，指着路边一个灰色箱体、带黑色盖子的垃圾箱说，"最早是那种绿色的铁皮箱，后来换成这种环保的，尸体碎块被抛弃在垃圾箱前面显眼的地方。1996年装裹尸块的是一只灰色旅行包，里面主要是肉片，还有三根手指。年初的案子，凶手抛尸用的都是黑色大垃圾袋，抛在这儿的也是肉片和三根手指。"

韩印站在车边，朝四周打量。

案件卷宗显示，这条路叫华北路，属城中闹市。但实地勘查，韩印发现这里比他想象的繁华得多。

街道两边高楼林立，商铺密集，经营各种特色小吃的商贩几乎将街边空闲的位置占满。差不多晚上9点了，人流和车流仍然很密，头顶上高楼和商铺的霓虹灯，将黑压压的夜空照得宛如白昼。垃圾箱对面是一家肯德基，肯德基左右两边分别是咖啡店和烤肉店；垃圾箱背面紧挨着两家拉面馆，旁边也都是一些小饭店，隔着窗户，看得到小店里宾客满座，生意很不错。

"从环境上看，此处聚集的多为人气较旺、关门较晚的饭店，甚至肯德基还是24小时营业的，这种地方恐怕整夜都不会间断人流，对抛尸来说实属高风险区域。16年前那个风雪之夜，凶手在此处抛尸尚可理解。那么现在，凶手为什么要冒着如此高的风险将尸块抛掷于此呢？是在纪念自己16年前的完美作案吗？"

韩印在垃圾箱旁来回踱着步子。突然，他感觉到一种关注，准确点儿说是一种逼视，好像有一双眼睛隐藏在某个地方，正紧紧地盯在他身上，眼神凄怨哀婉，诡谲异常。他下意识地走开一点儿，离开原来站的位置，但那双眼睛的感觉还在。很压抑，汗毛战栗。他转着身子向四周张望，带着一丝慌乱冲到马路中央，急切地向来往人群的脸上搜寻，但人群中并未出现那双眼睛。

怎么回事？太邪门了！是幻觉吗？还是直觉？那会是谁的眼睛？为什么要盯在我身上？难道……难道，是你吗，尹爱君？

"怎么？发现什么了？"见韩印红着眼睛往人群中张望，康小北紧张地跑过来。

韩印看着康小北愣了一会儿，回过神来，不知道该怎样解释，只好掩饰着说："没什么，好像看到一个熟人，算了，可能是看错了。"

"那我们到下一个抛尸地点去看看？"康小北试探着问。

"好。"韩印迟疑着走到车边，拉开车门，眼睛还在不住地冲人群张望。

车子启动，穿过一个岔路口，向北行驶，垃圾箱被远远甩在身后，渐渐地在韩印不住回望的视线中变得模糊，那双眼睛的感觉好像也随之消失了。它到底存在过吗？韩印也说不清楚。

第二个抛尸地点在一家大型百货商场的正门口。

商场对着一条大街，大街比华北路更为宽阔，周围多是商业性质的大厦，车流来往更繁忙，显然这是一条城市主干道。

案件卷宗显示：1996年这里还是一片建筑工地，凶手将一只蓝色双肩背包抛掷于此，包里装着死者的各种碎骨。而年初的"1·4"碎尸案，凶手抛在这儿的垃圾袋里装的也是死者的骨头。

犯罪心理档案

"这里距离华北路有多远？"韩印望着来时的方向问。

康小北指着街道回答："这条路叫广城路，距华北路应该不到一公里，有七八百米的距离吧。"

韩印点点头，对着大街凝神片刻，又左右看了看，说："走吧，去下一个地点。"

车子再次启动，继续向北，这次用的时间要稍微长一点儿。

第三个抛尸地，是在一个陈旧的住宅小区旁边，确切地点是小区和马路之间人行道上的一棵大梧桐树下。住宅小区靠近十字路口，街边路牌指示，这里是左水路。从安全角度说，这个地点也不是抛尸的好选择，十字路口，视野开阔，容易被目击，不过，风雪之夜则另当别论。

"1996年的'1·18'碎尸案，凶手将死者的一些衣物和大部分内脏抛掷在这儿，衣服叠得很整齐，内脏也规整地放在一只塑料袋中，这些东西都是用死者的红色外套包裹的。而'1·4'碎尸案中，凶手好像刻意要与自己先前作过的案子保持一致，黑色大垃圾袋里面装的也是死者的衣物和内脏，衣物同样也叠放得很整齐，内脏规整地放在一只小的黑色垃圾袋里。"

康小北确实对案子非常熟悉，两起案子的细节描述与卷宗丝毫不差，看来小伙子不仅机灵，也很敬业，叶曦安排他协助韩印绝对是煞费苦心。

他刚刚说，凶手在两次作案中，不仅在抛尸地点而且在内容上也竭力保持一致，这一点韩印一开始就注意到了。那么，将这种刻意所为与高风险抛尸地的选择放在一起来看，整个抛尸的意义绝对不仅仅在于躲避追查，可能更多的是意味着某种快感。

"这里距前一个地点有多远？"韩印沉默半晌问道。

"至少有两公里。"康小北答道。

韩印点点头，朝车子走去。康小北明白这个地点勘查结束，乖巧地跑步上车，发动起车子。

车子由左水路继续向北，一路开到江边。

此江为古江，贯穿城市东西，将城市分为南北两大区域。江南为主要城区，相对发达繁荣；江北为乡镇，山峦众多，旅游景区丰富。两起碎尸案的第四个抛尸地，便是位于江北的一个叫作虎王山的风景区内。

汽车开始沿着江边向东行驶，韩印放下车窗，半转头注视着江面。漆黑的夜，抹黑了江水，江面暗黑一片，只闻得江水滔滔作响。

一阵冷风拂面，韩印蓦然心思一动："1·18"碎尸案收集的尸体碎块并不完全，缺少骨盆、生殖器等部位，难道会被扔在这里吗？

"这里距离左水路有多远？"韩印皱着双眉望向江面问道。

"三公里左右吧。"

康小北稍微估算了一下说，他有些搞不懂韩印为何要一直纠缠几个抛尸地之间的距离，不过他也明白，韩印既然问了，那一定有他的想法。

说话间，江面渐渐有了些亮光。韩印转回头，已经能看见那座闻名已久的古江大桥。大桥横跨天堑之上，蔚为壮观，更有千盏明灯，交相辉映，宛如一轮明月挂于天际。

汽车拐了个弯，经过桥头武警岗亭，驶上大桥。

大桥承载着连通城区南北的重任，也是城市标志性风景区之一。此时夜已渐深，人行道上仍不乏游览的人流，各种车流也鱼贯穿梭着。韩印好像对混杂在车流中的公交车特别感兴趣，眼睛随着车来车往，若有所思。康小北本想指引一下桥上的风景，见此也只好作罢。

下了桥，视觉上顿觉昏暗，江北的规划果然比江南要稍逊一些，连路灯也暗淡不少，倒是透着异常的宁静，以至于困意渐渐向韩印袭来。

昏沉沉的不知过了多久，韩印感觉一阵颠簸之后，车子停了下来。他睁开眼睛，就着还未熄灭的车灯，见车头前立着一座灰白色大牌坊，中间正门门楣上，繁体字书写着"虎王山风景区"。

夜色深沉，山风格外大，除了风吹枯枝的簌簌响声外，周遭一片死寂。康小北手持警用手电在前方引路，韩印随后跟着。

山间多为羊肠小道，有的铺着青色石砖，有的干脆就是土路，傍晚下过一场大雨，土路有些泥泞。小道两边，树丛繁布，黝黑细密，显得深不可测。偶尔在某个岔路口，能看到些庙宇亭阁，但已是断壁残垣，破烂不堪。

"这里不是风景区吗？怎么会这副模样？"韩印不解地问。

"要说这儿也曾有过一段人气鼎盛的时期，后来因为与周边的旅游景点相比缺乏特色，游客越来越少，再后来一些吸毒分子常在此聚会，影响不好，本地市民便也鲜有人光顾，于是就彻底地败落了。"康小北叹口气接着说，"不过不管是曾经的鼎盛，还是如今的败落，都跟'1·18'碎尸案扯不上关系，风景区是1997年才开发的，原来这里是一片原始山林。"

"这么说，1996年这里要比现在更为荒凉了，那死者的头是怎么被发现的？"韩印问。

"当时山下有所大学，几个学生吃过中饭，结伴来山上欣赏雪景。有个学生偶然在山沟里发现一个布包裹，觉得好奇，就捡上来，打开来看，顿时吓傻了。凶手是用一条蓝格子印花床单包的头。而年初的'1·4'碎尸案，是我们根据前三个抛尸地点推测，主动找到这儿的，要不然非再吓傻一个不可。"康小北说着话，手电照向前面一个小土坡，晃了晃说，"喏，就在那儿了。"

韩印随康小北快步走上土坡，看到所谓的山沟，其实就是土坡和旁边一个地势较高的小山丘形成的一条沟壑，里面枯草丛生，能有半米深。

"看来那场大雪并不是完全帮着凶手的，否则死者的头也不会那么容易被发现。"韩印说。

"凶手就是个变态，他根本不在乎头被发现，如果再往前走些，那里的树林更深更密，要是把头抛在那儿的话，恐怕一年半载都不会有人发现。"康小北恨恨地说。

韩印望了眼远处黑咕隆咚的山林，愣怔了一会儿，没言语。少顷，他突然说道："小北，我怎么听见前面树林里有响动，我们过去看看？"

康小北下意识摸向别在腰间的枪，脸上多少有些惧色地说："没，没有吧，我怎么没听见，是不是你听错了？"

韩印装模作样地竖起耳朵听了听，笑笑说："嗯，确实没有，应该是我听错了。走，下沟底看看去。"

"好，哎，等等，等等！"

韩印刚欲抬脚，却被康小北突然喊住。

"印哥，你看，这有一长串脚印。"康小北将手电凑近地面，果然有一串脚印，顺着往下照，脚印直到沟底。

"雨是几点下的？"韩印蹲下身子盯着脚印问。

"好像下午5点开始的，下了两个多小时。"

"那这脚印应该是新鲜的，看来在我们之前有人来过。"

"对，肯定是，你看这脚印好像不止一个人！"

韩印再仔细观察了下，说："是挺乱的。"

"会是谁呢？就算当年的案子细节有很多都透露出去了，那也鲜有人能够准确找到这儿的。除非是狂热分子，或是咱们警察，再就是碎尸案的凶手了。难道是凶手故地重游？"康小北猜测道。

"有这种可能。"韩印肯定了康小北的猜测，"某些变态杀手在'冷却期'内，确实喜欢回到作案现场重温快感。可是，如果真是这样，那凶手可就不止一个人了。"

这有些出乎韩印的意料……

◎ 第三章　碎案解析

从山上下来，韩印提醒康小北用手电在风景区牌坊附近照照，看能不能再找到些痕迹，果然发现一组汽车轮胎印记。

康小北举着手电打着光，韩印用手机拍下轮胎痕迹，然后抬头看看天，云彩往南走，估计应该不会再下雨了。他嘱咐康小北明天一早通知技术科来铸个模，查查轮胎所属车种。

回程已是午夜时分，康小北还是神采奕奕，韩印也因为刚刚的发现精神倍增，但他一直望着窗外默不作声。车子驶到古江大桥，康小北终于憋不住了，说："印哥，这一晚上看完抛尸地点，你有什么见解，和我说说呗？"

韩印转过头，反问道："由大桥通往虎王山这条高速公路是什么时候修建的？"

"你说的是'宁八高速路'，听老一辈说大概是20世纪60年代初建的，一直到90年代末期，古江以北的城市进入本市都要经过这条路。"

"嗯，这就对了。"韩印若有所思地说道。

"什么对了？印哥，你倒是说说看法啊！"

"呵呵……"韩印笑了两声，"要不你先说说？"

"算了吧，我哪儿敢在您面前班门弄斧啊！"

康小北嘴上谦虚，但韩印看得出他还是有些跃跃欲试，便鼓励道："说说看嘛，咱们一起探讨探讨。"

"那行，那我就说说。"康小北放慢车速，整理了一下思路，"我觉得'1·4'碎尸案中，凶手抛尸的交通工具肯定是汽车。当下的城市夜晚十分繁华，而且抛尸当晚天气晴好，凶手除非开私家车，否则一定会在某个地点被目击。"

韩印点点头，对康小北的分析表示认同，继而问："专案组对车辆的排查一点儿线索也没发现吗？"

"几个抛尸地点都没有监控设备，古江大桥倒是有，但那里一个晚上的车流量巨大，逐一排查起来难度很大。而且今时不同往日，现在由江南到江北已经由原先的一座桥增加到四座，另外还有一条隧道，凶手可选择的过江方式太多了，谁知道他走哪条路啊。所以组里现在只能尽可能排查抛尸当晚有过往返的车辆，目前还没有什么进展。"康小北遗憾地说。

韩印"嗯"了一声，让康小北往下分析，康小北便接着说道："至于早年间的'1·18'碎尸案，我真的说不好。当年专案组认为是骑自行车抛尸，我觉得有道理，但又觉得有难度。从第一抛尸地点到古江大桥差不多有6公里，古江大桥长4.5公里，从大桥到虎王山7公里左右，再加上凶手从杀人现场到第一抛尸地的距离，估计往返一次至少会在40公里以上，而且当晚又下着大雪。就算凶手是一次性抛尸，想要在一个晚上完成，我认为从体力上和时间上都很难做到，要是分多次抛尸，那就更不可能了。而当年摩托车上桥是要通过武警盘查之后才能通行的，我想凶手应该没有那个胆子。再有就是汽车了，可1996年有汽车的人不多，一般有车的要么有权要么有势，一个外地来的刚上学不久的女孩，应该不会有机会认识那样的人。总之，一想起这个，我脑子里就乱，觉得自行车、摩托车、汽车都有可能，又都有漏洞。"

"除了抛尸用的交通工具，其他的你还有什么想法？"韩印又问。

"我觉得凶手肯定是个变态。正常人怎么会把人切碎成几百块，就算是为了抛尸方便，也用不着切得那么碎，而且还有胆子把肉和头都给煮了，还把尸体抛在闹市区。更可气的是，竟然两次都抛在同一条路线，分明是向咱们警察挑战嘛！"

"听你的话，你完全倾向于两起案子是同一个凶手所为？"

"是啊，组里的人都这样认为。"康小北说完，又小声嘟囔一句，"只有叶队持有一定的保留意见。"

犯罪心理档案

原来专案组意见并未真正统一，这可是办案的大忌。康小北的话让韩印心里犯嘀咕，又想起下午与胡局长和副组长付长林见面时，他们一个装腔作势，一个冷面敷衍，韩印突然有些担心，此番被邀请也许不只协助破案这么简单。他不禁在心里暗暗提醒自己，不管发生什么情况，都要尽量置身事外，以免卷入与案子无关的权力斗争中去。

见韩印不知为何突然怔住了，康小北有些着急，干脆把车停到路边，催促道："印哥，你倒是说说你的分析啊！"

"哦，哦。"韩印回过神来，思索一下，谨慎地说，"好吧，有很多细节我还要再研究研究，就先简单说两点吧！

"从'犯罪地理画像'的理论上说，靠近高速公路附近的作案，多为外地人所为。我认为这一点同样适用于'1·18'碎尸案的抛尸心理，也就是说，我倾向于那起案子的凶手是外地人。"

韩印进一步解释："虎王山紧邻宁八高速路，而这条路是当年江北进入本市的路径之一。我认为凶手是古江以北某个城市的人，但长年生活在本市，可能是在此地工作或者求学。他逢年过节往返于家乡和本市时，会经常看到坐落在路边的虎王山，所以当他杀人碎尸后，想要掩盖死者头颅时，下意识便想起那座荒山。而如果是本市人，应该对城市比较熟悉，可能在江南就能想到比较适合的地点，没必要冒着风险经过有武警把守的大桥去虎王山。而且当年虎王山还是座荒山，可能本地人也未必熟悉那儿。"

"对，你说得太对了，我就是风景区建好了之后才知道有那么个地方的。家里人也好像是听说碎尸案后，才知道有那么座山。"康小北插上一句。

"再有是关于'1·18'碎尸案抛尸使用的交通工具问题。"韩印接着说，"第一个可以排除汽车。如果凶手有车，就不必分多处抛尸，他可以一次性将尸体残骸全部扔在虎王山，既省事又隐蔽；而摩托车就如你刚刚所说，半夜三更，又是大雪天，凶手提着包骑摩托车上桥，武警即使不去盘查，也会对他印象深刻，所以他肯定不敢冒这个险；再来说自行车，这个你分析得也有道理，安全时间内，凶手很难完成当晚的整个抛尸计划。"

"啊，都不是，那会是什么？"

024

"你忘了，还有公交车。"

"公交车？怎么可能？"康小北一脸不相信的样子。

"不，不完全是公交车。"韩印耐心地解释道，"山下既然有学校，那应该就通公交车，即使当年没有直达的，也会在附近有站点，剩下的路凶手可以步行，这样一个来回，我想有三小时就足够了。所以我分析，凶手是在当天傍晚，先乘公交车到虎王山抛掉头颅，返回后，于下半夜伺机抛掉其余部分。

"至于下半夜，我认为凶手是骑自行车一次性完成抛尸的，当然他原本可能计划分多次，但那场大雪让他改变了主意。

"首先，路程缩短一半，时间上完全行得通；再者，仔细分析几个抛尸地点之间的距离以及抛尸内容，你会发现，凶手是遵循着距离由短到长、内容由重到轻以及由难于携带到易于携带的原则，这也体现了凶手的交通工具比较原始。"

担心康小北一下子听不明白，韩印又具体解释说："凶手在第一个抛尸地华北路，抛下的是装着肉片、最重的，也是骑车最不好携带的旅行包。接着，他又在距离华北路只有七八百米远的广城路，着急地卸下第二重、目标相对较大的双肩背包，显然也是意在减轻骑车的负担。那么前后卸下两个包后，骑车便轻松多了，所以凶手一口气骑了两公里多，才在左水路抛掉死者的衣物和内脏……"

康小北大概听懂了，也终于明白了为什么一路上韩印总在询问距离的问题，但在交通工具上他还有个疑问，便打断韩印的话问道："为什么不是摩托车？"

"摩托车倒也不能完全否定，但如果是摩托车的话，排查起来相对就容易得多，凶手应该不难找，所以我觉得最有可能的还是自行车。"韩印又继续刚才的话，"还有一点，第二次抛尸的终点并不是左水路，而是江边。我认为凶手将死者的生殖器、骨盆以及不小心火杂进去的一根手指，都扔进了江里，这也是我们一直没找到这些残骸的原因。好了，今天就说这些吧！"

康小北正听得入神，韩印却戛然而止，康小北显然觉得不过瘾，意犹未尽地说："再说点儿，再说点儿吧，那'1·4'碎尸案呢？"

"'1·4'碎尸案，抛尸用的是汽车这点可以确定。重点应该分析的，是凶手与前案刻意保持一致的抛尸动机，这还需要深入研究才能有结论。"韩印打了个哈欠，长出一口气，"走，回去吧，我困了，以后有的是机会。"

经韩印提醒，康小北看看表，发现的确很晚了，连忙发动车子，向招待所的方向驶去。

◎第四章　碎案报告

勘查完抛尸现场回到招待所已是下半夜，韩印又看了会儿卷宗，觉得睡下没多久，便被手机铃声吵醒。电话是叶曦打来的，说她知道韩印和康小北昨夜勘查过抛尸现场了，已经让康小北带着技术科的人前往虎王山取证。

早晨8点，专案组会议室。

早会照例由叶曦主持，由于有法证方面的讨论以及要正式介绍韩印，副局长胡智国也抽空到会。在介绍完韩印以及听取专案组成员对各项排查进展的汇报后，叶曦把余下时间交给法医顾菲菲。

顾菲菲同样也是位美女，年龄应该和叶曦差不多，但与叶曦的成熟大气不同，她给人的是一种拒人于千里之外的冷艳的感觉。高挑的身材，飒爽的超短发，白皙细致的面孔，还有那冰澈的眼眸中透露的不屑世俗的淡漠，让韩印忍不住想起金庸笔下的冷感美女——小龙女。

顾菲菲摆弄几下笔记本电脑，墙上的投影幕布上，显示出"1·4"碎尸案被害人王莉的照片。

"死者王莉，死亡时间距尸体被发现应该不超过48小时，也就是说，大概在1月2日上午。死者口唇红肿，牙龈部位有损伤，显示其曾被强制封口。面部和眼睛有点状出血，内脏有淤血，衣物上检测出小便痕迹，死亡原因为窒息。死者脖颈处无扼痕和勒痕，面部也未出现严重肿胀特征，鼻息部位无损伤，手腕、脚腕处有绑痕，而且我们在用于装死者头颅的垃圾袋中，检测出死者鼻液，综合判断，凶手应该是用黑色垃圾袋套在死者头上将其闷死的。

犯罪心理档案

"尸体碎块总共为872块，肉片分割大小相对均等，切面呈弧形，显示这是一种专用的切肉刀。四肢骨骼分割处，切口纹路竖直向下，底部不够平整，切口处有细小骨头碎渣儿，显示这是一种劈砍类、刀身较厚的刀具。经过试验对比，发现是一种专业的切骨刀。

"我们把所有碎块复原成人形，未发现骨骼，内脏有明显缺失，也未发现可指证凶手的毛发、纤维、唾液、精液……"

顾菲菲的声音和外表一样冰冷，听不出任何感情色彩。随着她的声音，投影幕布上相继出现死者的头颅、肉片、内脏、四肢、衣物等照片。韩印注意到，死者面部的妆很浓，手指甲和脚指甲都涂着鲜红鲜红的指甲油……

随着画面上出现"1·18"碎尸案尹爱君的照片，顾菲菲继续说道：

"1996年'1·18'碎尸案，尸体肉片分割大小不等，从切面上看，工具为一般切菜用刀，肉片头颅等经过沸水处理，实为解冻尸体利于分割，并非被煮过；至于骨骼分割面，横纹粗糙，四周见多处凹痕，凹痕笔直且平行。经过试验对比，这是一种手锯切割造成的痕迹。

"总体比较，'1·4'碎尸案，分尸手法以及分尸工具都相当专业。而'1·18'碎尸案，手法粗糙，工具为家用，很像就地取材。"

"您的意思是说，两起案件并不是同一个凶手？"见顾菲菲合上笔记本电脑，叶曦忙不迭地追问道。

"我是法医，只对法证结果负责，至于是否是同一案犯，那是你们的工作。"顾菲菲并没给身边这个同性女刑警队长多少面子，冷着脸继续说道，"好吧，那我就说明白点儿。如果两起案子都放在当下，我可以负责任地说不是同一凶手，但现实是两起案子间隔16年之久，凶手会成长，有可能由业余变成专业，这就需要一个综合判断，才能断定是不是同一凶手。"

每次开会，顾菲菲咄咄逼人的劲头总是把气氛弄得很尴尬，好在大家慢慢习惯了她的个性，知道她只是说话冲，人品还不错，便不和她计较。

"我说几句吧，我觉得顾法医说得对，各种可能性都还是存在的。"胡局长打着圆场，适时接过话来说，"从目前的案情看，两起案件是同一凶手所为的可能性最大，所以接下来我们仍旧继续最初并案调查的决定，继续深入挖掘两名被害人之间的关系……"

胡智国滔滔不绝地做着指示，叶曦皱着眉头呆呆出神，好像并未听进去他的话。

叶曦的表现没能逃过韩印的眼睛：从开会的情形看，叶曦有自己的保留意见，只是目前没有足够证据支持她去反驳。

事实也正如韩印所见。

胡局长和付长林以及组里的部分老警员，都是当年"1·18"碎尸案专案组成员，多年来他们心里从未放下对该案的惦念，付长林甚至主动要求提前从刑警队长的位置退下来调到分局积案组，就是希望在自己警察生涯结束之前能让案子有个了断。而随着年初"1·4"碎尸案横空出世，他们当然要把握时机，竭力要求重启"1·18"碎尸案，将两起案件并案调查。

而作为新生代刑警的叶曦则有自己的判断，在她心里其实更倾向于模仿作案。首先，当年"1·18"碎尸案在本地轰动一时，其案件细节也被公众所熟知，如果现在有人想刻意使用相同的碎尸手段，以及采取相同的地点抛尸，是完全做得到的。其次，如果是同一凶手两次杀人，他实在没有必要选择在同一地点抛尸。如果非要找出个理由的话，恐怕只能以心理变态来解释。可若是真的心理变态，他能忍到十几年后才第二次作案吗？所以在叶曦看来，当下最应该做的就是集中警力专注在"1·4"碎尸案上。无论从理智的角度，还是从警察的职业道德上讲，都不能拿"1·4"碎尸案被害人做赌注去满足个人的私人情感。

但是叶曦的理由并没能说服付长林和胡智国，而对凶手行为更深入的解读，还需要专业人士来做，无奈之下，她只好顶着得罪老领导、得罪顶头上司的压力，请示局里"一把手"，把省厅优秀的法医团队和犯罪心理方面的专家韩印请来，就是想得到一个更为客观准确的判断。当然，她至今未对韩印表露实情，因为她不想让韩印牵涉到他们的内部纷争中，也不希望韩印有任何思想包袱。

叶曦的请求最终得到了高层的批准，这倒不是因为她受宠，而是领导出于对大局的考虑。功利些说，"1·18"碎尸案虽然影响甚大，虽然每每被提起，J市公安系统的人都会觉得脸红气短，但那毕竟是历史，负面影响已经消化得差不多了。而"1·4"碎尸案属于现在时，如果这件案子因为侦破方向选错，再拖个三年五载，那J市的警察还有脸干吗？

叶曦的想法目前虽然都实现了，但由此也与胡智国和付长林等人产生了深深的隔阂，连带着他们对韩印也是敌意重重，韩印知道自己接下来的工作将会举步维艰……

散会之后，在韩印的要求下，叶曦驱车载他去了"1·4"碎尸案被害人王莉的工作单位。

王莉，离婚多年，现单身独居，1月1日凌晨与公司同事泡吧时失踪。王莉在一家小贸易公司做会计，公司加上老板总共八个人。正好大家都在，叶曦把他们召集到一起，由韩印集中问话。

韩印首先还是询问当晚的情形，可能先前被询问过多遍，几个员工显得很不耐烦，七嘴八舌，牢骚满腹。

"警察同志让说就说说呗，哪儿来那么多牢骚。"老板显得颇识大体，训斥手下几句，然后说，"还是我来说吧。那天公司做成一笔大生意，我挺高兴的，又赶上元旦前夜，于是晚上请大伙儿聚了聚。公司的人包括王莉全去了，在新界口那儿一家新开的火锅店吃的火锅。吃过饭，我又请他们去KTV唱了会儿歌，从KTV出来，这帮人起哄非要去泡吧，于是便又去了对面一间酒吧。1点左右，王莉说胃有点儿难受要先回去，本来我想送她，她偏不让，说别扫了大家的兴。后来过了四十多分钟，我估摸着她回到家了，就给她打手机，但是手机关机了，打家里座机也没人接。一直到第二天上午还没有她的消息，我估计出事了，便报了警。"

老板说完，韩印盯着众人打量片刻，突然道："据你们所知，王莉有没有男朋友或者情人？"

听到这种八卦提问，几个员工顿时精神起来，但是互相对看之后，又都谨慎起来，有的说不知道，有的说不清楚，只有老板比较实在，说没有。

韩印意味深长地笑笑，对几个员工表示感谢，让他们先散了，只把老板留下，说还有问题要请教。待众人走远，韩印抿嘴笑道："你就是王莉的情人吧？"

老板紧张地朝员工方向望了望，压低声音说："警察同志，我是有老婆孩子的人，这可不能乱说啊！"

韩印哼了一声，说："王莉确实没有别的男人，这点你很清楚，因为你就是她的情人，所以才肯定地回答了我的问题。"老板还欲反驳，韩印抬手示意他不必多说，"你放心，我们对这个不感兴趣，只是想问你几个王莉的私密问题。"

"那好吧，您说说看？"老板等于默认了和王莉的关系。

"王莉失踪当日穿的是一件红色羊绒大衣，那件大衣她穿了多久？"韩印问。

"就是当天才开始穿的，说是到新年了，图个喜庆。"老板说。

"她失踪前，有没有和你说过有人跟踪她或者骚扰她什么的？"

"没有，通常没有特殊情况，她上下班我都会接送。"

"王莉喜欢化浓妆吗？"

"还好吧，偶尔会化。"

"她手上和脚上涂指甲油吗？"

"脚上肯定不涂，手指甲有时涂。"

"她失踪当日涂的是什么颜色？"

"粉色，我记得很清楚，前一天傍晚我陪她去美的甲。"

…………

对于抛尸案的调查，一般要涉及五个地点：1.被害人最后被目击的地方。2.初始接触地。3.初始攻击地。4.杀人地点。5.尸体发现地。从理论上说，获知的地点情况越多越详细，破案的概率越高。"1·4"碎尸案，目前抛尸地是已知的，韩印已经做过实地勘查，那么接下来，要研究另一个已知地点，王莉最后出现的地方，一家叫作曼哈顿的酒吧。

"你真行，一句话便套出老板和王莉的关系。"一上车，叶曦就忍不住夸赞韩印。

"小聪明而已。"韩印淡淡地说。

"对了,我怎么觉得,你来好像专程就是要问王莉化妆的事?"叶曦问。

"你说得对。这家公司的老板和员工你们先前已经调查过,我也没什么可问的。但早会上我看到头颅和四肢的照片,觉得王莉脸上的浓妆和指甲油有些问题,虽然那些对女人来说很正常,但我就是觉得那种浓妆和红色的指甲油看上去与王莉的气质不太搭,所以想找个与她关系私密的人问问,没想到那老板自己沉不住气冒出来了。"韩印加重了语气,"当然,现在已经可以确认,凶手在碎尸前给死者化过妆。还有那件红色大衣,也许是凶手选中王莉的原因之一,而且她应该是碰巧被凶手选上的。"

"当年尹爱君遇害的时候也穿红色衣服,你觉得凶手是同一个人,他专挑穿红色衣服的女孩下手?"韩印的答案多少让叶曦觉得有些不舒服,这等于绕来绕去,还是付长林他们判断得对。

"不,不一样。"韩印知道这个问题对叶曦来说很重要,便紧接着说,"尹爱君不是凶手刻意选择的对象,穿红色衣服只是碰巧,而且从他处理的方式来看,他并不珍惜那件衣服,甚至用它来包裹内脏。但'1·4'碎尸案就不同了,凶手把那件大衣叠得方方正正,摆在所有衣物的最上面,显然代表着某种爱意。"

叶曦长出一口气,从韩印的只言片语中,听得出他目前的判断还是略倾向于自己的,她稍微感到安心了一些。

新界口,J市最繁华的区域,是集各种商业功能为一体的顶级商业圈。围绕新界口广场中心圆盘,往东是金融服务区和商业百货街,往西是美食街,往北是文化古玩街,往南便是酒吧、KTV等娱乐场所聚集的街道,曼哈顿酒吧是酒吧街中最大的一间,门脸儿也颇为醒目。

韩印和叶曦赶到时,酒吧尚未营业,但里面有值班经理。韩印和叶曦说明情况,经理让他们随便看。酒吧没什么特别的,但韩印注意到酒吧门口有衣帽存放处,便问经理来酒吧的客人存衣物的多不多,得到了肯定的答复。韩印让叶曦给王莉的老板打电话，问一下王莉当晚是否存过衣服，老板说存过。

这就说明，如果红色大衣是一个刺激诱因，那么凶手不是在酒吧里选上王莉的。那么是哪儿呢？是火锅店，还是KTV？

两人随后分别走访了这两家店。但时间太久了，店员都回忆不起来当晚的情形，两人只好又回到酒吧。

酒吧门口正对大街，正常行为分析：当时已经很晚了，王莉又胃疼，回家肯定是要打车的。那么，王莉与凶手的初次接触会是在出租车上吗？

王莉在家里被劫持的可能性，专案组通过勘查已经排除了。至于出租车司机，专案组早前也考虑过。据酒吧经理说，通常晚上酒吧门前都有出租车排队等客，那些出租车都是与酒吧签过协议的，除非不够用，非签约出租车不准在此等客。专案组早前对签约出租车逐一排查了多遍，未发现嫌疑人。麻烦的是，当晚是新年夜，出租车生意特别火爆，有很多客人在街上溜达很久也打不到车，这排查范围就大了……

◎ 第五章　犯罪侧写

马不停蹄地回到招待所，韩印便着手将案情分析落实到报告之中。其实昨夜勘查过抛尸现场，他对两起案件的性质已大概有了判断，上午又对被害人以及凶手选择被害人的模式进行一番研究之后，便更加确定——1996年"1·18"碎尸案与2012年"1·4"碎尸案，非同一凶手作案。

依据：

先说"1·18"碎尸案。韩印把凶手在整个案子中的行为分为四个步骤：强奸、杀人、碎尸、抛尸。

具体分析，为什么导火索是强奸？这点对当年的专案组来说，只能算是推断，但韩印可以从行为证据分析中给予肯定。那就是凶手为什么要对被害人的整个生殖器甚至骨盆部位进行特别处理。当年专案组分析，该部分残骸可能因为凶手心理变态将其保留作为纪念，而通过昨夜的现场勘查，韩印确信凶手把该部分甚至还有作案工具都扔到了水流汹涌的古江中。这是一个完美洗清罪证的办法，同时也体现了凶手思想成熟、思维缜密、个性过于谨慎的特征。

杀人肯定意在灭口，这点没什么好说的。而碎尸当然是为了抛尸方便隐秘，但为什么要碎得那么细？为什么要用沸水浸烫？为什么要规整内脏？为什么叠放衣物？这些让常人难以理解的问题，最终被解读为心理变态，实则不然。

碎尸细致实为工具所限。凶手性格过于谨慎，杀人之后，不敢贸然购买专业碎尸工具，只好就地取材，以家用菜刀和手锯为主。但菜刀显然无法直接把尸体切成碎块，尤其是僵硬以及冰冻的尸体。于是他只好采取先把皮肉片去，之后再以锯条锯骨的笨办法。而肉片冰冻之后，也易于片割，再囿于切菜刀的片割面积有限，便给人以精细繁多之感。

当然这其中的怨恨心理也起到一定的作用：对正常人来说，杀人之后肯定会害怕，接着便是懊悔，在此两种情绪的困扰下，出于本能的自我认同，凶手心里便会产生对死者的怨恨，以至于在进行碎尸时会更加果敢和精细，借以宣泄不安。但宣泄之后，又会对死者产生内疚，尤其死者是他先前相识之人，这种情绪便下意识地体现在整齐叠放死者衣物上。而将内脏规整到塑料袋中，实为担心血迹渗漏留下罪证。

至于用沸水反复浸烫尸体，这牵涉一个比较简单的生活常识，而且法医顾菲菲已经解读得很清楚。日常生活中，从冰箱里取出一块冻肉，必须要缓一下，等它稍微化冻了才好切。韩印分析，凶手杀人后，一开始并不知道该如何处理尸体，而是在时隔一天或者两天之后才决定碎尸。当年适逢J市最冷的一年冬天，尸体已经冻实了，凶手又无法等待自然化冻，遂用沸水助力，几经反复，尸体自然会出现犹如被煮过的泛红迹象。

处理完尸体，最后一步便是抛尸了。至于抛尸的次数，如韩印昨夜的分析，共为两次：凶手先乘公交车于虎王山抛掉头颅，后以自行车一次性抛掉其余部分。先来分析第二次抛尸：起点为作案现场，凶手在越过心理安全距离之后开始抛尸。这个心理安全距离，没有确定值，主要还是要根据环境、交通工具和气力等来决定，理论上当然是越远越好，但也有就近抛尸的。比如2011年某碎尸案，凶手便把被害人的尸体碎块抛在自己居住的小区内。说回本案，抛尸起点为作案现场，终点为古江边，这是凶手明确的，其余地点的选择带有一定的随意性，主要是根据负重和隐蔽性以及行路方便与否来定的，绝对谈不上故意抛尸闹市，企图挑战警方。那么第一次抛尸虎王山的意图，肯定是想掩盖死者身份，或者尽可能拖延警方查明死者身份的时间。至于凶手为什么不把头颅往虎王山密林深处抛，其实答案很简单，那是缘于人类对黑暗和未知危险的恐惧。韩印昨夜曾恶作剧似的试探康小北，称他听见远处树林里有响动，当时作为持枪刑警的康小北都面露惧色，何况孤身一人的凶手，他是杀人恶魔，但并不是真的魔鬼。

犯罪心理档案

还有，"1·18"碎尸案中那些对于凶手了解人体结构、熟知解剖学、可能有过职业经历的分析，在韩印看来太过想当然，长达一个多星期的碎尸行为，怎么看都算不上专业。

合并四个步骤，"1·18"碎尸案的性质便很清楚了——是一起比较常见的、由暴力强奸导致局面失控，进而杀人灭口、毁尸灭迹的案例。本案中，凶手的所有动作，系随正常心理变化而体现，并未发现犯罪标记行为。

什么是犯罪标记？是指犯罪人为满足心理上或情感方面的需要，而实施的某种特殊行为，这是一种在犯罪进行中犯罪人不必要实施的行为，具有一定的独立性。而在"1·4"碎尸案中，标记行为几乎充斥了整个案子。

在"1·4"碎尸案中，刻意模仿抛尸行为本身便是一种标记行为。

通常模仿作案大概有三种动机：第一种，动机明确。凶手企图转移警方视线，扰乱办案思路，最终达到逃脱法网的目的。对"1·4"碎尸案来说，凶手模仿前案风险值太高，于闹市抛尸风险明显大于利益，所以该案模仿抛尸的动机，应该不属于这第一种类型。

第二种，属心理性动机。来自后者对前者的盲目崇拜，期望获得相同的关注度，从而获取成就感。此种模仿犯罪，凶手更注重犯罪手法，对被害人的选择无固定类型。但"1·4"碎尸案，凶手对红色衣物表现出了爱意，而且碎尸前曾为死者王莉化过妆。韩印相信，王莉一定还有别的方面吸引着凶手，比如头发、身材、脸形、五官中某个部位等，总之，凶手选择被害人是有具体形象的。那可能来自某个对凶手价值观带来颠覆的女人，也是他形成畸变心理最初的刺激源。也许是他跟踪王莉多日，也许只是运气好恰巧碰上的，于是王莉便成为他对女性展开报复的第一个猎物。

排除前两种，韩印认为本案符合第三种动机——凶手在他人的犯罪中体会到了快感。这也是一种心理性动机。在展开论证之前，韩印要先交代一下，这份报告开头的结论是如何做出的。

正如法医顾菲菲说的那样，两起案件时隔16年之久，凶手完全可能由手法业余变成专业，由强奸杀人犯演变为变态杀手，那么韩印是如何判断两起案件非同一凶手所为的呢？当然这是一个包括尸检证据和物证证据以及行为证据的综合考量，但韩印在本案中做出判断的重要依据，是所谓的隐形证据。

何为隐形证据？系指只有凶手本人知道以及警方通过分析推测出的证据。那么本案的隐形证据，便是两个凶手对被害人生殖器处理的不同态度。

"1·18"碎尸案，凶手对生殖器采取了特殊的更为隐蔽的处理方式，这体现了一种谨慎的自我保护，同时也暴露了强奸的事实，换言之，体现了凶手获得快感的方式是有生殖器接触的。而"1·4"碎尸案，凶手将生殖器与内脏规整在一起共同抛弃，未做刻意的保护行为，说明凶手与死者未有生殖器的接触，当然并不代表这不是一起性犯罪，也许凶手获得性快感的方式是碎尸。

总之，以前面的外部证据加上对凶手获得快感方式的分析，韩印最终做出了明确的结论。

明确了结论，回头再来说动机。凶手为什么会在"1·18"碎尸案中体会到快感？首先肯定是来自红色衣服的刺激，再一个当然是碎尸。凶手在1996年的时候，应该正处在心理畸变的暴力幻想阶段，在他无数次幻想过要对某一个或者某一类女性进行报复折磨时，"1·18"碎尸案中凶手的碎尸手段为他提供了一种方式，他将这种方式融入自己的幻想当中，结果获得了一种前所未有的快感。对于变态犯罪人，偏执和追求完美是他们的共性，以至于终有一天在他将暴力幻想转化成现实之时，会甘愿冒着巨大风险尽可能去遵循"1·18"碎尸案中凶手的所为，以期获得他最初的甚至超越的那种快感。韩印相信，随着他的成熟，未来的案件可能会显示出独创性的东西。

自中午回到招待所，韩印便一头扎进报告中，抛却时间和空间概念，将自己置身于脑海里想象的画面中，重现案发情景。画面中，他扮演着不同的角色，时而分裂成两个凶手，时而又变成冷静的旁观者，以参与者的视角去挖掘凶手真实的犯罪心理。

傍晚。

叶曦听说韩印为赶报告午饭和晚饭都没出来吃，便到餐厅打包了几个小菜带到房间。闻到饭香，韩印才感到胃里空荡荡的，他让叶曦先自己看会儿报告，待他吃过饭再为她详细解读。结果饭吃完了，叶曦也抱着笔记本电脑靠在床头上睡着了。

在基层锻炼过的韩印很清楚做刑警的艰辛，作为一名女刑警则会付出得更多。如果不是心力交瘁，叶曦怎么会在一个单身男人的房间里睡着？韩印心口仿佛被针扎了一下，他已经许久未对一个女人如此心疼过了。

他不忍叫醒叶曦，从她手中轻抽出电脑，叶曦看来也实在支撑不住了，未做挣扎，顺从着他的搀扶和衣躺到床上。韩印帮她脱掉鞋子，拉开被子为她盖上，关掉房灯，只留下窗前茶几上一盏夜灯撑着光亮。昏黄的灯光下，女人酣睡着，男人守在床边沉思，冷清的夜便流淌出一丝温暖。

不知过了多久，温暖的画面被一阵刺耳的手机铃声打断。叶曦闭着眼睛从衣兜里摸出手机放到耳边，随便应了几句把手机扔到一旁。

"哎呀，不知怎么稀里糊涂就睡过去了。"叶曦揉着眼睛，冲床边的韩印不好意思地笑笑。

"你太累了，需要休息。"

"我睡了多长时间？"

韩印望了眼墙上的挂表。"大概两小时吧。"

"你就这么一直守着我，想干吗？"

韩印知道叶曦是在开玩笑，但脸上仍不禁一阵发烫，稳了稳神，也开玩笑地缓缓说道："我在想，对你，是先奸后杀，还是先杀后奸？"

"有什么不同吗？"叶曦笑笑问。

"你可是刑警队长，这还用问我？"

叶曦单手揉着前额，喃喃地说："最近用脑过度，脑子都木了，你就直接公布答案吧。"

"如果只是个案，那么前者多因局面失控而冲动杀人，后者则属变态杀人，具有未知的延续性。"

"你是在高度概括两起案子的性质吧？"一说回案子，叶曦立马精神十足，撑起身子靠在床头，"说说凶手吧。"

　　韩印点点头，沉吟片刻道："你睡着的时候我一直在琢磨，为什么'1·18'碎尸案对现在的凶手会产生如此大的影响？难道仅仅是因为'红色衣服''碎尸手段'符合他的幻想吗？他是通过何种途径了解到这些的？是报纸、电视新闻，或者别人的讲述？那么他也完全可以通过这几种途径，了解到更为残忍的案例，比如开膛手杰克案、黑色大丽花案等，可他为什么偏偏要模仿'1·18'碎尸案呢？我想，那是因为他自认为可以与'1·18'碎尸案建立某种关系，也就是说，他一定是亲身经历了那起案子。"

　　"绕来绕去，还是没绕过'1·18'碎尸案。"听了韩印的话，叶曦皱起眉头，惆怅地说，"看来我对案子性质判断是对的，而胡局他们选择的侦破方向也没错。可真如你所说，就算亲身经历的话，当年在第一抛尸现场以及古都大学附近的数百位居民都受到过盘查，还有古都大学以及周边两所大学的师生，甚至还要算上几千名参与办案的警员，这个范围也太过庞大了。"

　　"你别急，听我往下说。"韩印见叶曦有些急，忙安慰她说，"我认为主要是两个范围，凶手要么当年曾与尹爱君有过近距离的接触，要么就是曾作为那起案件的重点嫌疑人，被咱们警方反复排查过。那么，当年他的年龄应该与尹爱君相仿，现在至少要在35岁以上。他是一个默默无闻的男人，工作成就不高，生活很平淡，对女性有相当程度的厌恶，可能无法正常性交，作案的根本便是对女性进行惩罚，从而释放压抑的情绪和性欲。

　　"凶手惩罚女性是有具体形象的，应该来自他长期以来一直在心底怨恨的某个女人。通过王莉的形象，我认为那个女人可能30多岁，相貌成熟，经常化很土的浓妆，还有烫着像王莉那样有些过时的侧向一边的长鬈发……"

　　"才不是过时的呢！那是今年最流行的复古80年代的烫发。"

　　叶曦自己虽然留着短发，但并不妨碍她对美发和时尚潮流的敏感，这可是女人的天性。韩印刚刚明显说了一句外行话，叶曦忍不住插嘴提醒他。

　　韩印笑笑。"这就更对了，那是一个年代久远的成熟女性的形象，而通常暴力幻想多始于一个人的青春期，所以我认为，凶手一直怨恨的女人其实是他的母亲。凶手应该是单亲家庭长大，或者因为父亲工作原因，与母亲生活在一起的时间比较长，他对母亲有相当程度的依赖，母亲在他眼中代表着全体女性。如果成长的过程中，他经历了被母亲虐待、背叛，或者抛下他突然离世，那么女性在他心里的定义便是负面的，以致成年后他无比厌恶这样一个群体，不善于和她们沟通。即使最终有了婚姻，我相信此刻要么婚姻状况岌岌可危，要么已经以离婚收场。现在他可能与老婆分房睡，或者是单独居住，又或者迫于经济压力搬回家与母亲同住，不过他会拥有一个相对独立的空间。

"由王莉失踪到尸体碎块出现在街头，时间跨度是1月1日凌晨到1月4日凌晨，这恰好是一个公众假期，所以我认为凶手是那种朝九晚五有正常工作的人。他平日的表现，低调、沉稳，与人相处平和，具有强迫症状的疑惧，缺乏自信、缺乏创造力，内心深处潜藏着深深的自卑，自卑到连寻求快感都需要模仿他人……"

"你能确定凶手一定就是男人吗？"叶曦问。

"如果碎尸动机不是单纯为了掩人耳目，那就意味着过度杀戮或者施虐倾向，通常动机都是借以宣泄性欲，所以凶手是男人的可能性非常大。如果是女人的话，那就不仅仅是心理性问题，可能要涉及精神分裂这种病理性问题。"

"我明白了，我们要有针对性地大范围排查与尹爱君碎尸案有牵扯的男性嫌疑人，同时涉及案件中精神状况有问题的女性，也要做一些相应调查，对吗？"叶曦总结性地问道。

"可以这样说，但我还是比较倾向前者，如果真是后者的话，那么除了与尹爱君有牵扯这一点有用之外，其余对罪犯所做的侧写都不成立。"韩印强调道。

"女人作案的可能性确实比较小，能力和气力方面也是个问题。"叶曦突然一拍脑袋，像是想起什么似的，说，"你看我这记性，说到女人才想起我是来干什么的，我是要告诉你技术科今天去虎王山勘查的结果。那些脚印至少属于五个人，其中还有一名女性，轮胎印记还在比对当中。"

"群体？……女性？……"韩印默念着，陷入沉默。

第二卷
施虐疑云

人们总是合法地让自己陷入困境，这样他们就会合法地被拯救。

——罗伯特·弗罗斯特

◎第六章　连环失踪

次日早会。

专案组专门讨论韩印的分析报告。由于这相当于是对案件性质的最终定性，所以包括局长武成强等市局有关领导都悉数到会。

不出所料，报告刚读到一半，胡智国和付长林等人已经按捺不住打断韩印，对报告的客观性提出强烈质疑。叶曦忍着气提议让韩印先把报告读完，而韩印也耐着性子对所质疑的问题逐一做出解释。但由于情感上拒绝接受，胡智国等人一时根本无法冷静下来，会场气氛陷入胶着。

此时，一位警员突然闯进会议室，径直奔向局长，在其耳边低语了一阵子。听着这位警员——局长秘书的汇报，局长逐渐皱紧了眉头，表情也随之越发严肃起来。末了，他握紧拳头，用力敲了两下桌子，急促地说道："都静一下，我说个事。今天一大早，住在本市南陵区红旗街道周边的十几位外来务工人员聚集到市政府，投诉咱们公安局歧视外来务工人员，消极办案。具体是因为自去年3月以来，红旗街道陆续出现多起儿童失踪事件，街道派出所以及南陵分局刑警队在接到报案后，并未给予足够重视，导致至今已经出现6起儿童失踪事件。失踪孩子年龄最小的只有9岁，最大的16岁，最早出现的失踪案件是在去年3月，最近的一起案件就在昨天下午。市委已经批复，责令市局立即着手对失踪者进行搜救。胡局、小叶，还有韩印老师，你们随我去市局了解案情，其余人员立即赶往南陵分局待命，等待进一步的任务部署！"

十几个小时之前，也就是昨天傍晚7点左右，在红旗西街菜市场经营水果摊儿的王成、宋娟两口子，拖着疲惫的身子收摊儿回家。想着马上就能在自家那温暖的小屋里吃上热乎乎的晚饭，想着女儿那张可爱的笑脸，王成身上的疲惫退去了大半。

可是走到家门口，门是锁着的，屋内漆黑一片。王成掏出钥匙打开门，屋内传出一股寒气，没有动过火的迹象，饭锅是凉的，女儿的书包也不在家里。他心里涌起一股不祥的预感，赶紧和老婆到周围的邻居家打听，但邻居们都说没看到孩子，建议他们到学校找找。

王成两口子跑到女儿就读的学校，校内早已是人去楼空。向值班人员打听到女儿班主任的电话，打过去，结果班主任说看到孩子下午4点多钟放学后一个人走了，还说他家孩子好像不太愿意和同学交流，总是一个人独来独往。

孩子刚从农村转来才一个多月，本身性格也属于慢热的，一时与同学缺乏交流倒也没什么大不了，时间长了和同学的关系自然会亲近的。两口子先前还觉得这样也不错，孩子放学后总能直接回家，不会在外面贪玩。可这会儿女儿一个人能到哪儿去呢？

王成两口子彻底慌了神，沿着红旗街道的主街自西向东一路高喊着女儿的名字，几个热心的邻居也出来一起帮助寻找。可是找了一大圈，也没看到女儿的影子，无奈之下，他们只好到派出所报案寻求警察的帮助。

接警的民警一听孩子已经16岁了，而且仅仅不见了几个小时而已，便劝二人再到亲戚朋友家和孩子同学那儿仔细找找，也许孩子只是一时贪玩忘了回家。王成百般央求，但民警仍表示拒绝出警，两口子一时着急，竟双双跪到地上给民警磕起头来。

这一幕被昨夜值班的派出所所长看到了，都是为人父母的，很能体谅父母丢了孩子的焦急心情，于是便派出全部在岗警员，在整个红旗街道范围内搜索孩子的踪影。一直找到下半夜，仍未找到孩子。派出所只能表示无奈，劝王成两口子先回家等等看，说不定孩子留宿到同学家了，明天一早便能回来。

王成两口子怎么可能安心回家干等着，他们早就听说红旗街在不长时间内连续丢了好几个孩子的事，担心女儿会和那些孩子一样，就此莫名其妙地消失了。又担心派出所不会再有进一步的搜寻动作，便在邻居的帮助下，连夜找到其他丢孩子的家长，提议几家联合起来，到市政府投诉公安局。于是第二天一大早，一行人来到政府办公大楼正门口，嚷着要见市长。守卫人员告诉他们有什么事情可以到信访办去反映，但他们不肯，便硬要往里闯，结果与守卫人员起了冲突。正好市长车队经过，市长下车了解了具体情况，当即指示秘书把电话挂到市公安局，责令市公安局方面马上接手案件。孩子的事是大事，市长强调无论手上有什么案子都要先放下，集中警力一定要把孩子找到。

市里把电话打到市局局长办公室，局长在分局开会，是秘书接的电话，这便有了刚刚秘书冒冒失失闯进会场的那一幕。

局长一番命令之后，迅速撤离会场，叶曦和韩印以及胡智国紧随其后。只用了几分钟时间，他们便从分局赶到市局，失踪孩子的十几位双亲已经等在市局会议室。

局长也是老资格刑侦人员出身，他心里很清楚，年龄由9岁跨度到16岁的儿童失踪案件，绝不是通常意义上的拐卖儿童那么简单，很有可能在红旗街道隐藏着一名连环虐杀儿童的杀手。而如今距离首起案件，时间跨度差不多已经有一年，前几个孩子也许已惨遭不幸。目前最要紧的就是争取在最短的时间内将案子破获，赶得及，也许昨天下午失踪的孩子还有活命的机会。

来到市局会议室，顾不得寒暄，局长便招呼孩子家长赶紧将各自孩子的失踪情况，逐一详细地介绍一遍。

所有失踪的孩子都是外来务工人员子弟：

最早失踪的是个女孩，叫刘小花，9岁，就读于本市第三小学二年级，于2011年3月16日15点左右离开学校后失踪。女孩父母在一家家具厂打工，一家三口租住在红旗东街2路汽车终点站以北的棚户区。

2号失踪孩了，男孩，12岁，就读于本市东街小学，于2011年10月22日中午12点左右离开家后失踪，失踪时脚上穿的是一双拖鞋。孩子父母在木材厂打工，一家三口租住在红旗东街南部的棚户区。

3号失踪孩子，男孩，10岁，就读于本市第二小学三年级，于2011年12月11日上午9点左右送弟弟去幼儿园后一直未归。他的父母是油漆工，全家也租住在红旗东街南部的棚户区。

4号失踪孩子，男孩，16岁，就读于东街中学三年级，于2011年12月31日13点左右，在向家人说"我出去玩一会儿"后，就再也没有回家。他随母亲在本地投奔亲戚，居住在红旗东街2路汽车终点站以南一家叫作"朋友"的网吧附近。

5号失踪孩子，男孩，10岁，就读于本市第二小学三年级，于2012年1月7日早晨7点左右，离开家里去附近网吧玩一直未归。他与父母也租住在红旗东街南部的棚户区。

最后一位失踪的是个女孩，叫王虹，16岁，就读于西街中学二年级，于昨日下午4点放学后失踪。据女孩父母说，他们夫妻在红旗西街做生意好多年了，租住在西街市场附近的棚户区。他们先前一直把孩子寄养在老家的外婆家，直到年初外婆去世，才把小孩接过来一起生活。孩子原来长年生活在偏僻农村，营养跟不上，所以长得特别瘦小，看上去比实际年龄要小两三岁，而且初到大城市，思想特别单纯，怕她学习跟不上，父母便让她留了一年的级，所以现在还在读初二。

家长们还激愤地反映：首起孩子失踪，红旗街道派出所接到报案，经过一系列寻找无果后，案子便一直悬着，没有对家属做任何交代。而2号、3号、4号、5号失踪案件，经过了解，几个失踪的孩子都喜欢上网和打游戏，由此派出所和分局刑警队方面认定，几个男孩可能因沉迷网络自愿离家出走或者是去外地见网友了，故只简单备了个案，便让孩子家长回去等消息。而最后失踪的王虹，由于失踪还未到24小时，故也不予立案。

这是明显的失职行为，几位家长讲述过后，局长代表市局向各位家长真诚致歉，并表示一定会对相关人员和部门进行严肃处理，承诺立即部署警力对案件展开调查。又经过再三安抚之后，局长安排专车将几位家长送回各自家中等待消息。韩印本想提议将王虹的父母单独留下问话，可又担心其他家长有想法，便暂时作罢。

与此同时，技术科送来红旗街道区域地图，将与案件有关的各个方位都标记清楚。另外，南陵分局刑警队方面的负责人以及红旗街道派出所所长，已被勒令以最快速度赶到市局。

孩子家长被送走不久，两位负责人便赶到了。他们俩此时已经感觉到事态的严重性，都低着头，喘着粗气，唯唯诺诺地站在会议室门口等着挨批。

局长暴跳如雷，指着桌上的案情记录，咆哮着说："原本这些东西应该由你们来告诉我，结果现在是人家失踪者家属亲自找上门来，还闹到了市委。我看，你们身上这身'皮'是穿够了！"

"其实该做的我们都做了。"所长忍不住为派出所方面辩解，"每次接到报案，所里都会派出一定的警力协助查找。就拿昨天的案子来说，虽然不够立案条件，所里也出动了值班民警帮着找了大半夜。"

"是是是，红旗街道的情况我也有些了解。那里聚集的大部分是外来务工人员，流动性很大，各个家庭的情况也非常复杂。孩子离家出走、跑出去玩几天又回来的事真是层出不穷。所以我们一直都没往恶性案件方面去想。"分局刑警队负责人接下所长的话，为自己这方开脱着。

"你们没往那方面想？结果呢？到底是你们没敢想，还是懒得想？先不跟你们废话了，等案子完了看我怎么收拾你们！"局长瞪着眼睛说，"说说吧，你们都掌握什么情况？"

所长擦擦额头上的冷汗，吐出口气说："我们了解到，除最早的和刚刚失踪的女孩，其余的孩子都经常出入红旗东街2路汽车终点站附近的两家网吧和游戏厅。我们去那儿调查过，有些人对那几个孩子有点儿印象，说他们基本上都是一个人去玩的，没看见和什么人一起，至于失踪当日，没有人注意他们去没去网吧和游戏厅。"所长顿了顿，接着说，"整个红旗街道区域的树林、湖泊、公园等隐蔽的地方，我们昨夜都找过了，还未发现最近失踪的女孩尸体，今天早上也无此类报案。"

"您肯定昨晚失踪的女孩从不上网吧和游戏厅玩吗？"韩印突然插话问道。

所长对韩印不熟悉，他瞟了一眼局长，又使劲瞅了瞅韩印，好像有点儿不太爱搭理不知道从哪儿冒出来的这张生面孔。叶曦看在眼里，赶忙介绍韩印的身份，所长这才端正了态度说："对。他父母说孩子从来不上网，而且昨晚我们也拿着那女孩的照片到东街和西街几个网吧和游戏厅问过了，包括老板和一些常客都表示从来没看到女孩去过。"

"区域内有过猥亵、偷窥、性骚扰的报案吗？"韩印接着问。

"有过几起，都是轻微的，嫌疑人拘留几天教育教育就放了，不过针对孩子的从没出现过。"所长回答了韩印的问题，又对着局长补充说，"对了，还有个情况。第二个孩子失踪后的第三天，孩子父母曾经接到过一个电话，打电话的人声称是他绑架了孩子，让他们准备一万块钱，在当天傍晚放到孩子上学的学校门口的垃圾箱里。我们获取了这个信息，在交赎金的地点布置了警力，但并没有人来取钱。至于那个电话，我们查到是从火车站一个公用电话打出的。"

听了所长的介绍，韩印低头思索了一阵，对所长说："能不能麻烦您把区域内性骚扰案件的嫌疑人名单整理一份给我，还有，前科犯名单也麻烦您给我一份？"

"这个没问题，我现在就安排人整理。"所长跟着又强调一句，"不过前科犯名单可能会不全面，红旗街外来人口流动非常大，外地前科犯的信息很难落实。"

"那就尽量整理吧！"局长憋着气说。

在对各方信息有了充分了解之后，局长综合在座几位的建议做出如下部署：1. 立即在女孩日常活动区域展开调查，争取能够确定女孩失踪的地点。2. 寻找可能存在的目击证人。3. 围绕全区进行地毯式排查，重点以出租屋和单独居住的居民为主。4. 逐一排查区域内有过性骚扰记录的嫌疑人以及前科人员。

◎第七章　猥亵之徒

按照局长的指示，各方警力迅速展开行动，叶曦驱车载着韩印先实地考察了案情当中提到的一些方位，接着便赶往最后失踪的小女孩家。当然这是韩印要求的，他需要更多地了解王虹的情况，因为在他的分析中，更倾向于最后这起失踪案是一起独立案件，与前面五起案件无关。

叶曦问韩印判断的依据。韩印的解释是：其一，就目前的案情看，第二起至第五起案件中失踪的孩子，很可能都是在红旗东街2路汽车终点站附近的网吧和游戏厅中被诱拐的，表明那个区域是凶手熟悉的，对他来说是比较舒适的作案区域。另外也体现了他诱拐目标的标准，主要集中在沉迷网络和游戏的一部分孩子身上，可能是他和这部分孩子比较容易交流，也易于诱惑。而最后失踪的女孩，她既不上网吧和玩游戏，日常活动的区域也主要是在红旗西街她所就读的学校和居住地之间，地图上显示这个区域距离凶手作案舒适区域有一公里左右。凶手在自己熟悉的区域接连作案，屡屡得手却从未被警察逮到，所以他是不会轻易离开这个区域作案的。

其二，2号至5号案件中，凶手作案的时间集中在周六和周日这两天，应该是这个时间段对他来说可选择的空间更大，符合他标准的目标比较容易找到。而昨天是周四，与他习惯的作案时间并不相符。

其三，被害人性别不符。凶手在2号到5号连续四次作案中选择的被害人都是男孩，这意味着男性孩童才是他想要的。韩印解释到这里的时候，叶曦立即提出质疑，凶手首次作案选择的目标也是女孩，这又怎么解释？其实这并不难解释，在某些连环杀人案中，凶手首次作案的目标大多是"机遇型"的，缺乏足够的心理准备。本案中，很可能那个时候，凶手还不知道自己想要什么，当他对小女孩施以暴力之后，发现感觉并没有想象中那么完美，所以他遵从自己内心的感受，把目标转移到男孩身上。事实也表明，他在男孩身上得到了完全的宣泄和释放，所以他是不会再回过头寻找女性目标的。就好像一个吸毒成瘾的人，他先后尝试过摇头丸、大麻、冰毒，直至白粉，尤其当他吸食过纯度精良的白粉之后，先前的那些东西就再也无法满足他的毒瘾了。

凶手违背上面所提到的某一种习惯是可能的，但是同时违背三种习惯的概率很低，所以韩印认为最后一个女孩失踪案，应该与前五起案件没有关联。这就需要韩印尽可能地深入了解王虹以及她父母的情况，找出她失踪的动机，从而制定出相应的调查策略。

目前所剩下的时间并不宽裕，依照统计：被诱拐之后遭到谋杀的孩子当中，在1小时内被杀害的占44%，在3小时内被杀害的占74%，在24小时内被杀害的高达91%以上。也就是说，在诱拐发生的24小时之后，几乎所有孩子都被杀害了。现在是上午10点，留给韩印的时间只有六七个小时，形势非常严峻。

红旗街是J市南郊的一个城乡接合地，聚集居住了大量外来务工人员，街道被一条主干道划分成东西两大区域。主干道中间有一个丁字路口，路口往东称为红旗东街，往西便是红旗西街。围绕这条主干道，周围分布的几乎都是老旧低矮的楼房以及大量的棚户房，是整个城市棚户房分布最为密集的一个区域。

叶曦驾驶汽车由红旗东街高速经过丁字路口进入西街，五分钟之后在一个岔路口右转，行驶不远再拐进一条小巷。这里是一片平房聚集区，王虹的家便在其中。

韩印和叶曦走到王虹家门口，正见王虹的母亲宋娟扑在丈夫王成的怀中，泪眼婆娑，惴惴地问："孩子找到了吗？"

王成显然刚刚又出去找了一圈女儿，面对妻子祈盼的目光，忍着眼泪，无声地摇头。宋娟即刻瘫倒在地，"哇"的一声哭叫起来。

两人赶忙过去，帮王成把妻子扶到床边坐下。

孩子的父母是北方人，都是一副老实巴交的模样。由于相较于其他家长，他们的孩子是最晚失踪的，所以情绪也格外激动。看见妻子不断抽泣着，王成也受到感染，蹲到地上，捂着脸失声痛哭起来。

韩印俯身把他拉了起来，使劲握住他的手，诚恳地说："我能理解您二位的心情，但现在不是难过的时候，你们要相信我们警方，一定会帮你们找到孩子。但这需要二位的配合，我希望你们能马上冷静下来，集中精神听我的提问好吗？"

见孩子的父母瘪着嘴，忍着泪，用力点点头后，韩印抓紧时间问道："孩子的警惕性怎么样？"

"应该可以，俺们天天叮嘱她不准跟陌生人搭话，要小心人贩子。"

"你们最近与人结过怨吗？"

"俺们都是老实人，又是外地的，从来不敢惹事，跟市场里的人和周围邻居相处得都特别好。"

"你能保证？"

"俺保证！"

"在本地，你们有没有亲戚？"

"没有。"

"你们家周围的邻居有没有对孩子特别热情的，总喜欢带着孩子玩的？"

"他们都挺喜欢俺家闺女。俺闺女可懂事了，平常又能收拾家，又会做饭。我和她妈整天做买卖，晚上收摊儿很晚，孩子总是把饭做好了等我们回来吃。昨晚俺们回来，没看到孩子，就觉得要出事，没承想孩子真没了……"

"周围的邻居有没有单身居住、年龄偏大一点儿的男人？"

"有一个孤老头子，住在东面把头那间房子里，是在市场卖烤地瓜的。不过，昨天下午俺看见他一直在市场里，还是跟俺们一起收摊儿回来的。"

"再没了吗？好好想想，单身、年龄稍小的也没有吗？"

"真没有了。俺们这块儿住的大多是夫妻俩或者兄弟姐妹一起做买卖的，单身的很少。"

"学校附近呢？孩子有没有说过认识什么人？"

"孩子才从农村转过来，和那些同学都不熟，也没说过最近认识什么人。"

……………

韩印一口气问了多个问题，基本上都是孩子父亲来答，偶尔母亲也补充两句，但并没有带来韩印想要的答案。

"女孩虽然年满16岁，但长得偏小，只有十三四岁的模样，初到大城市。思想单纯，行为幼稚，缺少同龄朋友！"韩印吸了一口凉气，他有些担心这是一起猥亵虐童案。

从孩子父母那儿得不到太多有用的信息，韩印只能靠自己了，他开始里外打量这间只有十几平方米的小房子。

小平房分里外间，外间是一条过道，很窄，放着简易的炉子和炊具，应该是做饭用的。里间竖排摆着一张大床和一张小床。小床的床头边，立着一个破旧的小柜子，这也许就是孩子写字和做作业的桌子。上面擦得干干净净，几本漫画书码放整齐地摆在桌边。

韩印在小床周围转悠着，嘴里神神道道、断断续续地念着："一定是你认识的人……他关心你……带着你玩……给你好吃的……送你礼物……你叫他叔叔……或者爷爷……他有时会拉拉你的手……拍拍你的肩膀……高兴时还会抱抱你……你觉得很亲切……很温暖……"

韩印坐到床边，随手翻起孩子的漫画书。书很旧，页面里有的地方有黑乎乎的污垢，有的地方被画笔涂得乱七八糟。能够把书码放如此整齐的孩子，是不会把书里面弄这么脏的。这显然不是孩子的书。

"这书是哪儿来的？"韩印扬扬手中的一本漫画书问。

夫妻俩双双摇头："不知道，可能是跟同学借的吧？孩子拿这些书可金贵了，看了一遍又一遍的。"

"借的？"韩印放下书，眼睛仍然停留在书上思索着。

他站起身，觉得脚后跟碰到床下面的什么东西了，发出一阵乒乒乱响。他赶紧俯下身子，撩起挡住床边的床单，看到几个散落在方便袋中的饮料罐。

"哦，孩子很懂事，在街边捡到饮料罐就会带回来，攒多了就拿到废品收购站去卖。"王成解释道。

"布满污垢的漫画书""饮料罐子""废品收购站"……韩印一个激灵，急切地问："废品收购站在哪儿？经营人年纪多大？是单独居住吗？"

见韩印的模样，王成紧张起来，嘴唇哆嗦地说："距离咱这儿三条街，是个老头子，就住在收购站院中的平房里，好像就……就他一个人住。我……我刚刚还去他那儿问过，他说没看见孩子。"

"糟了！但愿他没被惊着！"韩印心里咯噔一下，随即嚷道："快！带路……"

废品收购站。

一辆警车疾驰而至，车刚停稳，韩印和叶曦还有孩子父亲便冲下车来，直奔小院中的平房。

应着急促的敲门声，一个60多岁模样的老大爷打开门出现在门口。大爷面相和善，衣着朴素整洁，看上去如邻家爷爷般慈祥。

眼见众人，他和气地问道："你们找谁？是有废品要卖吗？"

这么略一照面，叶曦下意识刹住了身子，神色犹豫起来。与她一样，女孩的父亲也有些不敢相信这样一位长者会是个衣冠禽兽。但反过来想，面对如此气势汹汹的三个人堵在门口，老者却能够表现出气定神闲的样子，这不反常吗？

韩印未像二人般犹疑，顾不得敬老——这样的老人也不值得尊敬，他一巴掌拨开老人身子，闯进屋内。

房内的格局和失踪女孩家租住的房子差不多，也分里外间，但较之要大些。外间很简单，有砖砌的炉子、碗柜，还堆放着一些杂物。里间的家当也不多，窗边一张单人床，对面是一张矮桌子，上面摆着一台很小的电视机，正对门口有一个旧式衣柜，又高又宽，看起来像是一个老物件，可能是老人收废品时淘到的。

里外间基本一目了然，当然除了衣柜，也唯有衣柜可以藏人。孩子会在衣柜里吗？她还活着吗？

韩印的心提到了嗓子眼儿，屏住呼吸，盯着衣柜。而屋主老人此刻面色涨红，气息加快，身子不经意地微抖起来。见此光景，韩印几乎可以肯定孩子必然藏在柜中，怕只怕生命已逝，只留下一具尸体。

"孩子你千万要活着！"韩印在心中默默祈祷，双手颤巍巍地握住柜子把手，猛地拽开。

这一瞬间，永世难忘！若是梦魇该有多好？一个孩子，一个只有十几岁的孩子，正值花季，为何要遭如此之难！人世间还有什么样的恶，能甚过此恶！

小女孩王虹一丝不挂，赤身裸体，身上青一块紫一块的，蜷缩着仰面躺于柜中。一双无辜的大眼睛圆鼓鼓地睁着，脸肿得不成样子，嘴上被塑胶带封着。女孩双手双脚被塑胶带紧紧捆住，下体红红的，有血迹黏在大腿两侧。

嘴是被封住的，意味着她还……

韩印身子一震，一瞬间几乎扑到女孩身上，猛地撕开胶带。小女孩眼球转动了一下，微微吐出气息……"活着，还活着，孩子还活着。"韩印惊喜地回头冲叶曦和孩子父亲说道。

父亲带着一声哀号扑到女儿身旁，这摸摸、那摸摸，好像怕孩子冻着似的，进而用自己整个身子护住女儿，干张着嘴，已发不出声音。

趁着空隙，叶曦掏出手机，向上级做了汇报。

突然，孩子父亲回过神来，发疯般扑向呆立在门边的罪魁祸首："你这个畜生！我掐死你！掐死你！这么小的孩子，你也下得去手……"

孩子父亲将老头扑倒，狠狠地扼住脖颈。叶曦赶紧过去，欲将两人拽开。三个人搅在一起，屋内乱作一团。

韩印则脱掉外套盖到小女孩身上，爱怜地凝视片刻，转身自顾自向室外走去。

一阵警笛乱作，大批警员赶到，120急救车赶到，小女孩被医护人员抬到急救车上，犯人被押上警车……小院里人们进进出出，杂乱异常。

而这一切仿佛跟韩印没有任何关系，周围的一切也好像都不存在。此刻，在韩印的世界里，只有他和柜子中的小女孩。他呆呆地站在小院中央，失神地望向院门口，仿佛看到小女孩手里拎着一袋子易拉罐活蹦乱跳出现的模样。韩印心里说不出的难受，他最清楚，孩子再也回不到那个天真烂漫的时刻了……

不知过了多久，韩印觉得外套回到了自己身上。他转头，看到了叶曦。

叶曦拍拍他的肩膀，轻声说："走吧，还有更重要的任务等着咱们。"

韩印默然点头，机械地跟随叶曦上了车。

◎第八章　施虐之恶

一路恍惚，叶曦将车子开到虐童案临时指挥所——南陵区分局。

车子熄火，叶曦拉开车门，见韩印仍然一动不动呆呆地坐着，知道他的情绪还没有缓和下来，便又关上车门，陪他静静地坐在车里。

过了一会儿，韩印缓过神来，长舒一口气说道："不好意思，我有些失态，对我的专业来说这种案例并不少见，但现实中还是第一次碰到，心里有些缓不过劲儿！"

"是啊！你说这人怎么能狠得下心对孩子做那样的事啊！"叶曦深有感触地点头说道，"别说你，我干了这么长时间的刑警，今天也是第一次遇到这种案子。不过能这么快破案，还真让我长了些见识，说说在这件案子上你的思路吧，也让我学习学习。"

"你别这样说，其实论实践经验我比你差远了，只是案子恰巧与我的专业有关，所以要显得比你这样的一线刑警多些经验。"韩印知道叶曦是在分散他的注意力，好让他快点儿将情绪平复下来，便挤出一丝笑容说，"你要是真想听，那我就说说。

"关十青少年、儿童失踪案，不外乎四种动机：拐卖、绑架、报复家长、强奸。在这起案子中，孩子年龄偏大，首先可以剔除拐卖；再一个孩子家庭条件一般，绑架也可以排除；而从女孩父母的人品以及他们与周围人群的相处情况看，报复一说也可以排除；剩下的便是强奸，鉴于小女孩的外在条件，我觉得凶手可能是有恋童癖好的人。

"恋童癖者皆为男性，变态癖好主要是由于后天心理发展不正常造成的，侵害对象年龄从三五岁到十六七岁的都有，侵害对象有的只针对男童，有的只针对女童，也有的不分性别。侵害对象为男童的多为同性恋，年龄结构以青壮年为主。他们有的是因为童年时期也曾被男性猥亵或者鸡奸，成年后带着报复和寻求快感的心理，便成为恋童癖者；有的是因为社会压力大，所处环境复杂，对成年人尔虞我诈的人际关系感到厌倦恐惧，进而想寻求简单安全的交往，便会把兴趣转移到单纯的孩子身上；有的是因为社会地位低下，家庭关系不和睦，反复遭受妻子和其他成年女性的侮辱，这种人要么对成年女性愤恨至极，要么便厌恶无比，从而把兴趣转到男性身上，但由于很难找到合适的男伴，进而对儿童施暴；还有的跟上一点差不多，本身是同性恋，但所处环境无合适的伴侣，便以男童代替……还有很多情形，就不详细说了。

"重点要说的是侵犯女童的恋童癖者的侧写。这种案例，受害人要么年龄偏小，要么思想幼稚，易于哄骗和恐吓。而犯罪人多为智能发育迟滞、慢性酒精中毒、残废、年老者等，其中尤以中老年单身男性居多。他们接触正常成年女性的机会较少，或者无法受到青睐，又或者因为性功能障碍无法正常性交，故将满足性欲的对象转向年幼女童。刚开始出发点可能还在于满足正常性需求，一旦在年幼女童身上体会到快感，便会形成一种惯性，长此以往，对成年女性也会失去兴趣。他们猎取目标的范围，多在自己熟悉的区域，如邻居、朋友、亲戚，以及日常能够接触到的女童。

"所有恋童癖者的伎俩，无非是初时允诺给孩子某些好处，骗取孩子信任，对孩子性器官进行窥视和抚摸，从而获得心理上的满足。随着接触的次数增多，心理满足便会演变成生理满足，即出现性交要求。

"那么回到案子：外表稚嫩、心思单纯的小女孩失踪，对应犯罪人很可能是一个中年以上的男子。他单身，有单独住所，与小女孩有交往，是小女孩熟悉的人，会带小女孩玩，送她礼物，经常出没在小女孩日常活动的区域。当然有一点是我尤为担心的，那就是有些恋童癖具有畸变的暴力倾向，我们称之为攻击型的恋童癖者。他们由于各种原因而存在一种攻击心理，想借助于折磨儿童而发泄出来。他们往往会用各种险恶的手段来糟蹋儿童器官，甚至残忍杀害儿童，虐待儿童尸体，等等。我特别担心小女孩会遇到这种人，好在先前她的尸体还未出现，我便怀着一丝希望，希望犯罪人有理智，不要把强奸演变成杀人，或者迟点儿下杀手。因为对更多的恋童癖者来说，他们没有杀人能力，当受害人突然反抗，表示要告诉父母时，他们往往无所适从，只是本能地把孩子绑起来，限制他的自由，然后才会去考虑如何处置。也许最后他们会决定杀死孩子，但这个考虑会有一个时间长短问题，不过一旦感受到压力，便会加速他们行凶。"

"我明白了，所以当你获悉王虹父亲已经与废品收购站老头有过接触时，担心罪犯会表现出一副'打草惊蛇'的模样。"叶曦使劲点点头，接下韩印的话说。

"对，我当时特别担心由于感受到来自女孩父亲的压力，凶手会下定决心杀人灭口。"

"幸亏有你，否则女孩不但被糟蹋了，恐怕连命也保不住。"叶曦顿了顿，将问题转到前五起案子上，"那么东街的虐童案，凶手首起选择的目标也是个年幼女童，这是不是意味着他应该是一个中年以上的男子？"

"不一定，上面所说的只是大概的方向，具体案件要具体对待。"韩印思索了一下说，"东街的案件，犯罪人肯定也有恋童癖好，他在诱拐了一个女孩之后，又对四个男孩伸出了魔爪，并极有可能残忍杀害了这些孩子，那么他的身份构成以及恋童癖好形成的原因，就相对要复杂了。

"当今社会，具有恋童癖好的人不在少数，但真正演化成杀人事件的并不多见，而演化成连环虐杀事件的则更为罕见。就像刚才说过的，恋童癖并不会直接导致杀人，而那些极少数攻击型的恋童癖，他们猥亵、虐待并杀害儿童的动机包含着很多方面的缺憾，这里面肯定有性释放的问题，同时也会有社会环境和家庭环境的问题，还有来自个人成长经历的问题。可以说，儿童之所以能吸引那些人，只是因为他们是弱者，是弱势群体，易于掌控和主宰。在以往的案件中，我们发现，虐杀男孩和女孩比例相差不大的案件，往往意味着凶手具有性压抑方面的问题，而虐杀男孩比例占大多数的，则跟凶手所处的环境和成长经历有关。

"东街的案子，我更倾向于后者。首起女童被害人，代表着凶手过去的某段不堪回首的经历，可能与情感经历有关。我可以大胆假设一下，女童很有可能在被诱拐之后不久即遭毒手，凶手在其死后进行了奸污，这里面有很重的报复心理。而男童被害人则代表着对其影响至深的挫败，从开始一直延续到当下直至未来。男童被害人其实映射的是凶手本人，或童年时候的他，或软弱无助时的他。这种心理机制，有的心理学家称为'向强者认同'。

"这种心理机制的解释是说：当一个人受到强者的压制，由于自身无法摆脱困境，经过心理过滤反馈，反而将这种强者必然压制弱者的行为合理化，所以当他们心里淤积成疾、行将崩溃之时，就会选择去伤害弱者，而不是反抗强者。东街的案件在我看来，凶手的虐杀，其实是在杀死弱势的自己，从而获得强者心理。"

韩印的大段分析，让叫曦听得很是入迷。韩印刚停下话，她便忍不住抢着问："那凶手进一步的背景描述，你现在有想法没？"

韩印笑笑，显得胸有成竹："咱们先来说说凶手所处位置的问题。美国FBI（美国联邦调查局）行为分析科，曾根据犯罪现场行为和犯罪人生活方式，将谋杀案以有组织力和无组织力来分类。虽然这个分类方法在后来被定性为太过片面，更多的连环杀手都是介于二者之间的，但有些分类指标还是具有参考价值的。这个分类方法提到，有组织力的凶手会选择远离自己生活工作的区域作案，当然这不意味着他对作案区域不熟悉；而无组织力的凶手喜欢在自己能够掌控的区域作案，他们通常都居住和生活在犯罪现场附近。直白点儿来说，即智商高的人异域作案，智商低或者具有精神疾病的人选择本区域作案。在这起案子中，凶手接二连三在一个范围非常非常小的区域连续作案，这说明他的智商水平很一般，当然说这些话目的主要是，本案凶手就住在犯罪现场附近。不过，仅仅靠智商高低来判断是不够的，也太过笼统，能不能再精确些呢？我们先来明确几个方位，红旗东街2路汽车站终点站以南有两家网吧，一家叫作朋友网吧，一家叫作天天网吧。两家网吧相距不到20米，朋友网吧的对面即那些孩子经常光顾的游戏厅。而首起失踪女童刘小花的家，住在2路汽车终点站以北的棚户区，距离两家网吧大概不到0.5公里，总体看来这是个非常小的范围。那么，凶手居住大致方位到底在哪儿？其实2、3、4、5号案件都不具备准确判断的依据，最直接的指标当数刘小花的居住地。上面也说过了，这个女童属于机遇型被害人，凶手侵犯她并没有经过预谋，她在那个时间点、在放学回家的路上，遭遇凶手纯属巧合。也许是女童漂亮可人的容貌，或者她天真活泼的姿态，突然间刺激到了凶手，激起他某种愤怒的报复心理，导致他出现了首次杀人行为。那么这个遭遇地点，应该离凶手居住的地点很近，离女童的家也不远，从以往的统计来看，两者相距不会超过100米。也就是说凶手大体居住的位置，在2路汽车终点站以北的棚户区，距离他诱拐其他孩子的网吧和游戏厅400米到600米之间。

　　"第二点，对凶手判断：他应该具有犯罪前科。虽然在作案中显示出他的智商水平一般，但看得出他有一定的犯罪经验，也许是在坐牢期间学会的。他懂得在孩子聚集最密集的时间段诱拐目标，懂得如何与目标建立关系，他选择的目标都是单独出入网吧和游戏厅的孩子，最重要的依据是他企图通过对家属索要赎金制造绑票的假象，从而干扰警方对案件性质的判断。

　　"第三点，凶手具有恋物倾向。五起失踪案件肯定已经造成五起命案，但至今没有发现尸体，显然凶手并没有做出抛尸的举动，被害人可能被掩埋掉，但一定就在凶手居住地附近，同样，在他的居住地会出现孩子的衣物……"

　　又是一大段的分析，韩印正待总结凶手的"侧写"时，叶曦的手机响了起来，接听之后，她一脸焦急地说："红旗街派出所刚刚又接到一起儿童失踪的报案！"

◎第九章　人间炼狱

失踪者是一个8岁的男孩，名叫郭新，就读于本市第三小学二年级，今晨7点左右离开家上学后失踪。小男孩品学兼优，从不涉足网吧和游戏厅等地，也从未有过因贪玩耽误上学的记录。上午上完第一节课，校方仍未见到孩子身影，故与家长联系，家长才知道孩子不见了，遂在居住地与学校附近寻找，无果后于中午到派出所报案。小男孩随父母从外地来本市打工，一家三口租住在红旗东街2路汽车终点站以北的棚户区，上学路途与第一起失踪的小女孩刘小花一致。

这一失踪男孩的背景信息，使韩印更加确定他对凶手居住方位的判断，显然凶手受到西街女孩王虹失踪事件的刺激，抑制不住作案的冲动，于是在一大早劫持了郭新。

又是一个与时间赛跑的解救任务，鉴于韩印在极短时间内成功破获西街女孩失踪案，此时局长干脆把他推到前台，由他来部署具体的搜索方案。

南陵分局的会议室相对狭小，里面挤满了等待指示的各级警员。韩印站在会议室正前方的一块白板前，指着粘贴白板上面的一张方位图上一个大大的黑点说："这里是首起案件失踪者刘小花的家，我需要一组人员围绕这个点在方圆百米之内进行密集搜索，同时还要有一组人员在这个区域……"韩印又在方位图上画了一个圈说，"这个区域里，包括了红旗东街2路汽车终点站以南的两家网吧和一家游戏厅，我需要你们搜寻和打听这样一个人：年龄在25岁至40岁之间；大概在一年半以前开始活动在这个区域；由于从去年10月开始密集作案，焦虑和恐惧会让他的外在形象有所改变，也就是说，从那时起他变得比先前明显瘦弱得多；他外表看上去老实沉稳，少言寡语，很少与成年人交流，但喜欢和儿童、青少年接触；他是一个前科犯，但不会对别人提起，偶尔提到他的过去，他可能把自己塑造成一个有光荣历史但郁郁不得志的人，又或者把自己塑造成一个命运极其悲惨的人，从而博得别人的同情或降低对他的戒备。另外，为了防止其他意外发生，需要一组人在孩子居住地和学校附近找寻潜在的目击证人，还要一组人去孩子的家中，以防有勒索电话打来。"

"韩老师的话，大家都听清楚了吧？"韩印的话音落下，局长接着下达命令，"被害者居住地附近的搜索工作由叶曦负责，网吧游戏厅区域的工作由……"

局长一声令下，全员即刻行动，韩印随叶曦、康小北等人火速赶到搜索地点。

首起失踪女童刘小花家方圆百米之内，有50多所棚户房和七八处破旧的矮楼，租住的基本上都是外来务工人员，这个时间他们大都出外打工了，家里有人的并不多。搜索小组不能破门而入，只能翻进院墙隔着窗户大概向里面张望，能联系到房东的，立刻让房东拿来钥匙开门，因此搜索进展相当缓慢。

时间每流逝一点儿，孩子的处境就更加危险。大家的脸上都写满焦急，好在另一组传来一个非常有价值的信息：他们将韩印对凶手所做的侧写，描述给网吧老板和一些常客听，他们不约而同说出同一个人——老头。"老头"是那个人的绰号，东北口音，真名没人知道，也不知道他具体的住址，只知道他大概住在附近。

韩印和叶曦等人开始在搜索区域内，打听一个操着东北口音叫"老头"的人，结果出奇地顺利。在女童家南面不远的一个狭窄的胡同口，有几个老大爷正围在一起下棋，听到搜索小组的询问，大爷们都说"老头"经常蹲在胡同口闷声看他们下棋，其中一个老人爷指着距离胡同口第三家的位置，说那里就是"老头"住的地方。

这是一栋灰色的非常破旧的两层楼房，底层院子中间砌着一道砖墙，把东西两边的屋子分隔开。两边屋子各有各的房门，各有各的院子和院门。此时东侧院门被一把大锁锁着，西侧院门紧闭，推不开，应该是从里面上了锁，一股浓浓的烧酒味从院子里传出来。

随着康小北一顿猛烈的敲击，西侧院门敞开一条缝，一个50多岁的胖女人露出半拉脑袋来。

胖女人先是有些恼怒，但见到自家门前围着的是十几个警察，神色顿时慌张起来，说话也有些不利索了："你……你们找谁啊？"

"这是你的家？"康小北问。

"我……我是租住在这里的。"胖女人哆哆嗦嗦地说着话，仍不肯把门全打开。

"把门打开！你院子里怎么酒味这么浓？"康小北厉声问道。

胖女人有些不情愿地把门全部打开，低着头，揉搓着衣襟说："俺和俺男人是做散白酒生意的。"

叶曦打量几眼西侧小院，院里有一些造酒的设备，很明显这是个没有执照的黑作坊，但眼下没有工夫计较这些，接着问："你们这里都住些什么人？"

"二楼住的是房东两口子，俺住在西边，东边住着一个30多岁的男人。"胖女人说。

正问着胖女人，由东侧外墙旁边的灰白楼梯上下来一个50多岁的矮个儿男人。胖女人好像遇到救星似的，指着矮个儿男人说："他是房东，有啥事你们问他吧。"说罢便赶紧缩回自家小院里。

"这院里住着什么人？"叶曦指着东侧小院问房东。

"哦，是个东北人。"房东说。

"他干什么的？叫什么？"叶曦又问。

"好像打点儿散工什么的，具体我也不太清楚，我这三家都各走各的门，我把房子租给他了，平常也不怎么接触。"房东说。

"你有钥匙吗？打开它！"康小北冲着东院院门示意了一下。

"有。"房东点点头，解下挂在腰带上的一串钥匙，找出一把打开了锁。

众人进到院中，院子方方正正的，有五六平方米，再往里走便是正房，房门也是锁着的。房子分里外间，外间是一道走廊加厨房，里间应该就是睡觉的地方，但窗户上挂着窗帘，看不到里面的状况。叶曦示意房东把房门打开。

房东把房门打开，屋内传出一股像是脚臭的味道。房东走在前面，先走到走廊尽头拐到里间，只听他"噢"的一声惨叫，人便跌坐到地上。身后的韩印和叶曦以及康小北先后冲到里面，当他们看清楚屋内的景象时，三个人都像被钉子牢牢地钉在地上，呆住了。

这准是在地狱。灰暗的光线，灰色墙体上布着星星点点的污渍和血渍，窗户下面是一张宽大的木床，床罩磨得很亮，已经看不出本来的颜色和图案。床上并排摆着四具黑乎乎的尸体，都已经风干了，散发着淡淡的腥臭味。四具尸体的内脏全部被掏空，生殖器都被割掉，有的脸部缺少一半，有的被挖出眼睛，有的被割掉鼻子耳朵，有的四肢残缺……

这究竟是怎样一个恶魔？看着眼前的景象，便犹如置身地狱一般，而凶手竟然与四具尸体同床共枕数日，他在挑战人性的残忍底线吗？今早失踪的小男孩又在哪儿？他又将会遭受何种凶残的折磨？

床上的四具尸体应该就是后四个失踪的男童，这样便只差刘小花的尸体没找到。叶曦等人在屋子的角落里发现一个两尺多高的塑料桶，桶口被水泥封死了，估计刘小花的尸体被封在里面。但用工具把水泥敲碎后，他们发现里面仍是一具男童尸体，已经高度腐烂，看来凶手实际残害的人数要比警方掌握的多。那么，小女孩的尸体在哪儿呢？难道小女孩失踪与随后的案件无关？

这个疑问很快被否定，搜索小组在屋内搜索到多件儿童衣物以及数双童鞋，这里面便有刘小花失踪时穿的衣裤。另外，在挂在墙上的一件西服的上衣口袋里，找到了凶手的身份证。

身份证显示，凶手叫管波，来自东北某市……

目前掌握的信息已经完全可以确认数起虐杀儿童案的凶手，就是住在此处一个叫管波的东北人。消息立即反馈到指挥所，由于还有一个男孩在凶手手里，而凶手目前不知所终，局长指示一部分警员在整个红旗东街区域继续搜索，但要注意低调，以防打草惊蛇；叶曦率领的小组则在原地布控，等待凶手自投罗网；同时，市局方面立即联络上凶手原籍地公安局，很快他的资料便传了过来。

管波，生于1979年，初中文化，未婚，曾在汽车配件厂做过工人。2002年6月，因与未满14周岁的女孩同居，被定罪为奸淫幼女罪，判处有期徒刑8年，2010年刑满释放，2010年年底离开原籍，去向不明……

大概一小时后，一个身材瘦弱、头顶微秃的男人进入警方视线。经房东指认，此人便是管波。叶曦一声令下，康小北与三名警员迅速将其包围住，干净利落地将其制伏，戴上手铐。

管波做了几下无谓的挣扎，康小北把他拖拽进警车，面对坐在身边的韩印，他咬牙切齿地说："快点儿把我毙了吧，我早就活够了！"

"今早被你劫持的小男孩呢？"坐在前排副驾驶位置的叶曦扭头问道。

"什么小男孩？我不知道你在说什么。"

管波微笑了一下，动作非常微小，但没能逃过韩印的眼睛。看来叶曦的问题让他很兴奋，想必追求掌控已经成为管波的一种习惯心理，想让他痛痛快快说出小男孩的所在，恐怕不会太容易。韩印忍不住皱起眉头，思索着该如何突破他的心理防线。

"你知道吗？这是在给你机会！别不知道好歹，老实交代，孩子到底被你弄哪儿去了？"叶曦厉声喝问道。

"我真不知道。"管波一脸无辜的表情，诚恳地说，"你们要找的孩子真的跟我无关，我知道我犯的事够枪毙好几回了，所以再多一个也无所谓，我要知道我能不说吗？你说是不是这个理儿？"

管波的话不无道理，对他来说死罪是必然的，多一个被害人真是无所谓的事。叶曦有些拿不定主意了，心里也开始犯嘀咕，也许小男孩失踪和他无关？其实她多虑了，对于这种变态犯罪人的心理，叶曦还是不够了解。追求支配、操纵、控制几乎就是他们生命的全部，对于这种人的心理，你不能用正常的逻辑去思考。

"到底发生了什么？"韩印侧着头注视着管波，突然发问，"是什么让你变成现在这个样子？"

管波愣了一下，随即把头转向窗外，叹口气说："咳，也许这就是命吧！原本我也有很好的前程，我曾经被厂里保送到大学进修，可谁知道毕业回厂里准备提干时厂子黄了。我想如果运气好点儿，厂子不倒闭的话，我也不至于稀里糊涂地变成今天这副模样。"

"既然你糊涂，那我帮你捋捋。"韩印很清楚所谓保送大学不过是管波的臆想，他只是想在需要的时候，把自己装扮成一个受害者而已。他哼了一下鼻子说："你老家公安方面把你的信息传给了我们，对你的过去我们有些大概的了解，说说当年你因和未成年少女发生性关系被定罪的时候，心里什么感受？"

"觉得特别地冤。"管波转回头看着韩印说。

"对那个女孩有什么感受？"韩印问。

"有一点点埋怨。"

"后来，你和那个女孩之间又发生了什么？"

"什么也没发生，我出狱后去找过她，但她全家都搬走了，一点儿消息也没有。"

"你当时是不是有种被耍了的感觉，而且特别恨那个女孩，你为她付出了八年的青春，却没有任何回报，你甚至觉得她就是为了躲你才搬走的，对吗？"

管波"嗯"了一声，轻轻点点头，脸上涌出一丝痛苦的表情。

"所以一年前，当你看到天真烂漫的刘小花背着书包从你面前经过，你不知道为什么突然想起那个害你入狱的女孩，你鬼使神差地把她骗到家中，然后奸杀了她，对吗？"韩印追问道。

"是。"管波仰起头，目光有些懒散，好像在回忆一个非常惬意的经历，"我说我生病了，没力气，让她帮我开门，进屋之后我就把她掐死了，然后……"

"尸体呢？"叶曦插话问。

"我把她放到炉子里烧了，把骨灰扔到了天天网吧的厕所里。"管波答道。

"那后来那些男孩呢？你为什么要杀他们？"叶曦接着问道。

"也许我是同性恋吧，跟他们发生关系后怕被告发，所以杀了他们。"管波说。

"不，不是这样的。"韩印接下他的话，"当年你背着奸淫幼女的罪名进了监狱，恐怕日子不会好过，你被鸡奸了吧？"

"胡说，根本没有！"管波紧了紧鼻子，提高声音，几乎是吼着否认道。

"你不用着急否认，你刚刚紧鼻子，表现出极度厌恶的表情，已经回答了我。"韩印哼笑了一下，指着管波加快语速说，"那一刻你感觉到万分屈辱，你觉得自己整个生命都被玷污了，你感到从未有过的无助。当一切结束之后，你甚至想到了死，但你没有那个勇气，可是那时的你已经不是原来的你了。后来，你的遭遇也落到新的犯人身上，他们在你的撞击下发出无助痛苦的呻吟，让你无比兴奋，你分不清那是你生理上的需要，还是心理的需要。总之，当你把那些小男孩骗到家里，对他们施以恐吓鞭打，他们在你的淫威下表现出惊恐和胆怯，进而顺从你的摆布，这让你极度兴奋。而一旦他们心理开始崩溃，开始不住地乞求你，甚至给你下跪，让你放他们回家。那一刻你恍惚看到了自己的身影，那种万分屈辱和无助的痛苦让你的心开始撕裂，你忍不住要杀死他们，也是杀死赢弱的自己。"

在韩印的讲述下，管波的头越垂越低。韩印缓了口气，故作诚恳地说："也许很多人会觉得你是疯子、是变态，他们无法理解你，但是我能。从某种角度说，你也是受害者，是命运的不公毁了你的前程，是女人的不忠毁了你。一日为贼，终生为贼。当你出狱后，你受到了所有人的蔑视，没有人给过你一丝的尊重。"韩印顿了顿，语重心长地说，"你想得到尊重吗？我愿意给你。我可以给你一个纠正错误的机会，你可以赢得我的尊重，告诉我吧，小男孩在哪儿？"

韩印的话音落下，车里陷入一阵静默。管波低着头，不住地揉搓双手，而韩印和叶曦强忍着焦急和紧张的心情，等待着他做出反应。

片刻之后，管波终于缓缓抬起头，深深舒了口气，轻声说："那个孩子，在天天网吧旁边的烧烤店里。昨晚，在网吧听说西街有个女孩被拐了，我心里就觉得有股莫名其妙的冲动，但在网吧待了一晚上也没找到合适的对象。今天早上从网吧出来往家走的时候，遇到那个小男孩，我就把他骗到网吧旁边的烧烤店里。烧烤店前阵子黄了，里面没人，我把那孩子给'弄了'，见店里还有个破冰柜，便把他绑住藏了进去，想着晚上再去把他背回来处理掉……"

"孩子还活着吗？"叶曦急切地问道。

"嗯。那个冰柜是坏的，没插电。"管波点头说道。

叶曦暗自松了口气，拿起对讲机："各小组注意，孩子在天天网吧旁边烧烤店的冰柜里……各小组注意，孩子在天天网吧旁边烧烤店的冰柜里……"

大概五分钟之后，对讲机里传来一名警员的声音：孩子成功解救，但有遭到性侵犯和虐待的迹象，正送往医院检查……

叶曦冲着对讲机应了一声，瞅着韩印笑了笑，随即冲管波狠狠瞪了一眼。而韩印则沉默着把脸转向车窗外，表情异常凝重——小女孩王虹和小男孩郭新，虽然最终都被成功解救，但这段惨痛的经历必定会在他们心里留下深深的阴影，但愿父母的关爱和专业心理医生的疏导，能使他们早日走出阴影……孩子，加油！

与此同时，大批负责现场勘查的技术警员相继赶到案发现场。目前从凶手住处已经搜索到二十多双孩子穿过的鞋，也许在那栋房子里，在那个小院里，在那个人间炼狱里，还有孩子们的冤魂被埋葬着……

◎ 第十章　案中追案

黑暗。又见黑暗。总是黑暗。

为什么把我关在黑屋子里?

为什么叔叔一来你就对我不好了?

妈妈,我会乖乖的,放我出去吧!

妈妈我怕!我好害怕啊!

爸爸,爸爸,你快回来,救救我……

黑暗的卧室,男人猛地从床上弹起,发疯似的奔向墙上的电灯开关。一路由卧室到卫生间,到客厅,到厨房,最后到另一间卧室,打开家中所有可以打开的灯。

他瘫软在另一间卧室门口,大口喘着粗气,仿佛劫后余生。床上的女人动了动身子,转头冷漠地盯着男人,旋即又埋头睡去。

"对不起……做了个噩梦……"男人虚弱地说。

可以说,虐童案中韩印的表现是神一级的,本以为就此专案组会很顺利地通过他对"1·4"碎尸案的分析报告,未料到胡智国和付长林等人仍然执意反对。好在有武局长在中间斡旋,经过几轮激烈争论博弈后,意见才最终达成统一。武局长特意强调,此番仍然开启"1·18"碎尸案卷宗,目的是从调查记录中找出隐藏的"1·4"碎尸案凶手,并非要并案调查,两案凶手也绝非同一个人。希望各组人员在调查当中保持理性,避免混淆,把精力集中在"1·4"碎尸案上。同时,为了平衡胡智国和付长林以及组里部分警员的情绪,局长也做了相应的妥协,同意如果在调查中发现对"1·18"碎尸案有价值的线索,可以调配适当的警力予以追查。而最后局长也清醒地指出，犯罪侧写报告存在不可避免的局限性，如果在调查中发现可疑嫌疑人，即使不在报告范围内也要认真调查。由于积案组对"1·18"碎尸案案卷资料更为熟悉，在付长林的建议下，会上还宣布将积案组警员杜军和姚刚充实到专案组。

韩印的分析报告明确指出，"1·4"碎尸案凶手当年曾亲身经历过"1·18"碎尸案的调查。虽然在随后的侧写报告中，他又进一步给出了凶手的背景特征，但总体来看范围仍很大，他建议专案组按嫌疑大小，分三个顺序排查：首先，嫌疑最大的，当数当年与被害人尹爱君有过亲密接触的群体，主要是尹爱君的班主任和各科任课老师，以及同学、朋友等；次之，是与尹爱君有过接触但未有深交的人群，主要有尹爱君古都大学校友以及未教过她的老师；最后，是那些曾作为重点嫌疑人，被警方反复排查过的一部分人。

叶曦在韩印建议的基础上，决定三方面同时进行，并做了分工：第一档嫌疑人由韩印和康小北负责排查；第二档嫌疑人由杜军和姚刚负责；第三档嫌疑人的排查难度最大，范围最广。当年警方曾围绕古都大学以及第一抛尸现场，对附近的出租屋，单身居住男性，尤其是针对刑满释放人员进行过大规模的反复盘查。时隔16年，这部分人的分布已经相当复杂，那么负责排查的，必须职业经验丰富，对地理环境和案件细节非常熟悉，最好是当年专案组成员的老刑警，由他来遵循侧写报告的指引，有针对性地领导排查，这个人当然非付长林莫属。而叶曦则负责衔接各组信息，协调警力。

散会之后，各组人马立即投入到各自的任务当中。

康小北本以为韩印会直奔古都大学，没承想，他要求先去见见报案人沈秀兰。

沈秀兰的情况，专案组先前已深入调查过。她有一个三口之家，丈夫早年是石化厂工人，下岗后自己做点儿小买卖，有一个女儿目前还在读书。沈秀兰做了二十多年的环卫工人，这二十多年来，她始终负责华北路路段的清扫工作。因此成为两起碎尸案的第一报案人纯属巧合，所以康小北觉得没必要在她身上再浪费时间，但韩印执意要走访，他也不好多说什么。车行到半路上，路过一个水果摊儿，韩印下车买了个果篮，康小北便觉得此行不像走访嫌疑人，倒更像探访病号。

一位哲学家说过，人不可能两次踏进同一条河流。同样，作为一个普通人，在同一地点先后目击过两次碎尸案，成为第一报案人的概率，恐怕也小得可怜。但偏偏就让沈秀兰给赶上了，这种倒霉的遭遇，把她的生活搅得一团乱。沈秀兰自年初发现碎尸之后，精神状况和身体状况都非常糟糕，已经无法正常工作，好在单位予以谅解，批准她在家先休养一段时间，再做安排。

16年后，沈秀兰仍旧住在原来的地方，应着韩印和康小北的敲门声，为两人开门的是她的丈夫丁大民。

乍一见到陌生人的沈秀兰，脸上表情很是紧张，待丁大民解释两人是警察后，情绪才缓和了些。丁大民把两人请到客厅中落座，吩咐沈秀兰去烧水沏茶。康小北本要推辞，被韩印用眼神制止，他正要找机会和丁大民单独聊聊。

丁大民一看就是那种憨厚的老实人，为韩印和康小北递上烟，二人表示不会抽烟，他便自己点上一支默默地抽着。

韩印朝厨房方向瞅了一眼，轻声说："这些日子不好过吧？"

丁大民挤出一丝憨笑，无奈地说："赶上了，没办法。"

"大妈现在身体怎么样？"

"她原先血压就高，心脏也不太好，这回折腾一下，病情有些加重。去医院看了，医生给开了些药先吃着，过段时间等她身子不那么虚了，我想让她做个心脏支架手术。"

韩印点点头，接着问道："遇上这种事，我想大妈肯定被吓得不轻，不知道会不会给她心理方面造成损伤，她近段时间有没有什么异常或者过激的举动？"

"大叔，韩老师是心理方面的专家，大妈有什么问题，你尽可以跟他说，让他给诊断诊断。"康小北从旁边插了一句。

只见丁大民眼睛里闪过一丝光亮，旋即低下头陷入沉思，像是在用力回忆妻子近来的表现，过了好一会儿，他抬起头缓缓说道："她成宿成宿睡不好觉，好容易睡着了又会被噩梦惊醒，经常心事重重、慌里慌张的，胆子变得特别小，吃饭也吃得很少，而且脾气大了许多，有时发起脾气来像变了一个人似的。"

不知是被韩印提醒了，还是先前没好意思说，丁大民突然一股脑儿说出一大堆妻子的毛病。这也正是韩印担心的，沈秀兰的症状很可能是心理受到创伤后的应激反应，这种心理障碍如果不及时诊治，对患者身心的折磨是非常大的，情形严重的话，患者会在极度焦虑中以自杀寻求解脱。

担心吓着丁大民，韩印斟酌着字眼，谨慎地说："我觉得大妈可能是在极度惊吓中，心理受到了某种创伤，我建议您抽空带她去心理专科看看。"

听了韩印的话，丁大民倏地皱起眉头，张张嘴看似要说什么，末了，不知为何却未说出口。

"是经济上有困难吗？"韩印见丁大民犹豫的样子问道。

"不，不！"丁大民连连摇头，"我生意现在做得不错，还雇了两个伙计帮我，收入挺可观的。"丁大民顿了顿，"如果像您所说的，那应该怎么治？"

"这得需要您带她去就诊，确定了病情才能对症下药，不过通常都是以专业医生的心理辅导，配合服用抗抑郁、抗惊厥的药物来治疗。"韩印露出一丝遗憾的表情，"很抱歉，我在本市待不长，不能给您太多帮助，如果您有不懂的地方或者需要建议的话，可以随时给我打电话。"

韩印从上衣口袋里掏出一张名片递给丁大民，他双手接了过去，像捧着宝贝一般，重重点了点头，眼里充满感激之情。

"那我们就不打扰了。"韩印和康小北起身告辞。

"不打扰，我应该感谢你们才对，这么忙还想着老婆子的身体。再坐会儿吧！这老婆子真是的，这么长时间茶还没沏好……"男人一边嗔怪老婆，一边极力挽留两人。

"是啊，喝口茶再走。"沈秀兰从厨房出来虚弱地说，"新楼还没有煤气，电磁炉烧水太慢，你们再稍等一会儿，马上就好。"

"不了，我们还有任务，改日再来拜访，有事您可以给我打电话。"韩印推辞着说。

夫妻俩送韩印和康小北出门，望着他们的身影从楼梯口消失。丁大民扭头看了一眼身边的妻子，微笑瞬间被愁云取代。

出门，上车，发动引擎。

刚才在沈秀兰家，韩印自始至终未提过一句案子方面的问题，因为他就是专程去探望沈秀兰的，他预料到沈秀兰可能会因惊吓过度产生一些心理方面的不适，所以想提供力所能及的一些帮助。此时明白了韩印的用意，康小北心里不禁对他敬佩不已，本想由衷称赞几句，但见韩印望着窗外一副心事重重的样子，便把到嘴边的话咽了回去，专心致志地开车。

一刻钟之后，汽车驶入古都大学校内。在古都大学，他们第一个要走访的嫌疑人，是尹爱君当年的班主任黄传军。这个黄传军，自己学生失踪了九天，他竟浑然不觉，实在有失班主任之职。

按惯例，要先和学校保卫科打声招呼，韩印也正好可以从侧面了解一下黄传军近来的表现。

两人来到保卫科，做了自我介绍，请求协助。

还未等韩印发问，保卫科长先摆出一副神秘分分的样子，说："听说那凶手又杀人了？"

"哪个凶手？"韩印明知故问。

"就当年杀尹爱君的那个啊！这附近都传开了，说凶手是电视上演的那种连环杀手！"

"行啊，我们刑警队还没怎么着呢，你倒是先把案子定性了。"康小北揶揄道。

"都是小道消息，胡说的，胡说的，说错了，您二位别介意。"保卫科长赔着笑，"对了，需要我协助你们做些什么？"

"尹爱君当年的班主任还在学校吗？"韩印问。

"在啊！不过他不教学了，调到学校图书馆当管理员了。"保卫科长叹息道，"当年案子出了之后，黄传军因失职被学校从班主任位置上撤下来，还给了他一个内部处分，自此便没得到重用过。后来他自己的生活也不如意，结婚没几年便离婚了，老婆改嫁。反正他一直都比较消沉，工作状态总是调整不好，学校只好把他安排到图书馆。"

"他最近有什么反常表现吗？"韩印问。

"不太清楚，这几年我和他接触比较少。对了，你们不会认为是他杀的人吧？"保卫科长问完后，可能觉得自己问得有些多余，又故作老练地自答道，"噢，破案前任何人都可能是凶手，这是你们正常的工作程序。真希望你们能快些抓到凶手，学校也能清静些。"

"你以为我们愿意来啊！"康小北误会了保卫科长的话，没好气地说。

"不，我说的不是你们……"保卫科长吸了吸鼻子，一副欲言又止的样子。

"怎么了？有话请直说。"韩印笑笑说。

"其实这么多年，围绕尹爱君的传言一直让学校很头疼。"保卫科长眼睛越过韩印望向远处，神情变得严肃起来，"当年证明被碎尸的是尹爱君后，与她同宿舍的女生都不敢再回宿舍，学校只好把她们安排到宾馆先住着，一直住到考完试放寒假。寒假回来，又正式为她们调换了宿舍，那间屋子便空下来。可是麻烦并未就此终止，不知道从何时起，尹爱君冤魂不散的传言开始在学校里传播。有同学说半夜里听到那间屋子有人在走动，还有的人说听到女孩的哭声，甚至还有人听到女孩唱歌的声音。以至于后来没人敢踏进那间宿舍半步，最后学校无奈，只得一直空着它。

"如果说当年那些传闻，可能来自一些学生的臆想，或者因为刮风下雨、季节更替、建筑物热胀冷缩发出的一些声响给学生造成了错觉，但几年前真的有人在那间宿舍里看到尹爱君，而且不止一个人看到过！"

"什么？尹爱君还活着?！"

康小北噌的一下从椅子上蹿起来，情绪有些激动。韩印轻轻碰了下他的于，让他少安毋躁，坐下听保卫科长继续说下去。

保卫科长继续说："后来，学校在东郊大学城的分校区建成，一些专业的学生从这边主校区转到了那边。由于尹爱君所住的四号宿舍楼最为破旧，年维修成本最高，学校便决定将其空置下来，择机对其整体做一次修建。此后，那里就成为一些学生约会和游乐的地方，但大都是白天，晚上便成为禁地，连我们夜班值勤的保安也不敢前去巡逻。

"大概2008年的冬天，保卫科新来一个保安，头一次晚上单独巡逻，溜达到四号宿舍楼时，看见三楼一间屋子的窗户上隐约透出一丝光亮，断断续续的，时有时无。那间屋子就是尹爱君当年住过的304室。新来的保安没听过关于她的传闻，便拿着手电走进楼里巡视。在上到三楼后，他隐约听到一阵女声的低吟，好像是两个人在对话，又好像是一个人在自言自语。他壮着胆子，觅着声响，走到304室门口，举起手电透过门上的方块玻璃照向屋内。在手电光束落到窗边的破铁床上时，他清楚地看见那上边躺着一个女孩。据他后来说，那时女孩突然将脸冲向门口，煞白煞白的，毫无血色，像鬼魅一般。他当时就吓傻了，连自己是如何跑出那栋楼的都说不清楚，愣是在家休息了一个星期才来上班，不过也没做几天便辞职了。

"无独有偶。保安事件过去一个多月后，一对热恋中的学生，大概被情愫冲昏了头脑，半夜跑到楼里约会，结果就听到楼里有女孩在哭。可能是有人做伴，再加上好奇心驱使，两人牵着手走到传来哭声的304室。推开房门，借着朦胧的月光，只见尹爱君当年睡过的那张铁床上，一个女孩正躺在上边，双手捂着脸颊在轻声啜泣。与保安看到的一样，那女孩梳着短发，身材瘦弱，穿着牛仔裤和红色棉袄，那分明就是传说中尹爱君的模样。两个学生的反应可想而知，不过好在这俩孩子属于没心没肺型，学校进行了一番安抚后，还能正常地上学。但是此后，真的没有人敢再进那栋宿舍楼了。"

保卫科长叙述完整个事情的来龙去脉，三个人都陷入各自的思绪中，好一会儿，韩印才说："你能带我们去看看那间宿舍吗？"

保卫科长怔了一下，缓缓点头："好吧。"

穿过校园，经过大片大片绿油油的草坪，保卫科长带着韩印和康小北出了学校北门，走进对面的宿舍区。

宿舍区共有四栋楼，灰色的墙体，棕红色的楼顶，看起来都有很长的历史。随保卫科长走进最深处，便看到那栋周围已是杂草丛生、破败不堪的四号宿舍楼。由于修建资金未到位，宿舍楼便一直荒废着。

宿舍大门是由两扇带铁把手的红色木门组成，油漆斑驳，玻璃早已不见了踪影。

攥着把手，拉开一扇门，木门"咯吱咯吱"作响，灰尘尽落。保卫科长挥手驱赶着飘在眼前的浮尘，提醒两人注意脚下杂物，引领着踏梯而上。幽静的大楼中，楼梯间的脚步声显得格外清晰，好像在提醒尹爱君的魂魄——有人来看你了！

一路赶着灰尘，绕过蜘蛛网，终于来到304室。轻推房门，又是一阵灰尘落下。水泥地上，尘埃重重，纸张杂乱，大概是当年学生走的时候，把用过的一些书本都扔到了地上。两侧是四张上下铺的铁床，锈迹斑斑，非常陈旧。有的已经塌损，床上大都积着一层厚厚的灰，床架四周布满蜘蛛网，唯有靠近窗边的一张下铺床，要干净许多。经保卫科长介绍，得知那就是尹爱君的床铺。

"可以肯定，一定经常有人躺在那张床上。会是尹爱君吗？如果不是又会是谁？"韩印站在宿舍窗前，目光漫无目的地落在窗外，暗自出神。

突然，那种被逼视、压抑的感觉又来了。是那双眼睛吗？是那双在华北路抛尸现场出现过的忧郁的眼睛吗？它在哪儿？

韩印急切地冲窗外一阵扫视，视线中只看见远处有几个学生来来往往，未发现可疑身影。可那种感觉如此真切，以至于使身处在狭小宿舍当中的他感到有些窒息。转头看看，屋内其他两人并无异样。韩印不好多说，唯有在心中纳闷，为什么只有他能感觉到那双眼睛的存在？那到底是谁的眼睛？

宿舍就那么大，除了尹爱君睡过的床，其余的也看不出什么蹊跷之处，待了一会儿，韩印提出可以走了。

走山宿舍楼，保卫科长合上木门，转过头，韩印递给他一张名片："如果这栋楼再出什么异样，麻烦你给我打个电话。"

保卫科长正待接下名片，身后的木门突然敞开一条缝，从门缝吹出一阵阴风，将韩印手中的名片扫落在地。紧接着，名片瞬间又被卷到半空中，飘到远处，不见了踪影。

"大概是门没关牢吧。"韩印心里虽也觉得有些邪门，但嘴上仍轻描淡写，接着又掏出一张名片递过去。

保卫科长表情极为不自然，对着风吹的方向愣了一会儿，双手颤抖着接过名片。

跟随着保卫科长回到校区，来到图书馆。

黄传军不在，另一位管理员说他吃过午饭请假出去了，要一小时左右才能回来。韩印便让保卫科长先忙，他和康小北坐着等会儿。

看来黄传军很守时，差不多过了一个小时果然回来了。

相互介绍，找了一个僻静的角落相对而坐。韩印开门见山道："我们是因为最近一起碎尸案，来找你了解一些情况。"

提到碎尸案，黄传军几乎不可抑制地想到了尹爱君，随即低下头，少顷，再抬头，已是眼角含泪。

他颤着声音道："当年我太年轻了，第一次做班主任，没什么责任心。如果不是心存侥幸，早些向学校报告爱君失踪的消息，也许……"

黄传军双手捂着脸颊，泪水顺着指缝溢出。韩印和康小北默默地看着，直到他发泄得差不多了，韩印递上一张纸巾。

黄传军没去接韩印手上的纸巾，用自己掌心在眼睛上狠狠抹了几下，哽咽着说："这么多年，我总在心里问自己，如果我早点儿报告给学校，也许爱君当时还没有死，那是不是你们警方就会把她找回来？我每天都在问，每天都在内心深处鞭挞自己，我是真的知道错了，我好想亲口对她说一声'对不起'。"

韩印估摸着黄传军现在可能也就四十出头，可是他的外表已尽显老态，头发几乎都白了，脸色发青，像一个身患重疾的人。韩印相信，他的这份忏悔是真诚的，但这并不妨碍他成为杀人凶手。

"为什么离婚？"韩印平声问道。

黄传军身子颤了一下，声音飘忽地说："这和你们的案子有什么关系吗？"

"也许有，也许没有。"韩印道。

黄传军表情有些不快，冷着脸淡淡地说："老婆嫌我没出息，带着孩子改嫁了，就这么简单。"

"你恨她吗？"

"当然，因为爱过，所以才恨。"

"本年1月1日凌晨至1月4日凌晨，你在哪儿？在做什么？"

"怎么，你们认为我是那起碎尸案的凶手？"黄传军皱紧了眉头。

"问你，你就回答，哪儿那么多废话！"康小北忍不住厉声说道。

黄传军额头上冒出一层汗珠，不快的表情更浓了，末了，好像用力忍着气，眨眨眼睛说："没做什么，我一单身汉，也没什么不良嗜好，休息的时候除了去市场买菜，便是在家里看书。"

"还记得看的什么书吗？"韩印问。

"这个，这个记不清了。"黄传军一把抹去额头的汗。

韩印盯着他看了一会儿，说道："不说你了，说说你们班当时的学生，尤其是男生的情况吧。"

黄传军明显松了口气，语气也平和下来："当年班里一共只有不到十个男生，我只教过他们几个月，具体情况不太熟悉，现在做什么就更不知道了。不过，当时的班长毕业后留校任教，现在在学生处工作，你们可以找他了解一下。"

韩印又盯了黄传军一会儿，掏出名片递给他："要是想起什么，麻烦你联系我。"

离开图书馆之前，韩印问了下留校班长的情况。据黄传军说：班长叫刘湘明，本地人，原来也是任课老师，后来嫌枯燥，主动要求调到学生处。在学生处，起初表现不错，之后迷上炒股，工作便不怎么上心。领导对他的意见很大，以至至今他还只是一个小科员。婚姻状况不太理想，早年结过婚，但不到半年便离了，到现在一直单身。可能是眼光高，学校有几个女老师曾经向他表示过好感，都被他拒绝了。

找到学生处，未经打听，韩印和康小北很快就认出刘湘明。

刘湘明，身材魁梧，相貌还算帅气，头发打了发胶，一丝不苟地分在两边，给人感觉有些流里流气。其余老师都在专心工作，只有他对着电脑起劲，两眼冒火，死死盯着显示器上的白色K线。韩印和康小北在他身边站了好一会儿，他竟没觉察出来，和他打招呼，他也懒得搭理，以为是来找他办事的，极不耐烦地打发两人找别的老师去。

旁边的大姐倒是善解人意，见怪不怪地说："我们刘老师上午九点半到下午两点半是不办公的，来吧，有什么事我帮您二位办吧。"

"不对，不对，下午3点之前都不见客。"刘湘明大言不惭地附和。

康小北被气乐了，讥诮地对女老师说："我的事，您还真办不了。"说着话，康小北直接把警官证挂到刘湘明的电脑显示器上。

看到警官证，刘湘明才回过神来，眼睛从电脑上恋恋不舍地拔出来，连声道歉后为二人让座。

"您二位是找我了解尹爱君当年的情况吧？听说那个凶手又杀人了，太嚣张了。16年前让他跑了，这回你们可千万别放过他。"没等韩印和康小北出声，刘湘明便自顾自说道。

看来，虽然年初的碎尸案并未有官方报道，但老百姓私底下早已传开了，而且普遍想当然地认为，是前案凶手又继续杀人了。可能是尹爱君的原因，古都大学的师生格外关注这起案子，从保卫科长到班主任再到这位留校班长，给韩印的感觉，好像早已做好警察来访的准备。

韩印笑了笑，语气温和地说："你在学生处工作得开不开心？"

韩印的问题明显出乎刘湘明的意料，他怔了一下，扭头看看旁边的同事，放低声音说："我想出去抽根烟，咱们外面说吧。"

刘湘明把二人领到操场旁边的一座凉亭，为二人递烟，二人表示不会抽，他便自己点上一支。

"你在学生处工作得怎么样？"韩印继续刚才的问题。

刘湘明使劲抽了两口烟，撇了撇嘴说："混日子呗，领导不待见我，想重用恐怕很难，不过不忙也好，倒是有时间捣鼓股票。"

"股票做得怎么样？"韩印顺势问。

"还能怎么样，赔啊！这几年工作的积蓄差不多都赔进去了。我跟您二位说，要是想挣钱千万别炒股，还是想点儿别的道儿。也千万别买基金，那更不靠谱，你自己赔了，起码赔个明白，把钱给他们，都拿去买豪车豪宅了。我是没办法，被套了不做怎么办？真是的，以为打麻将呢，输了就下桌？那可是老子的辛苦钱……"提起股票，刘湘明是一肚子愤懑，没完没了。

韩印只要知道他赔了就行，不想再就这个问题深入下去，便及时打住，话归正题："元旦三天假期都做什么了？"

刘湘明感觉到话味儿有些不对，瞪着眼睛，警觉道："你们是来调查我的？你们觉得我是杀人犯？我像吗？太可笑了吧！"

"一点儿也不可笑，凶手落网之前，任何人都有嫌疑，请你回答我们的问题！"康小北盯着刘湘明冷冷地说道。

刘湘明低下头，默默地抽烟，像是要躲避康小北的目光，又像是在尽力回忆。

"快点儿，不就元旦的事吗，用得着想这么长时间？"康小北催促道。

"呃，那个……1号回我父母家去了，在那儿待了一天，2号、3号，就在自己家待着，哪儿也没去。"刘湘明伸出舌头舔舔嘴唇，显示出对自己说的话不够自信，之后又补充一句，"我自己有房子。"

"有人证明吗？"康小北说。

"我父母可以给我证明，2号、3号……"刘湘明摸了摸后颈，看样子有些谨慎，"我不知道该怎样证明，就我一个人在家。"

"你们班当时有几个男生？"韩印转了话题。

和黄传军刚才的表现一样，当韩印把话题转到别人身上时，很明显地看到刘湘明长出了一口气，紧绷的神经放松下来。

"中文系男生少，总共只有七个。"刘湘明答。

"你了解他们的近况吗？"韩印又问。

"知道，知道，我们几个不时会通过QQ联系。"刘湘明这次答得很爽快，"不过，有一个同学前年患癌症去世了，还有两个在国外，一个在外地，加上我本地常联系见面的也就三个人。"

"那两个具体做什么的？"康小北问。

"王伟也是大学老师，在财经学院工作；冯文浩现在是医生。"

"医生！"康小北掩饰不住脸上兴奋的表情，与韩印对视一眼，但韩印未有任何反应。

"学中文的怎么能当医生？"韩印语气平缓地问。

"他母亲以前是中心医院的骨科权威，退休后自己开了家私人骨科医院，托关系把冯文浩送到国外医学院进修了一段时间，回来后便在她手下当医生。"刘湘明答。

韩印点了点头，说："女生的近况你了解多少？"

刘湘明将烟屁股摁灭，弹到远处，做出结束谈话的样子："女生我还真没什么联系。对了，你们可以找王伟他老婆薛敏，她也是我们同学，当年还和尹爱君一个宿舍呢！她和王伟在一所大学教书。"

"哦，是这样啊。"韩印想了一会儿，掏出一张名片递给刘湘明，"今天先到这儿吧，也许以后还会麻烦你，如果你有什么想法，也可以给我打电话。"

刘湘明接过名片看都没看，麻利地揣到兜里："那我先告辞了。"

韩印点点头，刘湘明刚欲转身，韩印突然又叫住他，像是随口一问，道："哎，对了，听说你结婚不长时间就离了，为什么啊？"

"没什么，就是性格不合，我们属于闪婚，结果闪离也没什么大不了的。"刘湘明下意识地抬手在眉骨上方扫了两下，表情极不自然地说，"我，我可以走了吗？"

韩印哑然失笑，点点头，示意他可以走了。

随后，二人又找到尹爱君的几位任课老师聊了聊，从中未发现可疑之人。

离开古都大学，天已经擦黑，韩印让康小北载他去趟积案组，他要取些卷宗回去研究。

大概有话憋了挺长时间，车子开出不久，康小北便急赤白脸地说："我有三个疑问。"

韩印低头凝神，简洁地吐出一个字："说。"

"第一个，当年的死者是不是尹爱君？"

"卷宗你不是看过多遍了吗？上面不是写得很清楚吗？"

"好吧，就说当年的卷宗。"康小北重重地握着方向盘，表情严肃地说，"据卷宗记录，当年警方确定尸源，只是通过古都大学师生的辨认，未做过亲属配血，甚至尹爱君父亲都到局里了，也未让他看过尸体。你说这里面是不是有古怪？"

韩印沉吟一下，缓缓说道："从客观上说，的确有些不够严谨，但也可以理解。可能当时局里觉得有古都大学师生认尸已经足够确认了，而且对一个父亲来说，女儿被碎尸的惨状，耳闻和亲眼目睹，感受是绝对不一样的。局里可能担心他看过尸体做出过激举动，节外生枝，从而增加专案组的办案压力。"

"那宿舍楼中出现的尹爱君又是谁？"康小北追问道。

"那个我现在解释不了……"

韩印差点儿脱口说出困扰他的"那双眼睛"。那种莫名的直觉，为什么只在华北路和校园宿舍出现呢？难道真的跟尹爱君有关？韩印稍微想了想，还是决定不说，以免使案子更加复杂。

"说说第二个疑问。"韩印有意跳转话题。

"为什么我觉得你丝毫不怀疑冯文浩？他的职业应该符合凶手分尸手法专业的特征。还有，你的侧写报告中，为什么对这方面也未有体现？"康小北说。

"凶手在繁华区域掳走王莉，于闹市区抛尸，都未出现纰漏。这说明：虽然现实中他可能没有很高的成就，但不妨碍他是一个行事谨慎、思维周密的人，他是不会在犯罪现场留下明显能联系到他身份的信息的。所以我认为，专业的分尸手法和工具，与凶手的职业没有必然联系。当然，目前的侧写报告只是个初期意见，还需要进一步完善。至于冯文浩，我认为还是有必要深入调查的。"

"那么黄传军和刘湘明呢？"康小北提出自己第三个疑问，"我觉得这两个人有些问题，说话的眼神总是躲躲闪闪，而且言辞闪烁，他们俩又都有私家车，也未有确凿的不在场证据，是不是要再查查？"

"你说得对，这两人确实有所隐瞒。境况不佳，婚姻不幸，生活上有诸多不顺，应该说有犯罪的潜质，派两个兄弟盯他们几天看看。"韩印肯定了康小北的意见，末了又意味深长地说道，"每个人都有秘密，但有秘密不一定会杀人。"

◎第十一章　地狱来电

午夜，韩印被手机铃声吵醒，迷迷糊糊从枕边摸索出手机放到耳边，含糊地"喂"了一声。

手机里传出重重的喘息，声音缓慢而凝重，忽而完全静默了，但随即传出一阵低沉的呜咽声，那是一个女孩在轻声啜泣……

韩印瞬间清醒过来，从床上坐起，屏着呼吸，急促地问道："喂，喂，你是谁？说话啊，你是谁？"

低吟的啜泣声依然从话筒中流出，韩印脑海里突然闪现一幅画面：昏暗的路灯下，街角孤零零的电话亭，女孩手持电话，泪流满面，瘦弱的身影在冷风中瑟瑟发抖……

韩印正待追问，话筒里终于传出女孩沙哑的声音："……帮我……帮帮我……帮帮我……"

"你到底是谁？要我帮你什么？"韩印大声喊道，电话那边已是"嘟嘟"的收线声。

夜，重归肃静。黑暗的房间，韩印呆坐床头。诡谲的电话，女孩的哭泣，仿佛只是一场梦。

但，通信记录中分明显示出一个已接电话，是一个手机号码。韩印猛然醒悟，按下回拨键，一个毫无感情色彩的女声传出："对不起，你所拨打的电话已关机，请稍后再拨……"

早会。

通报排查进展，目前还未发现重点嫌疑对象。叶曦吩咐，各组继续依侧写报告深入细致进行排查，并再次嘱咐要拿捏好两案的分寸，避免浪费警力。

散会后，韩印找到叶曦说了昨夜的恐怖电话，叶曦大为吃惊。待韩印继续道出有关"那双眼睛"的直觉后，叶曦便震惊到无以言表。

韩印把来电号码抄给叶曦，让她找技术科查一下，回头晚上碰个面，再一起研究研究。

从古楼分局出来，韩印和康小北开车出发，今天的计划是走访尹爱君的同学——骨科医院的医生冯文浩，以及财经学院的老师王伟、薛敏夫妇。无奈这两个单位，一个位于城西，一个位于城东，恐怕大把时间都要浪费在路上了。

大概10点多，两人抵达骨科医院。不巧，冯文浩正有一台手术在做，一直到中午才和他见上面。

冯文浩是那种标准的"小男人"形象。个子不高，相貌白净，说话温柔谦卑，修养极好。刚做完一台大手术，他看起来神情稍显疲惫，但仍礼貌地将两人请到自己办公室。对于两人的讯问，基本上都有问必答，一副君子坦荡荡的模样。

他至今未婚，目前连女朋友也没有。提起元旦假期的活动，他说白天都在医院值班，晚上在家待着。他早年丧父，一直和母亲同住，母亲可以给他证明。未等韩印开口，冯文浩主动拨通电话，把母亲请到自己办公室来。

冯文浩母亲保养得极好，相貌要比实际年龄年轻许多，母子俩长得很像，感情看起来也特别融洽。

可能是担心儿子，母亲给儿子做过证明后，便找把椅子坐下，没有要走的意思。接下来回答问题，冯文浩显得有些拘束，给出的应答也是浮皮潦草。据他说：他毕业之后，除了和王伟、刘湘明偶尔有些联络外，其余同学都没接触过，女同学的近况就更加不清楚，也实在想不出谁会在日后成为杀人犯。

韩印和康小北见此便只能告辞。

快要出医院大门时，路过洗手间，两人进去解手。见有保洁工人在清理洗手台，韩印便顺口问了声冯文浩平日在医院的表现。

保洁工连夸冯是好人，但犹疑了一下，又操着东北口音道："他母亲那人不怎么地，特别挑剔，特别强势，冯医生在她手下干，老压抑了！"

"你怎么知道他压抑？"韩印微笑着问。

保洁工瞅了瞅门口，低声说："我经常会看到冯医生在洗手间里发呆，感觉他宁愿待在这里，也不愿意回办公室，有一次我还听到他在洗手间里抽泣。"

听完保洁工的诉说，两人对视一眼，韩印意味深长地点点头，康小北也微微附和。

桃林大学城位于城东近郊，是J市从20世纪末开始重点打造的新城区之一，城区内以高档社区和科研文化机构为主，集中了本市数所高校，财经学院也在几年前迁址于此。

韩印和康小北在财经学院教师办，首先见到的是下午没课的薛敏。

薛敏长得很漂亮，体态略显丰腴。面对讯问，她也想当然地认为，警方是想从她这里了解尹爱君当年在校的情况，同时对于询问她本人和丈夫的情况表示理解。

"能说说元旦假期这几天，你和你丈夫王伟的具体活动吗？"康小北问。

"当然可以！"薛敏几乎未加思索地说道，"本来和王伟商量1号去我爸妈家探望老人，后来给我妈打电话，我妈说很快就要过年了别麻烦了，到时候和我哥我姐一起去吧。我一想可能是因为我父亲身体不太好，我妈喜欢清静，懒得招呼我们，便干脆和王伟出去逛了一大街。至于2号和3号，没什么特别的，我在家收拾收拾卫生，洗洗衣服，王伟是班主任，学校过完元旦很快就要进入期末考试阶段，他那两天一直在写期末总结和复习计划。我们俩基本上没怎么出门。"

"王伟这段时期行为有什么变化吗？"韩印问。

"正常啊，没什么变化。"薛敏爽朗地大笑一声说，"你们不会觉得爱君的案子和年初那个什么碎尸案都是王伟做的吧？怎么可能？他连杀鸡都不敢，更别说杀人了，就是看都不敢看一眼，他怎么可能杀人？哈哈哈！"

等薛敏笑够了，韩印又问："冒昧地问一句，你们夫妻感情最近出了什么问题吗？"

"挺好啊！"薛敏扬着声音脱口说道，但犹豫了一下，又放低声音看似很实在地说，"其实也不能说有多好，和普通家庭一样，有时也会闹别扭，不过王伟脾气好，他总是迁就我。一般都是我发发脾气，他生会儿闷气，很快就没事了。"

薛敏的应答滴水不漏，看不出可疑，韩印把话题从他们夫妻身上转到别处："据说，你当年和尹爱君住在同一间宿舍？"

"是啊！"

"在她失踪以及确认被杀害后，你们宿舍的女生有没有行为比较异常的？又或者近年，你接触过的原来的同学中，有没有精神状况比较糟糕的？"

薛敏想了想，神色忧伤地说出一个名字："余美芬。"

"余美芬"，这名字好熟悉。韩印快速在记忆中搜索，噢，对……

"余美芬，她怎么了？"康小北插话问道。

"当年正是美芬偷用电热炉煮面，牵连爱君受处罚的。爱君失踪那几天，她很担心，后来她看到报纸上寻找尸源的启事，觉得上面说的很像爱君，便报告了老师。"

"是余美芬最先提起要认尸的？"韩印问。

"对。挺奇怪的，不知怎的，那天她会买份日报，她以前可从来不看的。"薛敏表情纳闷地说。

"当日尹爱君负气出去散步，稍后余美芬是不是也跟着出去了？"韩印好像捕捉到什么，口气有些急促。

"对啊。爱君走后不久，她也说憋屈，要出去走走。"

韩印点点头，沉默片刻，示意薛敏接着说。

"认尸后那段时间，美芬心情很不好，她觉得内疚，总是念叨要不是因为她，爱君就不会出去、就不会死之类的话。美芬刚来的时候是个话痨，很爱笑，但从那之后，她的笑容就少了，人也变得沉默了许多。"

"大学毕业之后，你们还有联系吗？"

"有。美芬老家在偏远农村，毕业后她不想回去，而且她当时正和冯文浩热恋，所以便留下来应聘到一家出版公司做编辑。"

"什么？她和冯文浩是恋人关系？"康小北提高了声音问。

"对啊！他们是一见钟情，刚到学校没几天，那时我们还什么都不懂，他俩就好上了。一直到毕业感情都很好。我们同学都看好他们。"薛敏突然话锋一转，脸上哀色更浓了，"但现实远不像我们想得那么简单。刚毕业那会儿，大家都忙着找工作，彼此联系不多。大概是一年后，突然有一天，美芬打电话，说想约我出去坐坐。我们找了一家咖啡厅，她脸色很不好，人也非常憔悴，那次我才知道她和冯文浩的恋情很不顺利。倒不是因为文浩，主要是他妈。文浩家庭条件虽好，但他妈对他的呵护和控制，简直到了变态的地步。文浩第一次把美芬领回家时，他妈直截了当地对美芬说，她不会同意他们的婚姻，说美芬配不上文浩，还说美芬不是她心目中的媳妇之类的话。当时文浩的态度还是比较坚决，他天真地以为也许美芬有了他的骨肉，他妈看在孙子面上会同意他们俩结婚。结果当他妈得知美芬怀孕的消息，简直是疯了，到美芬单位大骂美芬是坏女人，不正经，勾引她儿子，用各种手段逼美芬把孩子打掉。美芬在本地没有亲人，又不敢和文浩说，只好找我倾诉，我也做不了什么，只能尽力安慰她。那次见面一周后，我又接到美芬的电话，跟我说文浩妈突然同意接纳她了，她在电话里很兴奋，但我隐隐觉得事情有些不对劲。果然没几天，美芬哭着打电话来，说文浩妈突然示好是为了骗她打掉孩子，孩子一打掉就变脸了，给她一笔钱，让她不要再纠缠文浩。后来，文浩妈通过国外的亲戚，为文浩在一家医学院办理了留学手续，并以死相逼让文浩遵从她的安排。再后来，文浩无奈出国，美芬得了场大病，还患上忧郁症，工作也没法干了。她心灰意冷，决定回老家，临走前给我打了个电话道别，自此便再也没有了消息。"

随着薛敏的讲述，气氛有些凝重，对于余美芬的遭遇，韩印和康小北也甚为同情。彼此沉默一阵，韩印正待发问，走廊里响起一阵下课铃声，紧接着，一个成熟帅气的男子走进教师办公室。

男人身材瘦高，面色温和，嘴角挂着一抹浅浅的微笑。他腋下夹着书本，径直走到薛敏身旁，揽着她的肩膀，声音柔和地问："这二位是？"

不用问，这肯定就是王伟了。

"我们是市刑警队的，我叫韩印，这位是我的同事康小北……"韩印主动介绍自己和康小北。

"这是我爱人王伟。"薛敏介绍道，说完颇为识体地站起身对王伟说，"你和警察同志聊吧，我出去一下。"

王伟点点头，目送爱人走出办公室。

随后，王伟也表现出相当配合的态度，对于自己元旦假日中的活动，以及他们夫妻之间的一些问题，都毫无避讳地给予应答。内容与薛敏说的几乎一模一样。

夫妻两口供出奇地一致，像是先前排练过，韩印怀疑是刘湘明给他们打过电话了，所以他们有所准备。

他们在遮掩什么吗？还是说的就是事实？假设他们夫妻二人有一个是凶手，那么另外一个会配合地给出假的证据吗？按道理应该不会，因为虽然两人表现得很恩爱，但薛敏在刚刚回答询问中，总是直呼丈夫的名字，而不是说"我老公、我爱人"等话，显然他们之间并没有看上去那么亲密。

"这夫妻二人的关系也许没有我们看上去那么好。"当汽车驶离财经学院时，韩印透过后视镜，望着身后挥手道别的王伟和薛敏凝神说道。

"每个人都有秘密，有秘密不一定会杀人。"康小北学着韩印的口气，一脸深沉。

"臭小子，学得够快的。"韩印笑笑，随即正色道，"派几个人从外围好好了解一下这对夫妻。"

"明白。"康小北咬着牙说，"没想到，冯文浩是个道貌岸然的伪君子，咱们现在是再回去摸摸他的底，还是先从外围调查一下再说？"

韩印想了想，决定还是再去骨科医院，找冯文浩当面对质，看看他的表现。

重返骨科医院，再次与冯文浩会面，韩印和康小北面色异常严肃。冯文浩亦感受到气氛有变，脸上勉强挂着笑容，一只手一直摩挲着衬衫袖口的扣子，看似有些局促不安。

相视沉默片刻，康小北开门见山道："为什么要隐瞒你和余美芬的关系？"

"余美芬？"冯文浩身子蓦然一震，笑容僵硬下来，随即哀伤布满双眼。他张张嘴，但没发出声音，过了好一会儿，才抖着双唇说："我和她之间的事，应该和你们的案子扯不上丝毫关系，所以我觉得没必要说。"

"有没有关系，由我们来判断，你的责任是要如实回答我们的问题。"康小北语气稍显生硬。

冯文浩长舒一口气，盯着康小北，视线空洞地说："好吧，就算我没说实话，那又能说明什么？说明我就是你们要找的杀人犯吗？"

"说明你曾经说过的话不可信！"康小北针锋相对，"请再详细叙述一次，你从1月1日凌晨至1月4日早间的活动情况。"

冯文浩眼神迷离，显然已经被"余美芬"这三个字搅乱心神，他一副心不在焉的样子，缓缓说道："该说的，先前都跟你们说了，至于证明，你们可以问我的母亲，如果你们觉得她的话不可信，那就请你们拿出证据。"

话到最后，冯文浩好像缓过神了，语气突然强硬起来。

"你……"康小北瞪着眼睛，一时语塞，只好转头望向韩印。

韩印看似不急于说话，冷眼注视着冯文浩，少顷，他轻扬了一下嘴角，说："曾经夹在你母亲和余美芬之间是不是让你很痛苦？"

冯文浩点点头，喃喃地说："是，好在都已经过去了。"

"真的过去了吗？你这儿不痛吗？"韩印指指自己的胸口。

"痛与不痛与你无关，更与你们的案子无关。"冯文浩冷冷地说。

"告诉我，在你和余美芬的爱情结晶被打掉的那一刻，你是否感到伤心欲绝、痛不欲生？告诉我，在每一个寂寞的夜晚，当余美芬那泪流满面、心如死灰的面容浮现在你脑海里，出现在你梦中，你是否会感到悔恨，感到羞愧？"

泪水，夺眶而出！

面对韩印的追问，冯文浩终于崩溃，泣不成声！但韩印并不想就此放过他。

"你为你的懦弱感到羞愧吗？失去爱人、失去孩子让你感到绝望吗？你母亲的强势让你感到愤怒吗？你觉得所有的一切都是你母亲的错，对吗？"

"不，我从来没有恨过我的母亲，我知道她一个人把我抚养成人经历过怎样的艰辛，她把一生中最好的时光都给了我，我又有什么不能为她舍弃的呢？而且我和美芬之间，也不是你们想的那样，我努力过，但是她拒绝了！"冯文浩颤抖着身子，激动地怒吼着。

"什么？你是说，后来你和余美芬又见过面？"韩印一脸诧异。

"对！回国之后，我们曾经见过一面。"冯文浩吸着鼻子，努力平复心绪，片刻之后，终于冷静下来，"我历尽艰辛，千里跋涉，到那个偏僻的小山村找到美芬，祈求她原谅我和我母亲，希望能与她重归于好。可她对我很冷淡，眼神平静得可怕，我看不见恨，更没有爱。她对我说，失去孩子的那一刻，她便和我毫无瓜葛了。我劝她回到J市，承诺帮她开拓一份事业，就算做朋友，我也不想她委身于那个穷山村。但是她也拒绝了，她说她已经有了事业，她是村子里唯一的老师，她爱那些孩子……"

辞别冯文浩，回程。

车里一时无语，直到汽车驶回招待所门口，康小北才打开话匣子："我觉得冯文浩刚才的情感很真挚，不像是表演。"

韩印点头，又摇头："我相信他对母亲和余美芬的感情是真挚的，但我总有种感觉，他好像在掩盖什么。"

"会是什么呢？"康小北问。

"不知道，总之对这个人要做重点调查。"韩印换了一副轻松的口气，"累了一天，没正经吃过东西，晚上吃点儿好的吧，想吃什么，我请？"

"不，不了，你自己吃吧，我，我还有点儿事。"康小北盯着落地窗户，神情有些痴痴的。

"哎，这是怎么了，不是你的一贯风格啊！"韩印戏谑一句，循着康小北的视线望去，发现吸引他目光的，是招待所前台的那两个女接待员，"噢，对美食不感兴趣，恐怕是对美女感兴趣了吧？"

被韩印一语中的，康小北尴尬地收回视线，"呵呵"两声说："一会儿，夏晶晶下班，我和她约好了出去逛逛。"

"行啊！这么快就好上了？"韩印冲着前台边打量边问，"那两个女孩里，哪一个是夏晶晶？"

康小北指向台子左边，一个身材瘦小、长相乖巧的女孩，说："就是那个。"

"不错，是可爱型的，你小子眼光不错。"韩印使劲看了两眼，打开车门下车笑着说，"既然你小子重色轻友，那我就自己吃点儿好的去。"

"什么重色轻友啊，我这是给你机会，你可以约叶队一起共进晚餐，说不定你俩还能发生点儿故事。"康小北把头伸出车窗追着说。

韩印走进旋转门，背冲康小北挥挥手，好像未听见他的提议。

其实韩印听得非常真切，而且还真有些动了心思，反正自己正想与叶曦讨论案子，不如叫上她边吃边聊？

韩印举着手机，瞅着叶曦的号码，踌躇不定。仿佛心有灵犀，手中的电话突然响了起来，定睛一看，来电的竟是叶曦，韩印赶紧按下接听键……

"你在哪儿，吃饭了吗？"电话里传出叶曦略带疲惫的声音。

"刚进招待所，还没顾上吃东西，你呢，要不一块儿……"

"我在你房间门口，买了几份小菜。"叶曦接着韩印的话说道。

"等着，我这就上来。"韩印忙不迭地挂掉电话，奔向电梯。

下了电梯，远远看见叶曦倚在房间门上冲自己微笑，韩印冲她扬扬手。

等到韩印走近，叶曦笑了笑，柔声道："开了一天的会，胃里空空的，想着你可能也没吃东西，买了几份我们当地的小吃给你尝尝。"

"好啊，我正饿着。"

韩印用房卡打开门，接过叶曦手上的餐盒，将她让进屋内。

叶曦先洗漱一番，待韩印洗漱过后，叶曦已经打开餐盒，摆在小茶几上。

果然都是当地特色小吃：盐水鸭、鸭血粉丝、狮子头、红烧排骨、牛肉锅贴、小笼包……

吃饭时两人说话不多，但气氛也不沉默，两人时而会对视微笑，时而又会为彼此夹菜，像一对热恋中的情侣，默契十足。

饭毕，尽管韩印十分留恋刚才的氛围，但终归人家是来讨论案子的。他将白天调查的情况为叶曦做了详细的叙述，强调要对冯文浩做重点盯查。

"冯文浩的成长经历和生活背景均在侧写报告范围内，职业也符合凶手的分尸特征。他有过挫败的感情经历，而且长年生活在母亲的强势控制下，生活极度压抑，虽然表面上表现出对感情的豁达以及对母亲的宽容，但并不妨碍他成为一个变态杀手。"

韩印顿了顿，表情异常郑重："接下来我要说的这个人，对'1·18'碎尸案非常重要，与'1·4'碎尸案可能也有牵扯。这个人就是尹爱君的舍友，也是冯文浩的前女友——余美芬。"

听韩印如此说，叶曦也紧张起来，皱紧了双眉，屏住呼吸，等着下文。

韩印接着说："当年正是余美芬的过失，惹得尹爱君负气外出，而稍后不久她也离开宿舍，也就是说，这两个人是前后脚外出的。另外，案发后提出认尸的也是这个余美芬，当日她破天荒买了份本市日报，在夹缝中看到尸源启事，然后汇报到学校，提出到警局认尸。还有一点，薛敏提到余美芬时，我觉得这名字很熟悉，好像在哪里看过，仔细回忆，原来在卷宗里看过。卷宗记录显示，当年有学生目击尹爱君曾出现在青鸟路，而那个学生仍然是余美芬。据薛敏说，在尹爱君出事后，余美芬表现极为反常，性情也有很大变化，所以抛开'1·4'碎尸案不说，这个女人在'1·18'碎尸案中应该是个关键人物。"

"你的意思是说，她很可能看到了最后接触尹爱君的人，也就是'1·18'碎尸案的凶手？"叶曦一脸愕然。

"有这种可能。"韩印重重地点头。

"那她当时为什么不对警方说呢？"叶曦问。

"不知道，也许她认识那个凶手，担心冤枉了他；或者是对凶手有某种好感；又或者胆小不想惹麻烦……"

"那她和'1·4'碎尸案又会有什么牵扯呢？"叶曦又问。

"你曾经问过我'1·4'碎尸案凶手有没有可能是女人，我当时说如果是女人的话，那她很可能具有某种精神疾病。一直以来，余美芬对尹爱君是满怀愧疚的，可能这份愧疚感压抑在她心底，让她承受了很大的精神折磨。而在她与冯文浩的交往中，又受到来自冯文浩母亲的压力，致使最终以分手结尾，并打掉身怀多月的孩子。失去爱人，失去孩子，对她的人生更是一次毁灭性打击，她甚至因此患上忧郁症。所以从目前接触过的嫌疑人中，最有可能出现精神裂变的女性只有余美芬。"韩印又补充一句，"当然这只是我的猜测。"

虽然叶曦一直强调，整个调查的主旨是志在解决"1·4"碎尸案，但对于突然出现的"1·18"碎尸案的重大线索，她也必须重视起来，何况还有可能关乎"1·4"碎尸案。叶曦考虑了一下说："看来我们有必要找出这个人，可她现在在哪儿啊？距冯文浩与她最后见面至今也有好多年了吧，我们要怎么找出这个人？"

韩印转身从背包里拿出一张照片交给叶曦，说："这是我向冯文浩借到的余美芬的照片，同时也要了她老家的地址。我们分头行事，我去一趟她老家了解一下情况，你把照片复印分发到各分局、派出所，让他们帮助协查一下。如果她真与'1·4'碎尸案有瓜葛，那她很可能出现在本市。"

叶曦接过照片，若有所思地点点头，然后说："这里交给老付就行，我陪你去一趟余美芬老家，你一个人去我不放心，要是出点儿什么差错，我可没法向你们学校和省厅交代。"

叶曦的话让韩印心里暖暖的，但也不知该如何表达，只能笑笑。笑罢，韩印正色道："如果余美芬真的有精神疾病，那么一直莫名萦绕在我眼前的那双眼睛和骚扰电话或许是来自她。"

"对了，技术科查过了，骚扰电话来自一个临时号码，唯一的通话便是昨夜和你的通话。距离电话拨出最近的发射塔，位于第一个抛尸现场华北路附近。"叶曦说。

韩印推了推眼镜，盯着窗外沉沉的夜色："也许她就是在那儿拨的。"

叶曦也转过头盯着窗外，皱着眉头说："咱们先不管骚扰电话是不是来自余美芬，假定打电话的人是'1·4'碎尸案的凶手，那么她骚扰你的目的是什么？她又要寻求什么帮助？是故意装神弄鬼，想扰乱咱们办案的思路吗？毕竟现在变声器随处都能买到，电话里虽然是女声，但也可能是男的打的。"

韩印点点头："这种可能性是有的，不过从以往一些变态犯罪的案例看，也存在另外两种可能性。一种是凶手确实想寻求帮助。他厌倦杀人，也怀着深深的罪恶感，但是他控制不住自己，又没有勇气投案自首。例如'连环杀手黄勇'，他放过最后一个受害人，并不是怜悯受害人的身世和祈求，而是他厌倦了杀戮，希望有人能报告警方阻止他。另一种可能性，则可能是一种托词。是变态犯罪人在为自己的连续杀人或者即将采取的杀人行为，寻找合理的解释。就好像说，好吧，我努力过了，但我就是控制不住自己，所以我杀人，不是我的错。"

"既然她有你的电话号码，那么会不会是你曾经走访过的人？"叶曦问。

"也……也不一定，她从别的渠道也能找到。"韩印咬了咬嘴唇，失神地说，"还有，我曾在尹爱君宿舍门口拿名片给保卫科长，不想被一阵突如其来的风吹走了。"

叶曦眨眨眼睛，说："这还真够邪门的。"

"是啊！这案子太乱了。"韩印深深地舒了口气。

"还有更乱的。"叶曦目光突然收紧，神色凝重道，"虎王山的轮胎印记比对结果出来了。"

"什么车？"

"省汽车集团出品的一款汽车。"

韩印好像知道叶曦为何如此凝重了："和小北开的是同款车？"

叶曦点点头："这款车在本市特别畅销，而且'省汽'特供给局里600辆作为警用车，所以不能排除当晚在你们之前出现在虎王山的是一辆'警车'！"

"如果是警车，大半夜的去虎王山做什么？会不会是组里的其他同事？"韩印问。

"不会。如果组里其他人去肯定会向我汇报，而且组里只有我一个女的，虎王山的脚印却是有男有女。"叶曦斩钉截铁地答道，顿了一下，她抓抓头发一脸烦躁地说："至于警车去做什么，与'1·4'碎尸案有没有关联，我还真是一头雾水。"

"你别急，也许根本就不是警车。"

其实韩印说这话是怕叶曦上火，实际上是有些违心的。寻常百姓大半夜的怎么可能找到虎王山的抛尸地点，能够准确找到方位的应该有四种人——对当年"1·18"碎尸案持续关注的狂热分子、"1·18"碎尸案凶手、"1·4"碎尸案凶手以及警察。

首先剔除"1·18"碎尸案凶手，因为在韩印看来，此案为单人作案。"1·4"碎尸案凶手肯定是"1·18"碎尸案的狂热分子，不排除个别警察也痴迷于该案，再结合轮胎印记符合警车车型，那么当晚去虎王山抛尸现场的一干人等，身份是警察的可能性最大。关键是那几个警察去虎王山是出于好奇，还是去重温快感的？也就是说，"1·4"碎尸案会不会就是他们所为？当然，在韩印的分析里"1·4"碎尸案也属单独作案，但，不是还有万一吗？万一韩印的分析全盘皆错，万一真的是几个警察作的案呢？而且从亲身经历"1·18"碎尸案的角度来说，警察也的确在这个范围内，所以"车胎线索"一定要查。关键是怎么查？尤其牵涉内部警员的调查该怎么展开？

虽然由于办案需要，局里和有关部门打过招呼，本市几家主流报纸对"1·4"碎尸案未做过任何报道，但各种小道消息早在社会和网络上传开了。包括市里领导和寻常百姓对此案都十分关注，而且由于调查一直未有任何进展，局里一些人对叶曦领导的专案组是颇多微词，此时再提出内部调查，恐怕阻力重重，而一旦消息走漏，谣言四起，外界对警界的质疑声可够市局领导喝一壶的，同样也会将叶曦逼入绝境。所以说，大范围高调地排查是不可行的，也是不可能的。

相对沉默半晌，韩印狠狠心说道："如果是警车，你准备怎么查？"

叶曦失神地摇摇头，咬咬嘴唇说："还没想好。"

韩印思索了一下说："你看这样行不行？如果是内部警员，他们应该早就知道，技术科先前在用轮胎印记比对车型，那么紧接着就要展开实际车辆的比对。出于心虚，他们可能会偷偷更换轮胎，而且为了不惹人注目，他们会到一些小的修配厂换旧的轮胎。这样一来，我们只要抽出一些人手，对一些小汽车修配厂进行排查即可。虽然范围也不算小，但是比起逐一排查警车要小得多，而且局里不会产生异议。"

韩印又强调说："最好找专案组以外你信得过的警员，切记要低调行事。"

叶曦猛地抬头，脸上一阵惊喜，激动得一时无以言表。她心里很清楚，韩印在案子上为她提供了一个最恰当的排查策略，而且尤为贴心的是，这是他设身处地为她着想的结果。

叶曦凝眸不语，眼眸中带着钦佩，又含着盈盈的柔情……

韩印下意识地想移开目光，但又觉不舍，鼓起勇气还是迎了上去。

一阵音乐传来，手机不合时宜地响了起来。韩印从裤袋里掏出接听，脸色突然大变，随即按下免提键，手机里传出一阵女孩的啜泣："……帮我……求求你……帮帮我……"

"嘟嘟"的挂线声过去好一会儿，韩印和叶曦才缓过神来，对视着，叶曦禁不住打了个寒战："就是这个电话，装神弄鬼的电话？"

韩印无声地点头，既而抬腕看看表，咬着牙说："走，去华北路，揪出这只鬼！"

夜晚行车十分顺畅，一刻钟后，两人来到碎尸残骸第一发现地——华北路。

已是晚上9点多，霓虹灯灿烂，整条街熙熙攘攘，仍旧非常热闹。韩印与叶曦分立垃圾箱两旁，神情机敏地审视着来往人群。

人群中，有的行色匆匆，有的轻松悠闲，有的专注于美食，有的在向身旁伴侣撒娇。韩印的视线从一张张表情各异的脸庞上掠过，蓦然定格在对面的肯德基。

那面茶色玻璃橱窗后面隐藏着什么？是那双眼睛吗？对，就是那双眼睛，韩印已经感觉到视线的相碰。他冲叶曦招招手，快步穿过人群向肯德基走去。

　　叶曦紧随着韩印走进店内，里面客人不多，窗边的座位是空的，但桌上遗落的一瓶矿泉水显示这里刚刚有人坐过。环顾四周，发现一个侧门，韩印快速冲向侧门追了出去。

　　叶曦叫住一位保洁员，指着窗边，问："这儿刚刚有人坐过吗？"

　　"对，有。"保洁员答道。

　　"什么样的人？"叶曦又问。

　　"好像是女的。"保洁员模棱两可地回答道。

　　"好像？"叶曦有些不解。

　　"她戴了顶帽子，帽檐儿挺宽，看不清楚脸，身材瘦瘦的。"保洁员解释过后，又大大咧咧地说，"不过我也没太在意看，这店里每天人来人往，像她这种不消费，只坐着看书发呆的小年轻特别多。"

　　叶曦点点头，示意她可以去忙了，从兜里掏出随身携带的证物袋，将矿泉水瓶装了进去。

　　此时韩印已经由侧门返回，气喘吁吁地走到叶曦身前，摇摇头说："没追上，让她跑了。"

　　叶曦扬扬手中的证物袋："带回去验验DNA，看看到底是人是鬼。"

　　韩印点点头，"嗯"了一声。

第三卷
小镇狂魔

愤怒的人永远得不到救赎，他们只能诅咒，喊叫，在无尽的深渊里咆哮！

——但丁

◎第十二章　强行征调

余美芬的家乡位于邻省H省偏远山区，距离J市有800多公里。

为了节省时间，局里特批给叶曦一辆越野吉普。两人先从高速公路行车六个多小时到达H省L市，再由L市向所属D县进发，到达D县还要再开50多公里才能抵达目的地柳树镇。但这50多公里多是崎岖山路，几乎是一路颠簸的，直到傍晚时分，才看到小镇的影子。

犯罪心理档案

两人先到镇上派出所查了户籍，确实有余美芬这个人，但户籍于1995年转出去后，便未再迁回。两人一合计，估计余美芬的户口和档案还存放在J市的人才交流中心。

原户籍显示，余美芬住在柳树镇辖区的金刚山村。金刚山村因金刚山得名，在小镇的北部，距离镇中心10公里左右，村子坐落在山的背后，没有公路，全是羊肠小道，只能徒步，一个来回要将近八个小时。山路艰险，且夜里有野兽出没，派出所方面建议他们在镇上住一晚，明天一早再出发。

当地派出所安排一位40多岁姓刘的警官负责协助两人办案。刘警官在小旅馆为两人安排了住宿，又张罗来一些吃的，嘱咐他们吃完东西后好好睡上一觉，养足精神，明天好赶山路。

叶曦上午走前，已将工作布置妥当，命康小北调派人手对冯文浩进行24小时跟踪监视。康小北怕有闪失，干脆自己亲自上阵。

整个白天，冯文浩都窝在医院里没踏出半步，下班之后驱车载着母亲直接回到住处，看样子这哥们儿除了工作，便是宅在家里。

冯文浩母子住在离医院不远的一个高档封闭小区里，出入口均有保安把守，还配有摄像监控系统。康小北找到保安值班人员，亮明身份，想要查看1月1日到4日的监控录像，可惜的是，该小区的录像资料只保存一个月，1月份的已经被覆盖。

康小北和保安打过招呼，将车停在冯文浩所住的单元楼前停车位。大概7点多钟，杜军结束手头的工作前来支援。他带来些吃的，两人吃完，轮换着睡会儿觉。

康小北让杜军先睡，他来盯上半夜，累了一天的杜军很快呼呼睡去，康小北便拿出手机和女朋友短信聊天。

康小北和夏晶晶的恋情进行得很顺利，像他们这种刚刚确认恋爱关系的，总有说不完的情话，聊着短信，不觉已近午夜，康小北与夏晶晶才依依不舍地道别收线。

楼内各家的灯光早已熄灭，小区里一片宁静。发黄的路灯下，绿树掩映，流水淙淙，康小北心旷神怡，丝毫没有睡意，但转瞬，又顿觉失落——做警察的恐怕一辈子也买不起这种小区的房子啊。

康小北正兀自惆怅，楼道里感应灯突然亮了，冯文浩的身影从门内闪出。

他穿着黑色夹克，双手插兜，紧缩着身子，鬼鬼祟祟地向小区门口走去。

康小北正纳闷冯文浩这是要去哪儿，怎么也不开车。冯文浩已经在小区门口拦下一辆出租车扬长而去。康小北赶紧推醒杜军，发动车子追出小区。

午夜跟踪，视线开阔，不会跟丢，但也容易暴露，康小北始终保持着50多米的距离，不紧不慢跟在出租车后面。

一刻钟之后，出租车在新界口广场边停下。冯文浩下车，犹豫了一下，走进广场，在休憩木座椅上坐下。他看似悠闲地四下张望，好像在等人，又好像在看风景。

"大半夜的，他跑这儿坐着干吗？是要选择下手目标，还是在耍咱们？"杜军揉着惺忪的眼睛问。

康小北摇摇头，也一脸纳闷。

冯文浩坐了一会儿，抬腕看看表，终于站起身，溜溜达达地走出广场，向着对面的万大电影城走去。

走到万大电影城门口，他停下来，又看看表，此时电影城几扇大玻璃门突然打开，一股人潮从里面涌出。

"坏了，这小子准是发现咱们了，想要混到电影午夜场散场的人群当中甩掉咱们。"康小北嚷了一句，急忙推门下车，向人群跑去。跑出不远，又回头叮嘱随后跟上的杜军："午夜场多为结伴观影的，要注意单个身影，还有，发现目标盯着就是了，不要打草惊蛇。"

两人分头在人群中找了一大圈，冯文浩已然踪影全无。在广场边碰头，康小北下意识向南面瞥了一眼，只见冯文浩的身影在一家酒吧门前晃了一下，又消失了。

康小北抿嘴笑了笑，讥诮道："真是的，到酒吧泡妞找小姐，用得着这么大阵仗吗？"

"你看到他进酒吧了啊？"杜军循着康小北的视线问。

"嗯，行了，知道他在哪儿就成，咱就守株待兔吧。"

在车里坐了一个多小时，两双眼睛死死盯着冯文浩先前进去的那家叫作"曼莉"的酒吧门口，冯文浩却一直没有出现。杜军有些沉不住气，说："他认识你，你在车里坐着，我进去瞅瞅。"

康小北想了一下，点点头表示同意。

杜军下车，使劲将头发向后捋了捋，梗着脖子晃进酒吧。

午夜刚过，酒吧里正是最疯狂的时刻，热辣的舞曲震耳欲聋，男男女女凑在一起，用力晃着脑袋，一副很high（兴奋）的模样。

杜军也摇头晃脑地转悠了一圈，但没看见冯文浩的影子。他有些急了，拨开身边人群冲进卫生间，麻利地推开所有大便间的门，仍然没发现冯文浩的踪影。杜军意识到出了问题，从卫生间出来，一把拽住刚欲从身前经过的服务生，大声问酒吧是否还有别的出口。

服务生朝卫生间旁边指了指，杜军看到一个不起眼的小门，上面悬挂的绿色灯箱写着"安全出口"四个大字。

杜军冲过去，推开门。门外是一条黑漆漆的小巷，空荡荡的哪儿还有人影。他掏出手机，拨通康小北的电话，咬牙切齿地说："真是的，这小子从后门跑了！"

"等着！"康小北吼了一句撂下电话。

不大一会儿，康小北赶到酒吧后巷与杜军会合，虽然希望不大，但两人还是决定在周围仔细搜索一番。

J市是一座古城，近些年发展迅速，现代化时尚建筑和繁华商业区域如雨后春笋般冒出，但旧时遗迹并未就此磨灭，幽静巷弄、古旧院落、平房民居，仍然散布于高楼大厦背后。这酒吧一条街的背后，便有大量的民房、旧楼和小院出租。如果冯文浩此时已经隐蔽其中，恐怕一时半会儿是不会现身了。

　　康小北和杜军搜索未果，商量还是回到冯文浩居住的小区守着。凌晨4点左右，冯文浩的身影终于出现在两人视线中，他从出租车上下来，显得神采奕奕，走路的腰板也比先前挺直许多。

　　权衡了一下，两人并未贸然上前质问，而是待冯文浩走进小区之后，发动车子追上他刚刚所乘的那辆出租车。

　　据司机说，冯文浩打车的地点在酒吧后的一个街口。这样看来，冯文浩可能在那些出租屋中有一个窝。康小北心头涌起一丝不祥的预感：

　　冯文浩消失的两个多小时里究竟做了什么？难道天亮之后又会出现一具尸体吗？

　　清晨，6点刚过，刘警官开着所里的车载上韩印和叶曦来到山脚下。三人下车，开始向山上进发。

　　此时，太阳还未升起，山间灰蒙蒙的，寒气很重。虽然听从刘警官劝说，两人穿上警用棉服，但仍觉阴冷异常。两人缩着身子，紧盯脚下崎岖的山路，跟随刘警官蹒跚前行。

　　行路一个多小时后，久疏运动的两人已是气喘吁吁，步伐也变得越发沉重。叶曦终归是女孩子，顶不住了，提议小憩片刻再走，韩印也举双手赞同。山路行走经验丰富的刘警官劝两人还是坚持一下，早间山里气温低，一坐下，身子凉了，容易感冒，而且很难再迈动步子，还说他们现在正处在运动极限状态，迈过这个坎，身子就会轻松起来。

　　在刘警官的鼓励下，两人咬牙坚持。为了分散他们的注意力，刘警官讲起金刚山的典故。

　　"据传，在远古时候，金刚山原是沧海一隅，波涛汹涌，巨浪滔天。周围风调雨顺，国泰民安。后来，龙王派一白龙来此地镇守，白龙到此地，前几年勤奋工作，及时行雨，此地便风调雨顺，百姓安乐。可时间一久，他便居功自傲，成天睡觉，不思行雨，成了一条懒龙。几年下来，周围大旱，土地干裂，五谷不生，百姓深受懒龙之害。玉帝得知白龙行径，大为恼火，便从远处移来金刚台压住白龙，并在四周定下四根龙王桩，以此定住金刚台。金刚山山高势险，易守难攻，自古以来为兵家必争之地。战国时期……"

刘警官绘声绘色的讲述，成功地让两人忘却了身子疲累，脚下轻快许多。大约两小时后，他们终于到达山顶。

站在山顶，天空仿佛触手可及，蓝天白云下，层峦叠翠，绿树碧水，盛开的杜鹃花，红艳艳遍布山野。俯视半山间，一条条犹如长龙的绿色梯田，波澜起伏，错落有致。再往下看，隐约可见数十间黑瓦土砖民房，形态大小，如出一辙。

刘警官介绍说：金刚山村世代以种茶为生，那些绿色梯田是茶树田。现在是3月中旬，正值采摘春茶时节，估计村民都在田里忙着。他还说，村里没有学校，只是个办学点，主要是给一、二年级的小娃上课，大一点儿的便都到山前上寄宿小学。他倒是在办学点见过一个年轻女老师，不过不知道是不是韩印和叶曦要找的人。

身系任务，面对如此美景，两人也只驻足片刻，便继续赶路。

下山相对省力，不到一小时，三人已近茶田，果然有大批村民在采茶。看起来村民和刘警官都很熟络，纷纷停下手中的活儿和刘警官打招呼。

刘警官应着，走到一个包着白头巾、身材纤瘦的中年女人身前，问："村长呢？"

那女人冲所长身后的韩印和叶曦打量几眼，说："在村里给娃们上课咧。"

"村长上啥课，不是有一个女老师吗？"刘警官问。

"你说俺侄女美芬吧，她出村了。"女人说。

"余美芬出村了？什么时候？"韩印和叶曦忍不住齐声问。

女人又瞅了韩印和叶曦几眼，转头问刘警官："这两个是？"

刘警官刚要回话，叶曦使了个眼色，抢着说："我们是余美芬的大学同学，到附近出差，顺便过来看看她。她什么时候出的村？"

"去年国庆节之后走的，很长时间没有消息了。俺这村子联系不方便，不知道美芬现在在哪儿，过得怎么样。"女人脸上现出些忧色。

"她走时没说去哪儿吗？"叶曦又问。

"没。"女人摇摇头，旋即嘴里"啧啧"两声感叹道，"还是城里好，你看这姑娘生得多水灵，不像俺家美芬……"女人有些哽咽，"这么多年美芬过得太不容易了，她爹妈一直有病下不了田，她干着农活，还得管着村里十几个孩子，到现在也没说成婆家。前年、去年她爹妈相继去世，治病和下葬花了不少钱，欠下好多饥荒。孩子没办法，这才决定出村挣钱，说是这几年写了一些书稿，拿出去卖了再回来。"

"她离开村子前，精神状况怎么样？"韩印问。

"不太好，经常恍恍惚惚的。"女人说。

韩印和叶曦对视一眼，转头安慰女人几句，又冲刘警官使了个眼色："既然美芬不在村里，那我们就不进村了，还是回去吧。"

虽然对余美芬可能不在村里有一定的思想准备，但千里迢迢、跋山涉水未见到目标人物，叶曦和韩印还是有些失落。不过此行还是有些收获的，证明了余美芬的精神状况堪忧，以及知晓了她出村的具体时间。余美芬出村后不久，碎尸案便在J市出现，不知是巧合，还是其中存在着关联。

下午2点左右，刘警官载着二人回到镇上。韩印和叶曦到派出所取车，与所长以及刘警官道别后，便即刻返程。

一路高速行驶，在L市区内稍作停顿，给汽车加满油，吃了点儿东西，两人又继续赶路。

汽车驶上高速公路的时候，叶曦接到来自J市市局领导的电话，指示她立即将韩印送往T市，去协助当地警方侦破一起重大系列杀人案。叶曦对领导的指示很是不解，"1·4"碎尸案目前正处于胶着阶段，此时为何要将韩印拱手让给别的单位？更何况，韩印只是以顾问身份协助J市办案的，市局有什么权力调派人家？即使真的要调派，那是不是应该征求一下人家的意见？叶曦的火腾地就冒出来了，可还没等她发火，电话那头的局领导强调，这是"部里"的决定，她也只好压下火无奈地表示服从。

T市同属H省，与L市相邻。在这座城市南郊的一个叫作太平镇的小镇上，多年以来一直隐藏着一名连环杀手，迄今为止他已经制造了11起血案，造成重伤3人、致死8人的恶劣后果。鉴于案情特别重大，该案于近日被列为"部

犯罪心理档案

里"1号督办案件，部里特意委派一个由多名刑侦专家组成的顾问组，赶往太平镇指导当地专案组办案。由于该案凶手异常狡猾，在长达九年的作案当中，竟然未留下任何物证痕迹，案件中幸免遇害的被害人也无法提供凶手的相貌特征，这就意味着案件的侦破只能从凶手的行为特征上入手，所以部里希望能有一位犯罪心理学专家加入顾问组。但相关专家目前都在执行部里委派的重要任务无法分身，部里只好把眼光放到地方，于是几日前在J市虐杀儿童案中表现出色的犯罪心理学家韩印，便进入部里有关领导的视线。

部里领导向J市方面了解韩印的情况，J市方面表示韩印来自北方一所警官学校，目前是应邀以顾问身份协助侦破一起杀人碎尸案。随后，部里领导了解到韩印已经对碎尸案做出了分析报告，并且帮助J市警方制定了一系列侦破策略，便提出暂时借调韩印一段时间。这显然有些强行征调的意味，J市方面虽有些不大情愿，但也只能表示同意放人。而且，他们认为针对韩印制定的一系列策略部署下去，依靠J市警方自身的能力也完全能够将案件侦破。

◎第十三章　死亡之径

接近傍晚，车子驶入太平镇，韩印和叶曦便感觉到一丝异样的气氛。

天刚刚擦黑，马路上便鲜有村民的身影，倒是不时能看到大批警察和协警在路上执勤，偶尔竟然还能看到全副武装的特警，好像这里刚刚经历过一场劫难，一种异常紧张的氛围正在小镇上弥漫着。

韩印通过当地派出所找到专案组驻地与顾问组会合，叶曦则连夜返回J市。

专案组为韩印安排了房间，将所有涉案资料提供给他，希望他能在最短时间内，对凶手做出有效判断。

此案最早发生在2004年。当年3月2日0时，一名16岁少女在回家途中，被人用尖刀刺中后背，当场死亡。案发仅仅间隔5天，一名24岁女青年在下夜班回家途中，同样被人用刀刺中后背，总计4刀，所幸抢救及时，她成了系列杀人案三个幸存者之一。紧接着，同年4月22日和7月11日，又有两名女青年在深夜被同一把单刃刀杀害。前者29岁，腹部被捅两刀；后者23岁，背部有8处刀伤。

第五起案子发生在2005年12月27日深夜，一名30岁女工被凶手尾随，从背后连捅7刀身亡。此后凶手突然消失了，直至2010年5月6日晚凶手第六次作案，死者为31岁的女工。她的尸体被凶手抛弃在一个拆迁废弃的锅炉房中，其下体裸露，腹部有数处刀伤，脸部有多道划痕，左侧乳房、右侧乳头被割掉，随意扔在地上……

时隔一年左右，也就是2011年5月31日深夜，凶手第七次作案。被害人为19岁女青年，其胸腹部和背部共中7刀身亡。同年11月15日晚，一名37岁的女工回家进门时，被尾随而来的凶犯连刺胸腹部数刀，当场死亡。

犯罪心理档案

第九起、第十起、第十一起案件，集中发生在2012年2月8日、2月12日、2月24日，被害人之一为25岁无业女青年，胸腹部有数处刀伤，当场死亡；另外两人为21岁和19岁的青年女工，她们都因抢救及时，幸运地存活了下来。

11起案件，凶手目标多为容貌年轻、穿着艳丽的女性，手法干净利落，作案后迅速逃离，因此作案现场未发现任何可以联系到凶手的证据。唯一可以判断的是，凶手应该就生活在作案区域范围内，因为11起案件发生的区域未超出1公里。

太平镇为H省产煤重地，全省最大一家颇具历史的国营煤矿厂便建在案发区域不远处。案发区域所居住的一部分为当地村民，一部分为该厂的职工和职工家属。在住总人数在3000名左右，男性为1800名左右，由于人数众多，不可能一一深入调查，专案组只能有重点地进行排查。

自2004年年底，T市警方便针对该案组建了一个专案组。从凶手只以女性为目标，并从只伤、只杀、不抢、不奸这些案件特征上分析，专案组认为：其作案动机很可能是仇恨女性，或者因性功能不足而产生的变态释放性欲的行为。由此进一步分析，凶手童年有可能遭受过母亲的虐待或者背叛，或者有多次恋爱失败的经历，又或者婚姻遭受过挫折，家庭不正常，等等。另外还推测，凶手目前可能是单身，应该是单独居住，没有固定工作，很少与人交往……但专案组在具有这些特征的嫌疑人当中，并未发现凶手。

引起韩印注意的是，案件资料中还提到，凶手曾经给警方邮寄过三封信。第一封是在2006年年初，也就是在他第五次作案后不久。由于当时社会上风传凶手极度仇恨女性，他在信中澄清道：事实上，我不仇恨任何女性，对于女性甚至是妓女，我都一直保持着一份尊重。也许那些女孩遇上我，或者我找上她们，都是老天爷的安排，其实我也很想知道我为何要伤害她们。

第二封是在他2010年重新作案后不久，他在信中写道：几年前的那一刀，从此家禽变野兽。我深刻体会到，家禽变野兽易，野兽变家禽难！

第三封是在本年最后一次作案后，他在信中嚣张地写道：我是学生，警察是老师，我就是要出道题考考你们这些老师！

…………

随着对案件细节的审阅，韩印的脑海里不断浮现出一些影像，但他并不急于下判断，他想要实地勘查一下案发现场。

夜已经很深了，正是凶手通常作案的时间，这个时候去现场走访，也许可以跟凶手感同身受。韩印不想打扰专案组，决定到镇派出所找值班民警引路。

此时的派出所还是一派紧张忙碌的景象，据说是因为中午镇上有一名中年妇女失踪了，所以全所紧急加班，不过目前还未找到该妇女。韩印对所长说了请求，所长爽快地派了一名对案发现场特别熟悉的民警协助韩印。

案发区域为太平镇镇中心以南一个叫作吴家坡的地方，相对而言，该区域是整个镇子低收入者居住最为密集的区域，总面积有1.5平方公里左右，密布着几百间平房。房屋之间距离很近，形成狭窄的胡同。胡同有上百条之多，宽度只有2米左右，曲里拐弯，纵横交错，且大都没有路灯，夜晚便漆黑一片，非常利于凶手埋伏和躲藏。可以说，复杂的地形也是凶手作案屡屡得手又能够成功逃脱的原因之一。当然，他必定要非常熟悉当地的地形。

韩印走在青石板铺就的崎岖不平的小路上，小路两旁堆积如山的垃圾随处可见，住宅区内飘散着阵阵的腐臭味。在民警的引领下，韩印逐一走过所有案发现场，对于本年度最近发生的三起案件的案发地，韩印观察得格外仔细。他显然是有备而来，戴着白手套，提着证物袋，用手电在现场周围的各个角落里搜寻着，甚至连垃圾堆也不放过。这让陪同的民警很是不解，一直不住地询问韩印在找什么，韩印只是笑笑，并不搭腔。

终于在第九起案件的现场，他有所收获。案发现场是一个胡同口，对面是一棵大杨树。韩印在杨树背面的一个垃圾堆里发现了一团卫生纸，卫生纸好像被糨糊样的东西粘在一起。

见韩印捡起卫生纸，放到证物袋中，民警上来打趣："这一晚上，你就在找这破纸啊？你要它干吗啊？"

韩印封住袋口，笑笑说："现在没什么用，不过将来有可比对的DNA样本，也许就用得上了。"

"你是说，这纸上很可能沾的是凶手的唾液或者精液？"民警反应很快。

韩印点点头："有这种可能，不过还只是猜测。"

民警使劲盯着证物袋看了几眼，说："你的视角倒蛮独特的，先前可没人找过这些东西。"

韩印再次笑了笑："行了，咱们回去吧。"

回到驻地，韩印将在现场采集到的卫生纸交给专案组。由于镇上没有能力检验DNA，专案组方面立刻安排人手，连夜将证物送到市局法医科进行检验。虽然目前没有可比对的样本，但如果能证实卫生纸上沾的确实是精液，则说明凶手很可能回到作案现场自慰过，那就意味着他的作案动机的确与性压抑有关。

次日，在专案组的安排下，韩印见到最后一起案子的被害人。她身子已经没什么大碍了，在家中再疗养些时日，便能完全康复。

对于韩印的询问，虽然她非常配合，但所能提供的都是先前专案组已经掌握的信息。这不出韩印所料，他提出见见这位有幸存活的被害人，必然有他的用意。

他希望对她做一次"认知谈话"。在完全放松的环境下，利用心理暗示引领被害人回到案发当时的场景，通过启发和描述让被害人回忆起曾经大脑出于自我保护的目的，自动删减和隐藏的一些记忆片段。此种方法韩印曾经成功地运用过，并取得了良好的效果。

果然，由此方法，被害人回忆起，当时她闻到凶手身上有"很重的酒气"。

从被害人家中返回招待所，韩印接到通知，L市局法医科传回来的消息确认了手纸上沾的是精液，遗憾的是纸上的指纹遭到精液的破坏，无法完整提取。专案组方面对"精液"这一信息能否联系到凶手身上持谨慎态度，毕竟还有诸多可能性，但韩印不那样看——作案时身上有很重的酒气，很可能重回作案现场自慰……凶手的身影在他的脑海里逐渐清晰起来。

◎第十四章　动机毁灭

数起作案中，凶手针对目标采取尾随、正面拦截以及错身回刺的方式，杀人工具锋利异常，杀人方式简单高效。这一方面体现出凶手可能从事过简单的机械类工作或者重体力工作；另外也可以看出凶手选择目标比较随机，只要是在深夜单独出行的女性，年轻漂亮或者身着艳丽的服饰，在合适的时机，就有可能成为凶手侵害的对象。

但是有一起案子例外，那就是凶手时隔五年再次行凶的第六起案子。在这起案子中，凶手完全颠覆了先前的作案方式，若不是凭借着刀伤创口的比对，很难将此案与前几起案子联系起来。凶手在作案中，不仅与被害人有过接触，而且还把其骗至或者劫持到废旧锅炉房内（死者不会一个人在深夜去那儿，周围没有拖拽的痕迹），并在杀死被害人后做出进一步虐尸的举动。如果说凶手沉淀了五年的时间，他的思维更加成熟，欲望更加强烈了，这些疯狂的举动是可以解释的，但其随后的作案又恢复到最初的简单高效，就突显出第六起案子的反常。

有因必有果，有果必有因，凶手为什么要毁她的容？为什么要羞辱她的性器官？为什么要剥夺她体现女性特征的乳房？一定是缘于被害人的身份或者经历。显然凶手对她是有所了解的，那么他们之间很可能是相识的关系。

这起案子的被害人叫刘欣，遇害时年仅31岁，已婚，丈夫叫付小宁，案发时有非常确凿的不在场证据。夫妻俩居住在吴家坡中段，刘欣死前在煤矿厂工作。案件卷宗中，对她没有更详尽的记载，韩印只好亲自到煤矿厂进行深入了解。

煤矿厂的一些工友对刘欣的评价是这样的：漂亮，妖艳，很风骚，很放荡，作风不检点，与厂里某些领导和社会上一些不三不四的人有扯不清楚的关系。但问起具体人选，他们又都说不上来，建议韩印找刘欣最好的朋友张楠问问。

韩印随后找到张楠。

张楠，30岁左右的样子，相貌普通，在厂里仪器室负责观测仪表工作。她告诉韩印："刘欣没有厂里人传得那么不堪，她就是性格活泼，爱打扮，喜欢交朋友，喜欢唱歌跳舞什么的。"

"她没有情人吗？"韩印问。

"到底有没有我也不太清楚。"张楠摇摇头说，"我跟她出去玩过几回，大家在一起只是喝喝酒、唱唱歌、跳跳舞，没有什么特别过分的举动。"

"她丈夫付小宁对她这样没意见吗？"韩印问。

"当然有。"张楠斩钉截铁地说，"不过刘欣也不在乎，他们两口子关系一直不好，她嫌付小宁窝囊、没钱，付小宁嫌她不顾家、整天出去疯。而且刘欣曾经跟我说过，准备和付小宁离婚，出事时，他们俩已经分居好长时间了。"

韩印接着问："付小宁是做什么工作的？"

"他在家开了个小卖店。"张楠说。

辞别张楠，韩印来到吴家坡居民区，经过打听，很顺利地就找到付小宁开的小卖店。小卖店距离几个案发现场都挺近，这让韩印觉得更加有必要和他谈谈了。

如果单从动机上看，付小宁是具有杀人嫌疑的，不过专案组早年已经专门调查过他，并排除了他作案的嫌疑。韩印当然相信专案组的判断，他只是想从付小宁口中打探一下，刘欣是否真的有情人？尤其是与她居住地附近的男人，有没有牵扯不清的关系？

韩印的问题对一个丈夫来说，当然是一种难堪。果然，付小宁像是受到了某种侮辱似的，情绪激动地表示：虽然他和刘欣的婚姻有很多问题，但刘欣在外面绝对没有情人。

从付小宁的情绪上看，他没有说谎。也许刘欣真的没有情人，也许付小宁一直被蒙在鼓里，总之这个男人提供不出有价值的线索，韩印只好告辞。

走到小卖店门口，韩印看见门边立着一个半人高的小玻璃货柜，里面摆着一些"性用品"，便扭头随口问了一句："你还卖这些东西，生意怎么样？"

"还行吧，小本生意。"付小宁情绪缓和了些，"架不住老丢东西。"

"怎么不报警？"韩印问。

"东西不贵，不值得你们跑一趟。再说就算报警了，派出所也懒得搭理。"付小宁说。

韩印抬手拉开门走出去，又随口一问："都丢什么了？"

"嘿，就是些延时、延缓早泄的东西，每次丢得也不多。"付小宁跟在身后满不在乎地说，"就几块钱的事，也不知道哪个王八蛋，没钱还老惦记着那种事。"

也许……他不是没钱，他是不想让自己心底里的欲望被别人窥探到，或者他担心别人认为他性事方面能力不足，遭到耻笑……这种着力隐藏以及高度自尊的行为特征，是不是与凶手的心态很接近呢？不知为什么，韩印心里突然隐隐有种感觉，觉得性用品的丢失，也许和太平镇一直隐藏着的杀手有关。

他止住脚步，转身回到小卖店内，说："今儿这事我还真就管了。"说着话，他掏出手机打到专案组，让专案组派一个技术人员过来提取一下指纹。

很快，技术人员赶来，在小货柜的玻璃上提取到十多个指纹。回到驻地，经过比对，剔除属于付小宁的，便只剩下四个未知嫌疑人的指纹。与先前专案组调查过并留下指纹档案的嫌疑人比对，没有发现匹配的。韩印让技术人员暂时将指纹存档，以待日后查用。

经过半个下午的调查，刘欣的情感状况还是很模糊，但可以明确的是，她在大多数人眼里是一个不正经的女人。韩印考虑凶手进一步虐尸的行为，应该有两个原因：一个是，两人在生活中确实存在某种交集，虐尸是出于一种怨恨；再一个，也许在凶手眼里，漂亮风流的刘欣既让他蔑视，又对他造成一种吸引，而他很清楚自己无法得到这个女人，所以就要羞辱她、毁掉她。

也许，凶手所做的一切，都在于"毁灭"！

◎第十五章　墓穴残肢

下午4点，暴雨突至。

霹雳火闪，雷声震天，一道闪电从暗沉的天空中凌空劈下，击中距吴家坡住宅区域不远处山坡上的一棵大树。火花四溅，大树顷刻间变成一支燃烧的火把，好在雨越下越大，火势没有向周围蔓延，渐渐被浇灭了。

大雨来得猛，去得也快。雨后，附近的居民争着上山看这奇异的景观。其实他们更关心的，是大树下那座废弃了几十年的墓穴。

传言，早年间整座山被本地一个有名的财主买下，之后他准备在山坡上修建一座家族墓穴。可是刚修到一半，战争爆发了，财主带着家眷跑到南洋，墓穴便废弃下来。事实上，那里从来没有埋葬过任何东西，但是各种版本的传说甚嚣尘上，大抵都是有关宝藏的。但是多少年来，很多人甚至是盗墓的都在附近探过，根本没有宝物的影子。后来，废墓便成为附近孩童玩耍的地方，一些调皮的孩子在里面撒尿拉屎，搞得远远地就能闻见一股尿臊味，里面更是臭气熏天。

刚刚闪电击中了废墓旁边的大树，被吴家坡的一些居民解读成"异象"，便认为那墓中必有古怪，说不定有异物显现。

废墓中确有"异物"出现，但并不是他们想要的，那是他们一辈子都不想再看到的画面。

他们看到一具没有四肢的女性躯干，躺在墓穴口。

韩印随专案组赶到现场时，天已经黑了下来。无数支手电筒的光束集中在墓穴口的尸体上，肤白耀眼，血红炫目。纵使这些久经磨炼的精英刑警，也被眼前恐怖的场景深深地惊骇住了。

女死者身体赤裸，脖颈上缠绕着一条肉色丝袜，四肢由根部被干净利落地截去，不知去向。脸皮如脱下面具般被整个剥掉，雪白的牙齿、赤红的肌肉、黑白相间的眼球，没有任何装饰地裸露着。胸腔一直到裆部被整个剖割开来，内脏、肚肠清晰可见。阴道部位肉绽皮裂，血肉模糊，已经被锐器捅烂了……

大雨冲刷掉了一切属于凶手的证据，只能从尸斑上判断出尸体被挪动过，再综合尸体附近以及地势较矮的山石上残留的血迹，法医认为：这里非第一杀人现场，却是分尸现场。死者脑袋旁边有一只紫色的挎包，里面塞着她的衣物以及证件。身份证显示，死者名叫米蓝，正是昨日中午失踪的妇女。

米蓝，今年40岁，与丈夫、女儿、婆婆一家四口居住在吴家坡东段。她是附近一家干洗店的洗衣工，每天中午下班后，都要赶回家给年迈的婆婆做午饭。她的家人以及周围邻居对她的评价非常好：温柔贤惠，脾气随和，懂得孝敬老人，尤其是容貌特别突出。她长相甜美，身材姣好，任何时候都打扮得大方得体，气质高贵出众。

很快，法医通过刀创伤口的比对，确认米蓝与吴家坡先前遇害的女孩是死于同一把单刃刀具下。这是韩印在现场第一眼看到米蓝遇害的惨状时就预料到的，凶手疯狂的行径，使他更加确信——凶手所做的一切，都是在毁灭他无法拥有的事物。

像米蓝这样一个成熟漂亮的女性，几乎每天都在凶手的眼前晃来晃去，对他来说无疑是一种折磨。可想而知，那美丽的身影和诱人的女人韵味，在他脑海里总是挥之不去。于是，昨日中午，也许是因为受到了某种打击，或者又是在酒精的刺激下，当米蓝再次出现在他的视线中时，他一时冲动，打破先前只在晚上作案的常规，铤而走险，在光天化日下将她劫持到家中。

他捆绑她，殴打她，侮辱她，用她腿上穿的丝袜勒死她。撕碎她美丽的容颜，剖割她白皙滑腻的身体，毁掉她神秘又让人无限遐想的下体，既然她无法属于自己，那么谁也别想得到她。

犯罪心理档案

　　分析凶手的心路历程表明：他与死者米蓝是有机会经常照面的，他必然就存在于米蓝从单位到住处之间的路径上。韩印也相信，傍晚时分的凶案现场，那些围观的人中必定有凶手的影子出现，下一次他一定会捕捉到他。

　　两小时后，韩印将一份详细的犯罪侧写报告交到专案组。

　　年轻漂亮、热衷于打扮、衣着光鲜的女性，她们代表着生活中美好的一面，代表着一种朝气蓬勃的希望，而这两点恰恰在凶手的生活中无法找到，他是一无是处的。他的思维与能力严重不均衡，他向往的生活与他现实的处境相去甚远，以至于他心底始终怀有很深的挫败感。随着挫败的反复，他自身无法承受之时，便会把怨恨本能地转嫁到他人和社会中去。当然从案件特征上看，作案中也伴随着凶手对性欲的宣泄。

　　凶手曾有过回到案发现场的自慰行为，说明暴力伤害女性会让他产生性快感，意味着正常性生活的方式并不能让他满足。那么这种倒错的性欲望，是怎样产生的呢？很直观地，我们就会朝性功能障碍方面去考虑，但是在这起案子中，韩印发现凶手有可能盗窃性用品，尤其是延时性用品的行为，也许会有人认为，这是证明凶手性功能有问题的最好证据。其实恰恰相反，这证明凶手有性能力，而且他出现反复盗窃同一功效性用品的特征，说明这种东西对他有一定效果。他有可能只是性能力低下，但并不妨碍他正常的性生活。那么就又回到原来的问题上，凶手变态倒错的性欲望是如何产生的呢？

　　解答这个问题，必须提到变态犯罪历史上两个赫赫有名的连环杀手：他们一个是在30年间，折磨杀死10名被害人的BTK〔Bind（捆绑），Torture（折磨），Kill（杀害）的首字母缩写〕杀手丹尼斯·雷德；另一个则是至少要对30多起强奸谋杀女性案件负责的优等生杀手泰德·邦迪。这两个人都生活在环境相对不错的家庭，没有被虐待、不堪的童年，能够组成正常的婚姻关系，有正常的性伙伴或者爱人，有非常良好的社会形象。他们针对女性变态残忍的犯罪行为，是因为只有掺杂暴力、折磨、凌辱、伤害器官的性行为，才能让他们感到高潮和满足。而追溯他们犯罪的根源，是来自童年和青春期时期开始接触的，夹杂着暴力行为的色情淫秽杂志和影像。

韩印认为，本案凶手形成倒错性欲的原因也是如此。在长期赋闲没有工作的情形下，观看暴力淫秽的色情杂志和影碟，成为他打发时间的方式，并渐渐沉溺于此。在条件和时机适合的情况下，韩印相信，凶手一定会更愿意像他的两名"前辈"那样，对被害人用尽残忍的手段，并在她们痛苦和死亡之时，通过自慰达到高潮。

综合以上信息可以看出：现实生活状况不佳或者境遇转变引发的高度焦虑，与一直压抑在心底无法宣泄的变态性欲，是促使凶手犯罪的主要根源。而"酒精"放大了他的欲望，增强了他的胆魄，更是大大削弱了他的自控能力，最终导致了他的首起作案。随后的人生中，毁灭一切美好的无法企及的事物，成为他释放压力的方法，并成为习惯。

同样，可能和他的两名"前辈"一样，凶手在生活中有着极具欺骗性的一面，这也是多年以来，专案组一直未将他作为重点排查对象的原因。所以韩印进一步指出：凶手从出生至今应该都生活在吴家坡地区，目前在20岁至40岁之间，与父母关系稳定，有从表面上看起来非常正常的婚姻。他从事过简单的机械或者基本的体力工作，不过应该很长时间都没有固定工作，否则他不会在晚上有那么多精力和时间，更没有机会在白天作案，他家中存有大量淫秽杂志和影碟，有独立的空间和时间……

韩印要专案组在走访排查时，注意调查几个时间点：

凶手2004年开始作案，当年先后作案4起，是其系列杀人案中作案比较频繁的一年，随后2005年大幅减少，只有一起，此后便偃旗息鼓。这一特征结合凶手的犯罪侧写，韩印认为：2004年到2005年间，凶手正经历着他人生中从未有过的转折，这个转折充满了诸多困难、妥协和不确定性，使他的焦虑达到顶点，进而开始作案。好在当这个转折真正发生时，给他的人生带来的是正能量，所以他停下杀人的脚步。从当时他给警方写的第一封信里也能看出，那个时期他在反省自己的行为。而且，我们分析那封信的潜台词，凶手可能想说的是：我不是你们想的那样，我有正常的生活，有正常的家庭，我身边有女人，我很尊重她们，也很爱她们！由此韩印推测：2004和2005这两年间，凶手可能开始恋爱了，或者准备结婚，或者妻子怀孕正面临生产。

接着来看2010年，凶手在这一年第六次作案。那么，是什么让凶手时隔五年又变回了恶魔？是什么让他突然间将恶魔的残忍发挥得淋漓尽致呢？韩印认为，除去焦虑和性欲，还有深深的怨恨，这说明他和死者在生活中是有交集的。在这个时期，他第二次给警方写信，从简单的言语中可以看出，对于这次杀人他还是有些纠结的。他可能经历过一场躯体与灵魂的搏斗，但最终还是选择遵从住在灵魂深处那头恶魔的指令，他也意识到，此后很难再停止下来。

2012年，显然凶手的生活在这一年受到前所未有的挑战，他杀人的时候不再有任何犹疑，而且欲望也空前地高涨。他给警方的第三封信中表明：他已经一无所有了，唯一剩下的，就是多年来一直摆布警方的成就感，他开始真正沉溺于"猫捉老鼠"的游戏。

从米蓝工作的洗衣店到她的住所大概有600米，道路两旁密布着近百户人家。警方连夜走访，询问案发时家中男主人的动向，也侧面了解一些男主人的信息，希望找到符合韩印侧写报告范畴中的嫌疑人。如果住户同意的话，警方还会简单观察一下房屋中的情况。

排查一直持续到凌晨，还未达到任何效果，最终怕扰民而暂时中止。

◎第十六章　微笑杀手

太阳照常升起，又是新的一天，专案组警员再次深入到吴家坡地区，继续排查任务。

此时的吴家坡，身着警服的身影频繁出现，一些平时有小偷小摸举动的，有无赖行为的，甚至连卖盗版光盘的，都自动从街道上消失了。他们规规矩矩地窝在家里，不敢出门乱溜达，生怕警方抓不到真正的凶手，把邪火撒到他们身上。可就算是这样空前紧张的气氛，仍然无法震慑到胆大妄为的凶手。

警方排查的区域内，有一个小菜市场，通常是早晨5点开市，上午9点收市，当地人称之为"早市"。一个经营蔬菜的小贩，在收市之后欲将卖剩下的蔬菜装回小型农用车的尾厢中。当他掀起尾厢中的苫布时，发现下面有些白白的东西，他一下子没看明白那是什么，当他反应过来的时候，小菜市场里便炸开了锅。

在附近排查的韩印和专案组其他警员，于几分钟后赶到现场。

他们看到一双人腿从膝盖部位被切割开来，与一双惨白的手臂并排整齐地摆放在农用车的尾厢中。不用问，这必属于被害人米蓝。

在等待法医到达现场的空隙，韩印悄悄把注意力转移到围观的人群身上。人群中有些是菜市场中经营蔬菜水果的小贩，而大多数是拎着菜篮到市场买菜的当地居民。他们彼此交头接耳，小声议论着："真是人惨了……""这凶手够狠的……""警察也太不中用了，查了好几年也没个结果……""你小声点儿，别让他们听见，回头再把你抓进去吃几天窝头……"

在这些群众的议论声中，韩印与专案组警员已经不动声色地用手机从各个角度拍下他们的照片。这是韩印先前特别叮嘱过的，他知道凶手现在一定特别愿意参与到警方的调查中来，眼前这些围观的群众，很可能有一个就是凶手。

随后法医和技术人员赶到，开始勘查现场。

半个多小时后勘查结束，人群开始散去，韩印和专案组警员也随着人流欲返回各自的岗位继续排查。可是刚走出不远，就听到大街上有人狂呼："快看哪，前面出现一张人的脸皮！"

刚刚才平静些的人群，又开始追随着喊叫声而去，韩印和重案组警员也在其中。跑出100多米远，他们看到一棵大杨树的树枝上，果然挂着一张人的"脸皮"。脸皮上还能看出人脸的轮廓，只是眼部和嘴部都是空的，微风吹来，脸皮随着树枝轻轻晃动，令人毛骨悚然。

韩印示意身旁的警员，让他用手机拍下围观的人群……

凶手现在一定很满足，他成功吸引了所有人的关注，成功把警方置于难堪境地。可是他不知道，他行动的次数越多，对韩印这种人来说越容易将他找出来。他自作聪明戏要警方的行为，让排查的范围得以缩小。韩印判断，凶手就住在抛弃残肢和脸皮这两点一线的范围内。100多米，只有20多户人家，排查因此变得简单了。

实际走访，排除掉男主人有正常工作中午从不回家的，那么就只剩下9户人家。专案组一方面正面询问这9家住户的男主人，一方面组织警力对他们的社会关系和人生经历进行深入了解。

与此同时，韩印将在抛弃残肢与抛弃脸皮现场拍下的围观群众照片，从手机复制到电脑中。仔细观察照片，一个手提菜篮的男子引起了韩印的注意。他在两个抛弃尸体残骸的现场都出现了，而且通过技术放大照片发现，在菜市场时，这个男人手里拎着的菜篮里是装着东西的，但在抛弃脸皮的现场，他手上的篮子是空的。韩印脑海里有了一个大胆的想法，这个男人就是太平镇系列杀人案的凶手，而他就是在警方的眼皮底下将尸体残骸抛掉的。韩印将这一信息汇报给专案组，随后专案组发现韩印锁定的嫌疑人恰好就在专案组重点排查的

9户人家的范围内，于是转而集中警力对该男子进行全面调查。

次日，汇总信息，凶手终于浮出水面。

其实这个人由于住处与几个案发现场距离很近，专案组早几年曾对其进行过走访，但他未露出任何破绽，而且周围的邻居对他的评价甚高。说他为人平和，与邻居相处和睦，从不招惹是非，是个顾家、爱老婆、爱女儿的好男人。正是这些表象，让专案组放弃了对他的深入挖掘，岂知正如韩印分析的那样，他是一个典型的"双面人"。

他叫赵超明，吴家坡本地人，住所距离所有案发现场不足0.8公里，且与最后一个被害人米蓝的住所只有200米左右的距离。他今年35岁，早年是煤矿工人，换了数个岗位均表现不佳，于2002年下岗。此后一直无固定职业，每天待在家里，除了喝酒就是看影碟。近年来，他在自家院中搭建了一个简易房，承揽简单的生意，但由于多次出现错焊，致使客户流失严重，于2011年年底结束生意。

他父母也都是煤矿工人，家庭条件一般，居住条件很差。2004年准备结婚时，因为房子问题差点儿与女方家长翻脸，最后由于他父母的让步，搬到别处为他腾出房子，他和妻子遂在2005年成婚，次年年初女儿出生。

赵超明的爱人叫张楠，正是韩印曾经接触过的第六起案件被害人刘欣的好朋友。张楠的工作是两班倒，四天一个循环，正好符合凶手第九、第十、第十一起案件的作案周期，也就是说，作案时间都是张楠上夜班的时间。专案组询问过张楠，她表示赵超明一直很反对她与刘欣走得过近，担心她被带坏，并且因为她经常跟刘欣出去交际，赵超明一度与她闹得很僵。另外，在专案组耐心地做过工作后，张楠承认年初她与本厂一个刚分来的大学生有过一段私情，并被丈夫发现了。

可以说，目前掌握的信息与韩印的侧写报告基本吻合。凶手初次作案是因为做结婚准备时面临诸多困难，让他产生了焦虑，于是开始密集作案；而随着女儿的出生，幼小的生命感化了凶手，让他暂时放下屠刀；时隔五年再次作案，是因为妻子与刘欣走得过近，并经常一同出去交际，他担心放荡的刘欣带坏妻子，所以带着满腔的怨恨杀死了她；本年度再次密集作案，是受到事业与家庭全部崩塌的刺激。

专案组与顾问组已基本认定：赵超明即历经9年，制造了12起案件，杀死9人、重伤3人的凶手。经过讨论，专案组决定以协助调查的名义将赵超明带到派出所讯问，同时积极做通张楠的工作，征得她的同意，对其住所进行彻底的搜查。

大概一小时之后，负责搜查的警员方面传回消息：在赵超明住处果然搜索到大量淫秽杂志和黄色暴力影碟，以及一些延时性用品和自慰时用的润滑液，同时搜索到数把刀具。遗憾的是，未发现其作案时使用的凶器，以及有关被害人的证据。

这意味着警方目前掌握的只是旁证，缺乏直接定罪的依据，而赵超明显然对警方早有防备，及时将凶器隐藏起来。此种情形下，专案组意识到恐怕很难让赵超明主动认罪，于是紧急与顾问组和韩印商讨对策，最终在韩印的建议下，决定采取一种前摄策略。

审讯室中，坐在对面的赵超明给韩印最直接的印象就是"笑"。他面容干净，长相端正，眉毛、眼睛、嘴唇都是一副弯弯的月牙模样，开口说话时笑容就更盛了。

一上来，韩印以征求的口气询问是否可以得到他的指纹以及DNA样本，也许是对自己行凶时未留下任何证据的自信，赵超明未加考虑便欣然应允。

随后，很快，一份报告送到韩印手上。他看了眼报告，表情严肃地对赵超明说："下面，我们来谈谈关于你的指纹和DNA的比对情况。"

"有什么可比对的，我没干过任何违法的事情，你们与什么样本比对呢？"赵超明一副自信满满的样子。

"你好像很懂我们办案的套路。"韩印点点头，做出敬佩的表情。

"哦，我喜欢看法制频道的节目。"赵超明笑得更得意了。

韩印也笑了笑，将报告推到赵超明眼前："这份指纹对比报告显示，你与盗窃付小宁小卖店中的性用品案件有关，你能解释一下吗？"

赵超明的笑容猛然僵住了，飞快地转了转眼球，把报告推回到韩印面前，诚恳地说："这确实是我的不是，大概就几十块钱的事，我回去就还给小宁。其实我主要是怕别人笑话，所以才'拿了'，不是因为在乎钱。您看，这个事我和小宁私下解决行吗？"

"行吧，看你态度这么诚恳，我们就不追究了。"韩印装模作样地说，"怎么，你那方面不行？"

"不不不，我只是想让自己更强大而已。"赵超明连忙摆手，跟着解释。

"那这个咱就不提了，来说说DNA吧。"韩印很确信他在案发现场找到的那张卫生纸上的精液，一定会与赵超明的样本吻合，他故意把出结果的时间提早了许多说，"再过几小时，DNA的比对结果也会出来，如果结果吻合的话，可能会对你不利。"

"吻合？和谁吻合？"赵超明诧异地问。

"想必吴家坡地区频发的杀人案你一定听说过。"韩印耐心地解释说，"我们曾在其中一起杀人案现场，发现了一团带有精液的卫生纸，现在正抓紧时间检验。如果与你的样本吻合，我们就有理由怀疑你去过案发现场，你可能就具有杀人的嫌疑。"

赵超明下意识伸手揉了揉眼睛，一副诡计被拆穿的样子，咬了咬嘴唇，争辩道："也许那张纸是有人在我家垃圾堆里偷的，然后扔到现场想嫁祸给我啊。"顿了顿，他露出一丝狡黠的浅笑，"就算我去现场自慰过，你们也不能因此说我杀了人，对吧？"

"嗯，说得对，看来法制节目你没白看，知道如何保护自己。"韩印点点头，随即故作无可奈何的样子说，"那就这样吧，你可以走了。"

赵超明显然未料到警方会这么轻易放过他，所以一时间有些未反应过来。正在他愣神之际，韩印像是突然想起什么似的，说："噢，对了，有个事忘了跟你说。我们接到上面指令，将会把案件调查的所有细节在明天上午向新闻界通报。这样一来，你偷窃性用品以及在案发现场自慰的行为，就会出现在各个媒体的报道上，所以也许近段时间你会遭到周围人群的指指点点，你最好心里有个准备。不过这也没什么，每个人都有缺点，时间长了，大家就会淡忘的。

好了，你回去吧！"

韩印突然结束谈话，不给赵超明任何说话的机会，夹着报告头也不回地走出审讯室。

他太了解赵超明这种人了，他不在乎别人说他残忍，因为残忍会给人带来恐惧和威慑，他认为那是彰显他能力和力量的一面，他会被别人唾弃，但没人敢轻视他。而如果他心底里那些肮脏、龌龊、变态的性欲望被别人洞悉，他丑陋恶心的一面被赤裸裸地展现在世人面前，他将会遭到所有人的蔑视和耻笑，这样的结局对本来就一无是处的赵超明来说，是无论如何都接受不了的。所以可以想象得到，赵超明听到韩印刚刚的那番话之后，他的心情会多么焦虑。接下来的这个夜晚，也许是他人生中最为煎熬、最为焦灼的时刻。

这就是韩印和专案组的策略，就是要刺激他，就是要让他产生前所未有的焦虑，就是要逼迫他寻求释放，从而在他行凶时将其现场抓获。

自赵超明离开派出所，专案组便派出一组人手对他进行监视，同时让他爱人张楠以加班为由留在单位。到了傍晚，大批警员陆续进入吴家坡地区，埋伏到赵超明住处四周。

赵超明住的平房坐北朝南，紧邻住宅区内一条主道，道路南边是一条干涸的沟渠，再往南便又是一排居民房。由于缺乏一定的规划，这条路的西向路段相对开阔，而往东则越来越窄，且交错的胡同较多。结合这一道路特点，再总结赵超明作过的12起案子，其中有9起都发生在他住处以东方向，包括东北方向和东南方向，专案组最终决定，将诱捕区域设置在赵超明住处以东0.5公里处。担任引诱任务的女警是专案组紧急从市特警队调派过来的，她是全省公安系统大比武擒拿格斗比赛的亚军，身手很是了得。以防万一，韩印特别叮嘱专案组为她准备了一件防弹衣。

为了让这次诱捕行动做到万无一失，专案组制定了两套策略。如果赵超明从家里出来，行走的方向是朝向诱捕区域的，那么专案组就会采取守株待兔的策略；如果赵超明朝西向行走，或者拐进胡同，专案组就会选择主动出击，要么让女特警故意弄出声响吸引赵超明的注意，要么让她主动走进赵超明的活动范围。

　　当然，这次诱捕行动的成功，首先要建立在赵超明在韩印的刺激下，选择再次作案的基础上。如果赵超明识破韩印的计划，并未有所行动，那么接下来他就会更加警觉，并很有可能暂时罢手或者永远收手，而警方在缺少直接证据的情况下，也只能被动地、无限期地与其耗下去，甚至眼睁睁地看着杀人恶魔最终逍遥法外。所以这个夜晚，对韩印和专案组来说同样是难熬的。

　　吴家坡的夜晚，格外静谧。

　　时至今日，该地区居民已很少有人敢在天黑之后踏出家门半步，这倒让警方少了一些不必要的干扰。当然出于谨慎考虑，警方在外围安排了数名警员，对有可能进入诱捕区域的当地居民进行拦截，目前可以说万事俱备，只欠一个赵超明。

　　时间在飞快地流逝，赵超明始终毫无动静，韩印和专案组方面十分着急。一直埋伏到午夜，专案组已经有人开始泄气了，这时赵超明终于出门了。

　　据附近监视点汇报，他走路有些摇晃，可能喝了不少酒，幸运的是，他行走的方向正是朝向诱捕区域的。

　　各监视点不断汇报着赵超明的动向，他始终沿着马路向东走，并没有拐进胡同。渐渐地，他距离抓捕区域越来越近了……300米……200米……100米……他的身影终于出现在指挥小组的视线中。

　　按照事先计划，女特警一边打电话，一边朝赵超明方向慢慢走动。看着女特警与赵超明之间的距离逐渐缩小，韩印紧张得一颗心悬到了半空，他有些担心女特警应付不了"实战经验"丰富的赵超明，好在有防弹衣可以挡住刀锋。可是当一阵微风吹动女特警的外套时，他发现女特警里面根本没有穿防弹衣。一瞬间韩印的眼眶湿了，他知道那是女特警怕赵超明察觉到异样，发现她的身份，导致行动失败，才不惜将自己置于危险的境地。

　　20米……10米……5米……1米……错身……没有人完全看清楚到底发生了什么，只见赵超明的身子突然在半空中画出一道弧线，"啪"地摔在地上，紧接着是一阵嘶吼。等警员们从埋伏点冲出来的时候，女特警已经将赵超明死死压在身下，一把刀身长约20厘米的单刃刀，在漆黑的夜晚中寒光凛凛地躺在地上。

众警员将赵超明铐住拖拽起来，女特警也被搀扶起来，此时大家才发现，她外套的下摆已经被划破，腹部清晰可见一道划痕，所幸刀口不深……

诱捕行动成功结束，专案组趁热打铁，连夜对赵超明进行审讯。

行凶当场被擒获，数起作案中使用的凶器被缴获，在如此确凿的证据面前，在审讯人员强大的攻势下，赵超明对自己的多起杀人罪行供认不讳。但令在场警员愤怒的是，在交代作案细节时，赵超明脸上始终带着微笑，尤其当他描述自己是如何伤害被害人时，笑容更加灿烂了，甚至得意得手舞足蹈……

至此，太平镇系列杀人案的侦破部分基本结束，就结果来说是完满的，但回顾整个办案过程，极为艰辛。该案曾历经四任公安局长，专案组建立长达9年之久，先后有300多名警员参与侦破，全镇摸排近万人，重点嫌疑人调查超过千人，相关案件卷宗长达7万多页。在这样一组数据的背景下，此刻当案件告破之时，专案组所有警员相拥在一起放声落泪的场景，韩印便能够理解了。他也深深受到了鼓舞，具有这种坚持不懈的办案精神，没有案件是侦破不了的。

次日一早，由于心系"1·4"碎尸案，韩印便急着踏上了归程，T市方面特意派专车送他返回J市。一路上，他一直用手机上网，了解媒体对案件的报道。媒体果然无所不能，有些媒体竟然不知从什么渠道打探到赵超明昨夜接受审问的情形。对于他在审问中一直保持笑容，丝毫未表现出悔意，媒体纷纷予以谴责。用词无非是"冷酷残忍、嗜血无情、人格扭曲"等，有的媒体因此给了他一个"微笑杀手"的封号。

其实韩印心里最清楚：赵超明和所有连环杀手一样，微笑是因为他们自卑！

◎第十七章　嫌疑作家

傍晚，韩印风尘仆仆地回到J市。

他给叶曦打电话，报了平安。叶曦表示目前案件还没有什么进展，让他先好好休息一晚，明天碰面再详细交流。

虽说在太平镇耽搁了几日非韩印本意，但他也觉得十分抱歉，所以顾不得舟车劳顿的疲乏，又到积案组抱回一些卷宗，带到招待所研究。

尹爱君入读古都大学仅三月余便遇害，班级同学和老师对她的印象是安静、内向、少言寡语。平日她只是来往于校区和宿舍之间，唯一的外界活动便是逛书店。据她同学说，在书店曾多次看到一个男人和尹爱君搭讪。而她的舍友也提供消息，尹爱君曾说过她在书店认识了一个作家，还送她一本诗集。但在她遇害之后，警方并未在宿舍里发现那本诗集。通过几个同学的描述，警方作了素描画像，很快找到了那个所谓的"作家"。远在天边，近在眼前，他就在古都大学校内。

古都大学自20世纪80年代初开办了一个作家班，至今断断续续已经办过十几届。这个作家班属于成人办学，班上的学生主要是一些文学爱好者，也有一些小有成就的作家想要混个本科文凭的。他们大多来本地以及周边地区，年龄偏大，有一定经济基础，而且为了保持清静的创作环境，他们大都选择在学校周围单独租房居住。

当时学校里只有一个"94届作家班"，班上一个名叫许三皮的学生，便是在书店与尹爱君有过接触的那个男人。

许三皮，本地人，当年30岁，曾在一些报纸和杂志上发表过诗歌和文章，他在青鸟路附近租住了一间有院落的平房。

警方很快控制了他，在进行审问的同时，对他的住处进行了细致搜查。

许三皮当然不肯承认自己杀人，也矢口否认送过尹爱君诗集，但警方偏偏在他家中搜到一本。经尹爱君舍友辨认，与其曾带回宿舍的诗集封面相同。面对证据，许三皮仍然百般狡辩，说诗集不是他买的，也不知道为何会出现在他家中。警方又让他解释，为何在他家里未发现任何刀具。许三皮说他平日在学校食堂吃饭，家里不开伙，所以未买过刀具。讯问房主，房子前后已经租出去好几拨了，他也想不起来有没有刀具在家。

除此之外，警方在房子和院落里未发现作案痕迹和死者血迹。但许三皮供词前后矛盾，有诸多解释不清的地方，租住地点与尹爱君最后出现地点吻合，且缺乏不在场的人证，可谓嫌疑重大。让专案组未想到的是，正当他们准备对许三皮加大力度审讯的时候，却接到市局放人的命令。

此后，专案组只能在暗中监控许三皮的行踪，但未发现可疑之处。直到几个月后，许三皮远走美国。

案件卷宗中，关于许三皮的调查记录，到此戛然而止。

放下手中的卷宗，韩印皱紧眉头，眼神放空地呆坐了半天。为什么许三皮会突然被释放？是不是受到了某种阻力？他又为什么着急忙慌地跑到国外？这个许三皮现在在哪儿？会不会又出现在本市？会不会是"1·18"碎尸案的真凶？与"1·4"碎尸案有没有关系？

这是个值得追查的目标！

韩印收回视线，重新落在卷宗上。该份卷宗明显比先前看的要陈旧不少，且皱褶明显，想必对"1·18"碎尸案一直无法割舍的付长林，一定多次翻阅过这份卷宗。

"对，明日一早找付长林详细了解一下这个许三皮，也许卷宗上没有记载的一些东西，都尽在他的掌握中。"

韩印睡前，做了这个决定。

早晨，在招待所大堂，韩印碰见蹲坑监视冯文浩一夜的康小北。两人一起到餐厅吃早餐，康小北顺便向他汇报了这几天对各个嫌疑人的调查情况。

每个人都有秘密！正如韩印先前说过的这句话，在对几组嫌疑人进行跟踪调查后，果然发现了他们不为人知的一面。

黄传军离婚后，前妻改嫁。2011年，在机缘巧合下，两人竟又旧情复燃。据他前妻说，两人经常会趁其现任丈夫出差之际偷偷幽会，为避免被周围邻居撞见说闲话，一般都选择在酒店开房。元旦前夜到次日上午，她和黄传军一直待在一起。随后查阅酒店监控，证实了她所说的的确是事实。

与黄传军夫妻俩纠缠不清的糊涂关系相比，刘湘明的问题更令人瞠目结舌。

刘湘明闪婚又闪离以及他一直未找女朋友，原因是他是一个同性恋。他几乎每天下班之后，都会与一些"圈内人"在酒吧等娱乐场所厮混。一位帅哥大方地承认，元旦假期期间，他与刘湘明一直腻在家里。

而王伟、薛敏夫妇二人的生活则比较正常。单位同事以及周围邻居对他们的关系，总体评价还是不错的。只是由于薛敏出身高干家庭，从小娇生惯养，身上难免有一些任性骄横的毛病。偶尔会不分场合，发点儿大小姐脾气让王伟难堪。好在王伟性格好，又能够包容她，两人家庭倒也相安无事。他们有一个8岁的儿子，因为读书的原因长年生活在爷爷奶奶家。元旦假期中，邻居未曾留意两人的具体动向。但有邻居说，元旦假期后第一个工作日，也就是1月4日早晨，见到王伟驾车载薛敏上班，彼此还亲切地打过招呼，没发现有何异样。

就以上调查结果来看，这三组嫌疑人基本可以从案子中排除，目前嫌疑最大的当数冯文浩。

从冯文浩的活动情况分析，他可能确实在酒吧后巷出租屋聚集的地方有个"窝"，这就意味着，他有独立的空间囚禁被害人以及分尸。他失踪的几小时里，可能是到出租屋中重温快感。但有一点令韩印很困惑，如果他觉察到警方的跟踪，为何还要执意前往呢？他究竟意欲何为？

韩印叮嘱康小北盯紧这个冯文浩，吩咐他派几个人手带上冯文浩的照片，到出租屋周围让居民辨认一下，看能不能摸到他的窝。

吃过早餐，二人分头行事。按照昨夜计划，韩印要找付长林了解许三皮的情况。没想到刚走到古楼分局门口，便恰巧碰见从楼内大步流星走出来的付长林。

付长林麻利地打开车门，正要坐进去，韩印快步上前叫住他："付队，等一下，有个情况想向您请教一下。"

付长林停住身子，扶着车门，不耐烦地说："什么情况？"

"是关于许三皮的。"韩印说。

付长林怔了一下，意味深长地看了韩印一眼，冷冷地说："他的情况，卷宗上写得很清楚，你自己看吧。"

"我觉得不是那么清楚吧，我想了解卷宗以外的真实情况。"韩印微笑一下说。

"卷宗以外？很抱歉，我无能为力。"付长林哼了哼鼻子，说完身子便钻进车里。

韩印晓得付长林对自己印象并不好，而许三皮事件若真的牵扯黑幕，他也不会轻易向他这个外人透露。当然，他也很清楚付长林最在意什么，如果想让他痛快地合作，怕是只能把话题往"1·18"碎尸案上引了。

想罢，韩印忙伸手扶住车门，急促地说："付队，我知道您对许三皮在'1·18'碎尸案中逃脱追查一直无法释怀。和您一样，我也认为他在'1·18'碎尸案中有重大嫌疑，并且他当年与尹爱君有过近距离接触，即使他不是'1·18'碎尸案的凶手，也很可能与'1·4'碎尸案有关联。我们完全可以借着眼下的案子，再对他进行一番周密调查，从而揪住他的狐狸尾巴。前提是，您必须告诉我关于他更多的事实。"

付长林盯着韩印犹疑一阵，转头冲副驾驶座位努努嘴，示意韩印上车。韩印忙不迭地绕过车头，坐进车里。

付长林点上一根烟，猛抽几口，侧着脸盯着韩印思索一会儿，开口说道："你是想问，当年我们为什么会突然停止对许三皮的调查，对吗？"

"对。"韩印点头，"既然他嫌疑重大，为什么会轻易放过他？"

付长林剧烈地咳嗽一阵，脸上神情复杂，似乎有些酸楚，又带着几分无奈，说道："事情真相我也说不清楚，只记得当年专案组组长被领导叫去开了个会，回来便以证据不足为由宣布放人。大家都有些摸不着头脑，后来通过暗中调查，发现许三皮竟有很深的背景。他有一个叔叔，当时是本市一家大型民营企业的负责人，与市里领导来往甚密，有不错的交情。他叔叔膝下无子女，对家族单传的许三皮很是宠爱，我们暗地里分析，可能是他通过市里的某位领导向局里施压，逼迫放人。"

"这不是违纪行为吗？局里也太没有原则了吧？"韩印问。

"当然这些只是猜测，不过可以肯定，局里受到了某权力层的压力。"付长林咬咬嘴唇又说，"不过客观些说，专案组当时也的确没有确凿证据表明许三皮是凶手。屋里屋外都没有血迹，没发现作案工具，在他住处找到的那本诗集上也未发现任何指纹，估计是被人仔细地擦拭过。"

"由此看来放人虽略显仓促，但也有足够理由。"韩印说。

"可以这样说。"付长林淡淡地说。

"那您为何至今还耿耿于怀呢？"韩印见付长林面露诧异，笑笑说，"我见那份卷宗已经被翻烂了，想必您一定时常取出翻阅。"

付长林也难得笑了一下，这是他第一次对韩印展露笑容，笑容中带着一丝赏识，带着肯定的语气说："你很敏锐，分析得很对，这么多年我心里确实从未放弃对许三皮的怀疑。如果他心怀坦荡，用得着通过关系脱身吗？更为可疑的是，几个月后文凭到手，许三皮便在叔叔的关照下火急火燎地出国了，实在有避风头之嫌。"付长林叹息一声，接着说，"只可惜当年咱们的法证检验技术还很落后，若是放到现在，一定会在那间小院里发现血迹的。"

"那间小院还在吗？"韩印问。

"早拆了，盖成宾馆了。"付长林说完又意味深长地补充一句，"你猜怎么着？宾馆的投资人就是许三皮的叔叔。"

"这还真有些问题。"韩印点点头，顿了顿，问道，"许三皮出国之后的情况怎么样？我想，您一定不会不知道吧？"

付长林再次笑了笑，说："看来我真的有些低估你了，你很懂得循循善诱，是个做预审的好材料。"

韩印附和着笑笑说："我可没有审问您的意思啊！"

付长林摆摆手，表示不介意，随即正色道："我通过一些调查得知，许三皮在国外那几年过得并不怎么如意。没继续上学，也不工作，整日游手好闲，经济来源主要靠叔叔汇款，结了一次婚，不长时间便离了，后来终于熬不住，于2007年黯然回到本市。"

"这么说，他现在在本市？"韩印插话问。

"对。"付长林说，"从他回来，我一直注意他的动向。这小子倒也老实，可能是经过国外生活的历练，人变得踏实了些，潜心写了几本小说，还混进了市作协。不过，那几本书没给他带来什么名气，倒是靠着叔叔的财力和面子一直出没于所谓的上流社会。你等一下……"付长林说着话，突然打开车门下车，在后备厢里捣鼓一阵，手里拿着一本书又坐回车里。他将书递给韩印说："这是他回来之后出版的第一本书，不知道出于什么意图，内容中有很多影射尹爱君碎尸案的情节。我反复看过多遍，没发现什么破绽。你是专家，带回去研究研究吧！"

韩印接过书，薄薄的一本，封面很简单，灰暗的色调，没有图片，只有书名和作者署名，书名为《礼物》。

正打量着书，听见付长林轻咳一声，韩印抬起头，付长林便一副恳切的表情，说："我明白，你和小叶的主旨是要解决'1·4'碎尸案，但如果你真的发现了'1·18'碎尸案的突破口，能否通知我一下？"

韩印迎着付长林热切的目光，点点头说："您放心，我知道那案子在您心中的分量，有消息我愿意和您分享。"

韩印斟酌了一下，便把余美芬的情况以及自己对她的分析详细说了一遍。付长林十分振奋，摆出摩拳擦掌的架势。末了沉静下来，又对韩印说："对了，我得到消息，许三皮最近又出了一本书，今天下午两点会在新华书店大堂搞一个小型新闻发布会。本来我想去摸摸底，现在看来，这个任务你去正合适，你的观察一定比我更敏锐……"话说到最后，付长林的言语中已尽显对韩印的信任。

也许是被付长林的诚意感动，临别前，韩印又帮他解除了埋在心中十几年的一个疑问——尹爱君究竟是何时遇害的？韩印也是受虐童案的启发，王莉和王虹失踪后都有被捆绑的经历，她们一个活过了24小时，一个迎来了解救的机会，而尹爱君的手腕以及脚腕并未发现捆绑痕迹，意味着她遭到强奸后即被杀死。

与付长林分开后，韩印盯着手中的书，心里盘算着距离下午两点还有四五个小时，正好可以利用这段时间读读这本《礼物》，准备充分了，再与许三皮过招儿会更稳妥。

回到招待所，潜心研读，略过中饭，一直到叶曦打来电话，韩印才从书中的情景中回过神来。

不大一会儿，叶曦来到招待所，韩印将自己早上和付长林碰面的情形说给她听。叶曦拿起书打量一会儿，问："这书分析得怎么样，有发现吗？"

"文笔不错，文风貌似某红极一时的作家，内容上没什么特别，影射尹爱君的描写与她本人的真实情况风马牛不相及。作者对人物的设定符合他自身的交际圈，相比较初入高校的外地学生要成熟很多。关键是书中未有'隐形证据'出现，作者所涉及的案情与公众知道的一样，而且有的地方因此还显示出一些牵强——"

韩印还未说完，叶曦俏皮地抢着说："但是，一定还有'但是'对吗？"

韩印"呵呵"笑了两声，从叶曦手中拿过书，翻到封面勒口，指着作者简介说："但是这里有些问题。许三皮是古都大学作家班94届本科毕业生，按道理，作者简介中应该提到这一经历，而实际上被忽略掉了。我不知道这是编辑犯的错误，还是许三皮有意识要隐去的，从而撇清和尹爱君碎尸案的关系。"

"我现在真的糊涂了，依你的分析，此人若是在'1·18'碎尸案中有作案嫌疑，那么他就不会是'1·4'碎尸案的凶手。可是我们又不能轻易下这样的结论，也不能随便排除他在'1·4'碎尸案中的嫌疑，总之都得查。"叶曦叹了口气，一副忧心忡忡的样子说，"看来两起案子必定要混在一起查了，真不知道这样是有利，还是在浪费时间。"

韩印笑着说道："你这是对我有些不信任喽？"

"不。"叶曦也笑着解释，"不单单是你，有时候连我自己都分不清楚，咱们到底是在查哪件案子。"

"那就索性一起办了，若是都查出真相，那可是奇功一件啊！"韩印继续开玩笑。

"我还真不敢想会有那么一天，我现在就是盼着赶紧把'1·4'碎尸案凶手抓到，千万别再出现被害人了。"叶曦一副怅然的表情说。

"是啊！"韩印表情严肃起来，"凶手继续作案是早晚的事，我们一定要争取在他再次作案之前抓住他。"

"嗯，有你协助，我有这个信心。"叶曦目光坚定地望向韩印，随后抬腕看看时间说，"现在快两点了，我陪你去会会这个许三皮吧。"

新华书店。

韩印和叶曦赶到时，发布会已经开始。场面还算隆重，J市的各大媒体都有记者出席。不过，这恐怕和许三皮本人的号召力无关，大多数媒体是冲着他广告大客户的叔叔的面子来的。

发布会现场，临时搭建的高台上，站着一个剃着锃光瓦亮的光头、身材高大、脸盘超大、戴着一副黑色大框眼镜的男人。他手持麦克风正像煞有介事地介绍着新书的创作历程，想必这个人就是许三皮了。

韩印和叶曦在四周随意转了转，等待发布会结束。

为了配合宣传，书店将许三皮的新书以及先前出版过的几本小说，统一摆放在售书区显眼位置上。韩印逐本翻看一番，发现所有的作者简历中都未提到他就读古都大学的经历，也许是古都大学那一段的生活，给许三皮留下的印象并不美好，所以他并不愿意提及。

好容易挨到新闻发布会结束，叶曦和韩印第一时间在后台堵住正欲离开的许三皮。叶曦亮出警官证，许三皮挂着一脸轻佻的笑容，从上到下打量着她，油腔滑调地说："美女警官你找错人了吧？本人可是一等一的良民，整天奋笔疾书，为祖国精神文明建设添砖加瓦，可没时间犯错误啊！"

"辛苦了，我代表祖国人民感谢你。"叶曦冷笑一声，顺着许三皮的口气说，"能否告知祖国人民，元旦假期那几天，你都是在哪儿添砖加瓦的？"

"为什么问这个？"许三皮看似很诧异。

"年初发生的碎尸案听说了吗？"韩印盯着许三皮问。

"听说了啊！"许三皮仍是一脸茫然，"那案子跟我有什么关系？"

"谁也没说和你有关系，我们只是例行调查而已。"叶曦答道。

"我还是不太明白，例行调查也不该扯上我吧？"许三皮面露不快，不依不饶地说。

"我们办案是有纪律的，案件细节实在不方便透露，所以麻烦你还是配合我们一下。"场面有些僵，叶曦娇媚地笑了笑，缓和语气说道。

叶曦的笑容足以融化积雪，连韩印这种心性淡漠之人都禁不住怦然心动，何况是一肚子花花肠子的许三皮。叶曦突然转变了态度，让他很是受用，面色即刻明媚起来，略微回忆了一下说："元旦前夜那晚，我和几个朋友在饭店喝酒，一直闹腾到下半夜，后来我喝多了，还是朋友送我回的家。第二天中午起来，浑身不舒服，头疼得厉害，还一个劲儿地吐，上医院一查，说是酒精中毒，住了一星期医院。"

"医院是我家附近的医大附属二院，当晚喝酒的朋友都有……"未等叶曦再发问，许三皮讨好似的主动提及了医院的名字，以及当晚和他在一起喝酒的朋友。

叶曦掏出记录本记下许三皮朋友的信息，冲他笑笑以示谢意。许三皮有点儿蹬鼻子上脸，带着一副亲昵的口气，调侃道："不带这样的啊，总不能咱这城市一出碎尸案都和我有关系吧？不过，若是因此能多见几次您这样漂亮的警花，我倒是十分乐意。"

"既然你主动提及碎尸案，那咱们就聊聊尹爱君吧。"韩印适时接下话来。

许三皮撇撇嘴，貌似对自己的失言颇感懊悔，局促地移动了下脚步，支吾着说："那案子有啥可说的？该说的当年我已经说得很清楚了，真的和我没关系。"

"既然你是清白的，不妨回答我们几个问题，可以吗？"韩印说。

"好吧，你问吧。"许三皮不情愿地点点头。

"你和尹爱君是怎么认识的？"韩印问。

"其实我和她也没有多熟，只是在书店见过几回，都是古都大学的学生，遇到了就随便聊几句。"

"那本诗集既然不是你送的，怎么会出现在你家里？"

"这个我说不清楚。"许三皮一脸无辜状，但眼睛里隐约闪出一丝狡黠的光芒，顿了顿，接着又说，"我这人好交朋友，当年整天都有一大帮子人在我那儿聚会，进进出出的，没准儿是谁落在我那儿的。"

韩印点点头，陷入短暂的沉默——许三皮话里话外的意思，分明是在暗示"诗集的出现"是有人对他栽赃陷害，可他并不直言。这种突然而来的谨慎，意味着他确实认真考虑过这个问题，想必在他心里已经认定了某个人选。好吧，倒要看看他会说出一个什么样的人选，韩印干脆点破他的意图，问："你觉得是谁想陷害你？"

"这个，这个，不大好说，我也是瞎琢磨，说得不一定对。"许三皮装模作样推辞两句，紧接着又迫不及待地说道，"我觉得可能会是马文涛。他当年在青鸟路附近开了一家书店，业余时间也会搞些文学创作。我俩当时处得不错，经常在一起交流，彼此也时常串门，我在他的书店里碰见过尹爱君很多次。"

"这么说，他和尹爱君也很熟？"韩印问。

"对，尹爱君每次去，马文涛都特别殷勤，准是想打人家女孩的主意。"许三皮咬着牙恨恨地说，"我估摸着就是这小子送了尹爱君一本诗集，把人家祸害了，又跑到人家宿舍把诗集偷出来，扔到我这儿想嫁祸给我。"

"这些话，当年你为何未对专案组说过？"韩印问。

许三皮挠挠头，一副委屈的样子："当年你们警察认准了人是我杀的，昼夜对我审讯，我大脑一片空白，紧张得什么都忘了。再说，那时候我也未认真想过这个问题，也就是这几年没事的时候，偶尔想到当年的案子，自己分析，有可能是被那小子陷害了。"

"你和马文涛现在还有联系吗？"

"早没了，出国之后就再没见过面。"

"除他之外，当年在你周围，还有谁你觉得有可疑之处？"

"这我就不能乱说了。"许三皮摊摊手，转向叶曦，殷勤地说，"要不这样吧，今天晚上在东豪大酒店，我叔叔帮我搞了个新书庆祝酒会，一些当年在古都大学周边结交的好朋友也会出席。您二位若是愿意赏光，可以自己试探一下他们，省得你们东奔西走了。怎么样，能赏光吗？"

许三皮说出这番话，韩印差点儿笑出声，心想这孙子泡妞还真有一套，想讨好叶曦，这种理由也能想得出来。

叶曦见韩印用揶揄的眼神瞅着她，便也有心逗逗许三皮，妖媚地笑着，娇声道："你不怕我们搅了你的酒会？"

"不怕，不怕。"见叶曦冲自己撒娇，许三皮心花怒放，忙不迭地应道，"只要能见到你，比什么都重要啊！"

"你动机不纯呢，我得好好想想。"叶曦眨着眼睛说。

"放心，放心，我没别的意思，就是想帮帮你们。"许三皮急赤白脸地辩解。

"嘻嘻，那帮我们又是为了什么？"

许三皮被叶曦一通挑逗，有点儿找不到北了，言语更加轻佻起来："好吧，我承认，你很漂亮，我想泡你。"

叶曦冷笑一声，冲韩印使个眼色。两人即刻转身，未有任何交代，扔下花痴一般的许三皮，悠然离去。

许三皮有点儿丈二和尚摸不着头脑，在原地怔了一会儿，傻呵呵地冲两人背影喊了一嗓子："东豪大酒店，二楼宴会厅，7点开席，最好穿正式一些啊……"

韩印和叶曦并不回应，忍着笑一直走出书店。

坐进车里。

韩印调侃叶曦道："怎么样，人家这可是赤裸裸地要追你啊！"

"得了吧！这种以无耻作率真的浮夸子弟我才不稀罕！还作家呢，我看就是一臭流氓，见到个女人就跟花痴似的。"叶曦一脸的不屑，"不说这个了，你觉得许三皮有疑点吗？"

韩印正色道："他既然敢说元旦假期住在医院，又说出几个能为他证明的朋友，估计应该和'1·4'碎尸案没牵连，当然还需去医院核实一下。不过，当我提到尹爱君时，许三皮明显紧张了，虽然身子还是正对着咱们，但'右脚不经意地转向外侧'，这是一个下意识对话题回避、想要逃离的表现。"

"这么说，他确实与尹爱君碎尸案有关？"

"还不好说，不过这小子的确有些古怪，时隔这么多年突然抛出一个嫌疑人来，不知是什么用意？"

"也许他被你问急了，随便说出一个人选，或者心虚，想借此分散咱们对他的注意力，又或者那个马文涛确有可疑。"叶曦随口说出几种可能性，顿了一下，兴奋地说，"如果他所言属实，那马文涛就有可能是'1·18'碎尸案的凶手，是不是？"

韩印不置可否，也未如叶曦一般兴奋。这许三皮都四十五六岁的人了，说话还是一副嬉皮笑脸不靠谱的模样。他的话到底有几分是真、几分是假，不得不令人存疑。还有，为什么当年在将陷牢狱之灾时，他没有向专案组交代马文涛的嫌疑，而自己与叶曦短短的几句问话，就让他说出了那个名字？韩印才不会相信他的那番托词，"挠头"的举动明显是在说谎。

韩印沉吟一阵，说："马文涛经营的书店在青鸟路附近，想必当年一定接受过警方的排查，估计卷宗里会有他的记录，待会儿你送我到积案组，我找下卷宗研究研究。另外，你找人调查一下马文涛现在的信息。"

"行。马文涛的事，我亲自去办，若是能先解决了'1·18'碎尸案，那也算有个交代。"叶曦说。

回到分局，韩印下车之前，叶曦突然想起许三皮的邀请，询问韩印去还是不去。

"酒会那种场合乱哄哄的，怎么查案？"韩印知道许三皮醉翁之意不在酒，肯定是为找个亲近叶曦的机会，随口编了个理由，便笑说，"人家的邀请可是冲着你的，我去不去可有可无。"

叶曦使劲吸了吸鼻子，笑说："我怎么闻到一股醋味，有人吃醋了吗？"

叶曦如此说，韩印反倒不好意思了，过了一会儿说："那就去吧，也许人家是诚心要帮咱们一把，如若不然，也可以借机深入了解一下他。"

决定好要赴宴，叶曦和韩印约定了晚上碰面的时间，便各自忙去了。

韩印来到积案组，果然找到了马文涛的调查记录。

马文涛，当年28岁，本省Z市人，案发时于古楼区青鸟路144号经营"文涛书屋"。由于其书店与尹爱君最后出现地点相近，故被专案组详细调查。马文涛承认尹爱君曾去过书店租书，但否认她失踪当日光顾过。"文涛书屋"是一栋街边门头房，共有两层，一层用于经营，二层为居住区域，是马文涛在两年前租下的。警方随后对整个书店进行了仔细勘查，未发现命案痕迹，遂排除马文涛的嫌疑。

虽然韩印未正式提过"1·18碎尸案凶手的画像报告"，但其实在他心里早已生成一份。手上的这份卷宗对马文涛的记录非常简短，可已有多处符合他心中的那份报告。其一，年龄符合；其二，籍贯位于古江以北城市；其三，是与尹爱君相识之人；其四，有独立的空间；其五，初始接触地即凶手的工作地点；其六，上班时间可自由掌控……

信息交叉对比，马文涛确有嫌疑，且嫌疑重大，韩印不禁开始认可许三皮证词的真实性，心下也大为振奋——好吧，开足马力，在攻克"1·18"碎尸案的同时，不放松对"1·4"碎尸案的调查，争取一并解决！

◎第十八章　宿舍血字

傍晚六点半，按照和叶曦约定的时间，韩印准时等候在招待所门口。

从作家名气上说，许三皮恐怕只能用默默无闻来形容了。当然，一个作家的号召力，一本书的畅销与否，并不完全取决于写作能力，你开个新闻发布会，高调炒作一把，无可厚非。可书还没怎么卖，就像煞有介事地搞什么庆功宴，多半属于虚荣心作祟。还要求穿西装礼服出席，暴发户习性尽显，很是让韩印反感。话虽如此，还是不能失了礼数，韩印从行李中取出西装，让招待所服务员帮着熨烫平整。此时，他一身深色修身西装，内衬浅色蓝格衬衫，斯文儒雅的气质中便又多了份清爽帅气。

等了大概两分钟，叶曦的车子停到韩印身前。

坐进车里，韩印只觉眼前光彩照人。叶曦妆容比平日稍艳，一身银色触膝小礼服，乳沟若隐若现，肉色丝袜搭配与礼服同色系的高跟鞋。雍容俏丽，完美好身材一览无余。

韩印不觉看痴了。

叶曦伸手在韩印眼前晃晃，妩媚含羞，笑道："怎么，不认识了？"

韩印这才觉察自己失态，窘迫地收回在叶曦身上的视线，脸上一阵温热。他试着想来点儿幽默掩饰窘境，但一时找不到合适的话语，只好尴尬地傻笑两声。笑罢，心里一阵懊悔，生怕自己花痴的表现，让叶曦误会他也是一个俗气猥琐的男人。

见自己的一句问话，让韩印如此尴尬，叶曦善解人意地转移话题，说："马文涛的卷宗研究得怎么样？"

"的确有些嫌疑，值得深入调查一下……你那边情况怎样？"提到案子，韩印显得自然多了，将卷宗中马文涛的记录以及自己的分析对叶曦交代了一遍，之后又问起叶曦那边的进展。

"没什么收获，他当年开书店的位置是找到了，但那片区域早已拆迁盖起了新楼，原来在那块儿做书店生意的也都转向别处，马文涛的去向就更不得而知。我派了几个人，让他们争取找到一些老业者，看能不能得到一些消息。"

"嗯，实在找不到，便只能到他老家走一趟了。"韩印说。

交流过马文涛的信息，时间也差不多了，叶曦发动车子，驶向东豪大酒店。

东豪大酒店是J市最豪华的五星级酒店，装修大气，富丽堂皇。韩印和叶曦穿过宽大气派的大堂，乘上电梯来到二楼宴会厅。

电梯门打开，许三皮正在宴会厅门口迎客，眼见叶曦款款出现，两眼放光，圆圆的大脸盘即刻笑开了花，像个大包子蒸开了褶儿。他快步迎向叶曦，死死握住叶曦的纤手来回揉搓着，带有邪气的双眼，贪婪地将叶曦从上到下欣赏个够。待发觉叶曦身后的韩印，脸上现出一丝妒意——不管是仪容还是装束，韩印和叶曦看上去简直是天生一对。

在许三皮殷勤的引领下，韩印和叶曦走进宴会厅。

酒会是自助形式，此时已是宾朋满座。叶曦稍微打量一下，多为本市富绅名流和一些出了名的浮夸子弟，如此之多的人前来恭贺许三皮这个三流作家，看来他是深得叔叔宠幸。

许三皮作为宴会主人，自然要照顾全场，把叶曦和韩印引到餐台边便暂别去忙。

叶曦的关注率自不必形容，时不时地，总会有男人炽热的目光侵袭过来，搞得身旁的韩印浑身不自在。叶曦倒是一直保持着居宠不惊、落落大方的模样。

许三皮满场飞奔，春风得意，神采飞扬，先前的承诺看来早已抛诸脑后。韩印和叶曦本就厌弃此种场合，待了一段时间便觉索然无味，想要暗自离场。没走几步，身后传来一个女声，喊着叶曦的名字。

叶曦转过身，见着一身艳色礼服、浑身珠光宝气的女人正在喊她。相互照面，那女人"哇"地大叫一声，惊喜道："你是叶曦吧？老同学，好多年没见了。"

叶曦走近，也认出老同学，欣喜地说道："是姗姗吧，这么巧在这里碰见你，你还是那么漂亮啊！"

"哪儿有你漂亮？当年你可是出了名的校花！"女人带着一丝羡慕赞叹一句，又试探着问，"怎么样，老公在何处高就啊？"

"我还没结婚呢！"

"还是你想得开，不像我，早早地嫁人生孩子，现在就是黄脸婆一个，好在还算嫁了个好老公……"女人说出老公的名字，有意无意挥挥手，无名指上一颗巨大的钻戒，闪闪发光。

"你好厉害，嫁了这么个钻石王老五……"

"我是没办法，姿色不足，不趁着年轻早点儿找个好人家嫁了，怕是嫁不出去啊！你不一样，你多漂亮啊，越成熟越有女人味，再多等几年，追求者也少不了！"

老同学的老公在当地算是有些名气，叶曦随口夸奖两句，她便越发地得意，言语中虽是夸奖叶曦，实则揶揄气味更甚，想必读书时一定时常嫉妒叶曦的美貌，此刻总算扬眉吐气了。

叶曦不与她计较，仍是一副笑模样，可老同学好像还没揶揄够，故作自怜地啧啧两声说："唉，我记得你还比我大一岁，今年应该34岁了吧？看着可比我年轻多了，还是不嫁人好啊！"

叶曦脸色微变，笑容有些勉强。韩印实在看不下去，适时走过来，挽住叶曦，望着叶曦的眼睛，亲昵地说："亲爱的，见到老同学怎么也不介绍一下？"

叶曦抿嘴笑笑，回望韩印，露出甜蜜神情："这是我高中同学李姗姗，这是我男朋友韩印。"

"你男朋友好年轻，好帅啊，你们是姐弟恋吧。叶曦你可真行，真能赶潮流。"老同学的气势一下子弱了不少。

叶曦笑笑，继续深情凝望着韩印，一副爱意浓浓的样子。老同学眼见自己变成了电灯泡，顿觉无趣，撇撇嘴，随便找了个理由怏怏地走开了。

韩印赶忙放开叶曦，不想叶曦反倒揽住他胳膊不放："嘻嘻，想反悔啊？"韩印还未反应过来，叶曦又主动抽出手臂，恶作剧般笑道，"哟，小男生，脸红了，哈哈！"

韩印也是30岁的人了，怎么就成了叶曦眼中的小男生？他不服气，正要辩解两句，许三皮不知道从什么地方突然冒了出来。

"来的人太多，我都得照应一下，怠慢了叶警官，实在抱歉啊！怎么样，酒会还不错吧？"许三皮一身酒气，说话时直勾勾地盯着叶曦，好像韩印不存在。

"酒会好不好和我没关系，我是冲着'人'来的。"叶曦抿嘴，笑容有些暧昧。

许三皮以为叶曦口中那个"人"是他，抑制不住一脸的兴奋，说："冲叶警官这句话，其他人就无所谓了，从此刻开始，在我眼里，这宴会厅就只有您一位来宾。"

叶曦翘翘嘴角，讥笑道："您太抬爱了，不过您好像有点儿误会，我说的人是先前您承诺过要引见的人。"

叶曦这话，如同一盆冰水浇到许三皮头上，激动的神情瞬间凝滞了，勉强地说："噢，这，这，我没忘，是来了两位，走，我帮您介绍一下吧。"说罢眼珠一转，狡黠地笑道，"不过，介绍之后，您可要陪我跳支舞。"

"见到人再说。"

叶曦不置可否，许三皮便识趣地前头引路，二人紧随其后。

从宴会厅东侧走到西侧，眼见两男两女举着酒杯聚在一起亲切交谈，许三皮带着二人过去，为彼此介绍。

这是两对夫妇。其中个子不高，稍微有些秃顶，下巴留有一撮儿山羊胡子的男人叫孙剑，是一家图书出版公司的总裁，身边是他爱人，在税务部门工作；另一个男人叫牟凡，是知名作家，身边的爱人曾是非常出名的图书策划人，目前处于半隐退状态，一年中大部分时间都生活在新加坡，照顾在那儿读书的女儿，这次是专程赶回来，祝贺许三皮新书上市。

孙剑和牟凡都是许三皮在古都大学求学时认识的，二人当时也租住在青鸟路的平房区，靠在街头摆书摊谋生，二人也都是文学爱好者……

牟凡这个名字，韩印早有耳闻，近两年他创作的一系列丛书卖得很火，算得上一名畅销书作家。没料到今天竟见到真人，韩印不禁仔细打量。

牟凡身高超过一米八，身材瘦削但很结实，面庞清癯，棱角分明，一头长发，后及肩部，前及眉梢，配合下巴的胡楂儿，粗犷中带着优雅，整个人散发着强烈的成熟男人气息。

此种场合和氛围实在不便打扰人家，韩印和叶曦与几个人打过招呼认识了一下，又简单聊了几句，然后记下孙剑和牟凡的电话以及居住地址，便礼貌地走开了。

与孙剑和牟凡会面之后没过多久，宴会厅灯光暗下来，浪漫优雅的华尔兹音乐随之响起。许三皮正想邀请叶曦，却发现叶曦和韩印已经在舞池中翩翩起舞，而且二人表情甚是亲昵，气得他直跺脚。

一曲终了，韩印和叶曦松开彼此，韩印突然感觉到手机的振动。他掏出手机，按下接听键，听筒里又传出那个仿佛来自地狱的声音：

"帮我！帮帮我！求求你帮帮我……"

"要我怎么帮你？你到底是谁？不知道你是谁，我怎么帮你？"

"我是谁？我是谁？我也想知道我是谁。"

"那好吧，既然这样，告诉我你在哪里，我去找你。"

"我在哪儿？我好像在宿舍的床上……"

见韩印怔怔地擎着电话，叶曦觉察到了异样，紧张地问："又是那个骚扰电话？"

韩印点头，皱着双眉："她说她在宿舍的床上。"

"宿舍的床上？"叶曦想了想，心思一动，"她口中的宿舍会不会是尹爱君的宿舍？"

"古都大学，四号宿舍楼，304房间。"韩印一个激灵，"走，去看看便知！"

叶曦和韩印迅速离开酒店，发动车子，一阵疾驶。

半个多小时之后，两人赶到古都大学宿舍区，与值班保卫简单交涉几句，在两位保安引领下，来到四号宿舍楼前。

大楼漆黑一片，毫无声响，透着慑人的阴森。

韩印伸手握住宿舍大门把手欲拉开，两个保安顿生一脸恐惧，怯生生强调，大概十分钟之前，他们在宿舍楼附近巡视过，没发现任何异样。韩印明白保安是不想进楼，便借了二人的手电，将他们打发走。

进楼之前，韩印体贴地脱下西装外套罩在叶曦身上，叶曦轻轻握了握他的手背，眼神很温暖。

打开门，踏上楼梯，二人来到304室的门口。门是开着的，里面空无一人。

用手电在室内搜寻一番，看不出异样。二人分析，许是几分钟前保安的巡视，惊着了"目标人物"，"目标人物"躲藏起来了，于是二人便又在整个楼内仔细搜寻。

搜寻同样是无果，二人返回304室。

叶曦不经意将手电照向窗户，随之发出一声惊叹："韩老师，你看，这窗户上是什么？"

顺着叶曦手中手电的光束，韩印看见玻璃窗上印着三个鲜红鲜红的大字——"尹爱君"！

韩印倒吸了一口凉气，走到窗前，凑近红字。字迹还未干，应是新鲜落下，闻了闻，腥腥的，好像是血。

"好像是血！"韩印冲身旁的叶曦说。

叶曦拿出手机拨了个号码，说："让法医过来取证化验一下就清楚了。"

二十分钟后，出现在宿舍门口的是特邀法医顾菲菲。

叶曦有些意外，说："你怎么亲自来了？大半夜的，让值班法医来一趟就行啊！"

"我跟他们交代过，凡是有关'1·4'碎尸案的法医证据，我都要亲自经手。"顾菲菲并不领情，冷着脸走进室内，冲韩印和叶曦身上打量几眼，翘翘嘴角，闪过一丝不易察觉的冷笑。但还是被叶曦觉察到了，看了看她和韩印彼此的装束，不禁万分尴尬，张张嘴，想要解释，可顾菲菲好像并不感兴趣，径直走向窗边。

顾菲菲从工具箱中取出一根棉签，在红字上蘸了蘸，随后又从工具箱中取出一个标着"酚酞试剂"字样的塑料瓶，拧开盖子往棉签上滴了一滴，棉签瞬间变成粉红色。

"是血。"顾菲菲肯定了韩印先前的猜测。

"是人的吗？"叶曦追问。

顾菲菲没理会叶曦，兀自继续手中的动作。她重新取出一根棉签，又在红字上蘸了蘸，从工具箱中拿出一瓶血清试剂，打开盖子，将蘸着血迹的棉签伸进瓶中搅了搅，盖上盖子，使劲摇晃几下。顾菲菲在工具箱中翻找一番，手中又出现一个外观类似验孕棒的测试工具。她将溶入血迹样本的试剂，滴入测试工具头部的一个小孔中，中间的试纸上便显出两道红色横线。

"血清检验呈阳性，是人血。"

顾菲菲说着话，再次提取一份血迹样本，装进专用存放管中，以备DNA检测使用。

是人的血？应该是给韩印打电话的那个女孩的，可那个女孩究竟是谁呢？难道真会是……韩印与叶曦无声对视，双眉皱得紧紧的，神色中都有几分犹疑不定，他们似乎不约而同地意识到了什么。

"这血会不会是尹爱君的？难道当年遇害的另有其人？"叶曦忍不住脱口说出。

"这种可能性确实存在！我始终不理解，为何当年不对尹爱君的父亲取样？就算没有条件进行DNA检测，起码要配一下血型啊！"接下话的是顾菲菲。

叶曦望着韩印，想让他拿个主意。

韩印思索一阵子，谨慎地说："看来终究还是要去一趟尹爱君老家，取她父母的DNA样本证实一下。"

"我现在立即回法医室吩咐下去，让他们处理一下手中的这份样本，明天我和你一起去一趟尹爱君老家。"顾菲菲主动要求同韩印前往。

顾菲菲既然主动要求，叶曦便说道："那好，正好我这边还有一大摊子事要忙，你们俩去应该是万无一失。"

"余美芬和马文涛都要抓紧查，有线索第一时间通知我。"韩印叮嘱叶曦。

叶曦点点头说："知道了，你放心吧。"

第四卷
杀人魇咒

这是唯一让她们属于我的办法，她们躯壳已死，但精神已长留我身！

——艾德蒙·其普

◎第十九章　无头之身

工作了一整夜，顾菲菲未见倦容，与韩印在分局停车场会合时，穿了条米色休闲裤，搭配蓝色牛仔衬衫，外罩白色小风衣，一身休闲打扮，反倒比平时显得阳光许多。

上车之后，韩印本想就她这身小清新装束开两句玩笑，但转念一想，还是别自找麻烦了。顾菲菲一贯喜怒无常，说不定哪句话惹毛了她，再弄得自己难堪。不想，车子开出去不久，顾菲菲竟先开起他的玩笑。

"韩老师，你和叶队昨夜那身打扮，是准备私奔吗？"

"哈哈，私奔？我倒是想啊！可惜是为了办案……"韩印哈哈两声，将昨夜调查许三皮之事大致介绍了一番。

"就没发生点儿别的？"顾菲菲粉唇微张，露出雪白的牙齿。

顾菲菲一向以冷感示人，冷不丁这么一笑，虽有些讥诮的味道，但足以让韩印有阳光灿烂之感。

"没发生什么啊！你觉得还会发生什么别的？"韩印一脸坏笑，故意要逗一逗顾菲菲。

顾菲菲斜了韩印一眼，又板起面孔，但语气还是玩笑的语气，嗔怪道："不说拉倒。"

"真没有什么了。"韩印解释了一句，担心她还不依不饶，赶紧将话题转到案子上，"取完DNA样本，最快要多长时间才能看到结果？"

"以目前的设备，至少要两天。"顾菲菲顺势问，"你觉得，当年被害的真会另有其人吗？"

"这个不太好说。"韩印面露无奈地说，"关于我的直觉，骚扰电话，还有那宿舍留下的血字，真的让我很难理顺。如果证明当年被害的的确是尹爱君，那眼前是谁在装神弄鬼？会是余美芬吗？如果不是她，还会有谁呢？"

顾菲菲迟疑了一下，说："你有没有想过一种可能性？"

"什么？说来听听。"韩印转过头注视着顾菲菲。

"也许是因为……"顾菲菲顿了一下，抬手理了理发梢儿，避开韩印的目光，把脸转向窗外，"算了，等我考虑清楚再和你说吧。"

顾菲菲话说到一半又缩回去，让韩印很是纳闷，不过既然她现在不想说，他也不好勉强。

Q市，位于S省中部，距离J市三个多小时车程。进入市境还要再开四十多分钟的车，才能抵达位于城市北郊的尹爱君家所在的前盐镇高沈村。

一路上还算顺利，韩印将车开进村子的时候，刚到中午。

村子不大，很宁静，许是午饭时间，路面上行人零星。村中间是一条河，河水泛绿，有鹅鸭在悠闲戏水。村民的房舍大都建在河岸两边，青瓦灰砖，分布密集凌乱。

连接小河两岸的是一座木桥，只容得下一辆车通过。过桥不远，遇到一个村民，经他指点，很快便找到尹爱君的家。

尹爱君家距河岸不远，院门是敞开的，院里很干净，收拾得井井有条，中间有一棵粗大的枣树，枝繁叶茂，看起来颇有些年头。

见有人在院外张望，一位老者从房内出来。

老人个子不高，满头白发，眼神温和，看起来是一个慈祥的老人。韩印猜想，这应该是尹爱君的父亲——尹德兴。

果然就是尹德兴。彼此介绍身份，客套几句，老人将韩印和顾菲菲领进屋内。

房子是挑担房，中间一间是厨房加餐厅，挑着东西两个厢房。看起来人家刚吃过饭，一个老大娘和一个30多岁的女人正在收拾餐桌碗筷。

大爷说，上年纪的是他的老伴，年轻的那个是他的二女儿，比尹爱君小一岁，已经嫁到市里去了，今天没事回来探望探望老人。

坐下之后，说了几句闲话，韩印含糊地提出要提取二老的DNA样本，但未说出明确缘由。他实在不知道该如何跟老人家解释。十几年过去了，失去女儿的伤痛虽不可能完全愈合，想必也在一点一点地淡化。韩印不想因为此行给这个家庭带来任何无端的希望，生怕搅乱老人家本已平静些的生活。好在老人家也没多问，配合地完成样本采集。接着，大娘去烧水沏茶，大爷和小女儿便陪着韩印和顾菲菲说话。

话题自然还是围绕尹爱君。

大爷话很少，基本上是问一句说一句，目光盯着桌角，脸上总是含着温和的笑容。身旁的小女儿说起姐姐，眼泪便止不住吧嗒吧嗒掉下来。她恳请韩印和顾菲菲一定要还姐姐清白，这么多年，一些媒体和网络传言，把姐姐形容成一个喜欢摇滚、同时结交很多男友的放荡女孩，这让做妹妹的很是愤怒。姐姐其实是个特别文静、特别善良、特别懂事的女孩，妹妹说她死也不会相信，姐姐会和地痞流氓混在一起。上学时,她比姐姐低一年级,姐妹俩总是一起上下学,姐姐从来不和陌生人搭讪,而且还时常叮嘱她要注意安全……

韩印比较关心的是,自尹爱君遇害之后,围绕这个家庭有没有什么特别异常的事,尤其是最近。

大爷想了想,说:"最近倒是没有,三四年前曾经有个自称是记者的男人来过家里。带了好多礼物,都挺贵的,还要留下一些钱,我没收。他也没问什么,就是随便聊聊,在屋子各处看看,要了爱君的几张照片便走了。"

"他大概长的什么样子?"韩印希望大爷能描述一下那个所谓的记者的模样。

大爷摇摇头:"时间太久了,记不清了,只记得好像有40多岁的样子。"

"还有别的吗?"韩印问。

大爷踌躇一会儿,显得有些犹豫,恰好大娘沏好茶端上来。老两口对视一眼,大娘暗自点了点头,大爷又犹豫了一阵子,才叹息一声道:"还有一件事,挺玄乎的,说出来你们可能不信。当年你们警察留下一些样本便把爱君火化了,我带回骨灰盒,在后山坟场那儿给孩子立了个墓。有一天傍晚吃过晚饭,我和老伴没事,便溜达到墓地想去和孩子说说话。当时天刚擦黑,还有些光亮,隔着很远我俩就看见孩子墓前好像站着一个人。她背对着我俩,身材啊,个头啊,发型啊,穿着啊,都特别像爱君。我当时边跑边叫爱君的名字,老伴在身后不小心脚底打滑跌了一跤,我回身扶她,再转头人便没了。我以为自己眼花了,可老伴说她也看得很真实。我俩回来一宿没睡着觉,怎么也想不明白……"

"那是什么时候的事?"韩印问。

大爷说:"我记得很清楚,前年8月。"

"那以后呢?"韩印又问。

"没了,就看到过那一次。"大爷回答。

"二位警官,你们说,姐姐有没有可能还活着呢?"妹妹插话进来说。

韩印哪能告诉她这就是他们此行要证明的,便支吾着说:"这种事情不能胡乱猜测,你们要相信我们警方,有消息一定会第一时间通知你们的。"

　　说完这话，韩印和顾菲菲便起身告辞。

　　想着两位警官千里迢迢为了自家孩子的事，连杯水都没喝完就走，尹家人觉得过意不去，便极力挽留二人吃过晚饭再走。韩印和顾菲菲一边感谢人家的好意，一边执意推辞，彼此正客套着，村子里突然响起刺耳的警笛声，紧接着尹家院前跑过一队警察。尹德兴面色一紧，冲着老伴说："不会是赵老师家的孩子也出事了吧？"

　　"说不好，看这阵势估计在附近发现那孩子了。"尹爱君母亲一脸惊恐地说道，说完可能意识到自己说多了，忙掩饰着转头冲二女儿说，"老二啊，没事你收拾收拾回市里吧，最近也别总回来了，我和你爸挺好的，不用你挂记。"

　　"嗯，知道了。"尹爱君的妹妹一脸惊恐地说。

　　见一家人紧张的模样，说话又隐晦地遮遮掩掩，韩印和顾菲菲不免好奇起来，韩印问："大爷，怎么了？你们这村子出什么事了吗？"

　　"是出事了，而且是大事！"尹德兴使劲点了点头说。

　　尹德兴话音未落，身边的老伴抬手捅了他一下，嗔怪地说："别乱说话。"

　　"我怎么乱说话了，人家也都是警察，说说怕什么？"尹德兴瞪了老伴一眼，没好气地说，然后缓和口气冲韩印和顾菲菲解释，"你们别怪老婆子，是镇里和村里不让往外传的。"

　　听尹德兴的口气，韩印意识到这村子准是出了大乱子，不由自主地又坐回到椅子上，身边的顾菲菲也跟着坐下。

　　尹德兴接着说："从上个月开始，先是老李家的二姑娘从镇上下班后不知怎么就失踪了，隔天早晨有人在咱这木桥边发现一个麻袋，打开一看是一具无头的尸体。具体的我也说不上来，听说尸体被切得乱七八糟的，后来通过衣服辨认，正是老李家二姑娘的。这事过了一个星期，老张家大姑娘又不见了，也是从镇上下班后失踪的。隔天中午也是装在一个大麻袋里，被扔在了村委会门口。据说同样被切成好多块，头也不见了。还有昨天，村里小学赵老师的姑娘下班之后就不见人影了，估计这会儿尸体刚刚被找到。"

　　"这事闹得特别大，市里都来人了，村里特别嘱咐村民不让出去乱传，说镇里下的命令，怕影响咱这镇子的形象。"尹德兴老伴忍不住插话说。

"这帮当官的，就怕出事情影响他们的乌纱帽。"尹德兴愤愤地说，"越是捂着，这村子里传瞎话的越多。我跟你们说，现在传什么的都有，有的说这俩姑娘作风不好，给领导当'小蜜'，领导把她们玩够了就找人灭口；还有的说这两人都在镇上工作，有点儿小权，准是经济方面不干净，估计被人报复了；更过分的是，传言竟然都扯到俺家爱君身上。那两个姑娘和爱君是同一年生的，生她们那年村子里发了一场大水，岸边的龙王庙被冲垮了，于是现在便有人借题发挥，说那年年份不好，先是爱君被杀，现在又是这俩女孩，说不定那年生的人都没有好下场……"

"这不是胡扯吗？"顾菲菲忍不住插话说。

"是啊，谁说不是呢，真是太过分了！"尹德兴附和着说。

看来尹德兴了解的情况还是很有限，具体情况也未必就与尹爱君没关系。同年生的三个女孩相继被碎尸，虽然时间跨度很长，但说不定还真的存在某种关联。韩印觉得有必要与当地警方碰碰头，详细了解一下案情，看看能否找到突破口。

◎第二十章　云谲波诡

出了尹家小院，不远处河岸边已经拉起警戒线，两名穿着下水衣的警员正将一个大麻袋从河中间往岸上拖。岸边一众警员立即迎上去接过麻袋放到地上，一个中年模样的警察，看警衔估摸着应该是当地派出所所长，他将系在袋口的绳索打开，扒开一条缝。两个领导模样的人上前瞅了瞅，相互点点头，冲所长示意将麻袋口重新系好，搬到警车上去。

一部分警员留下保护现场等待技术勘查，其余警员搬着麻袋撤离，围观的群众指指点点一阵嘈杂。突然，人群中一个看似已近花甲之年的老大娘，发出"嗷"的一声惨叫，昏倒在地。身边体格粗壮的年轻人，赶紧低下身子将老大娘搀起，他嘴里哽咽地喊着妈妈，眼睛彷徨地盯着警员手中的麻袋，显得有些不知所措。派出所所长于心不忍，朝娘儿俩走过去，劝慰道："小亮，先把你妈带回家，还不一定是你姐姐，有消息了我通知你们。"

"你一定要第一时间通知我们啊！"大娘缓过气，抽泣着说。

派出所所长一脸心疼地拍拍大娘的手臂："放心吧赵老师，我心里有数。"

派出所所长将赵老师娘儿俩劝走，转身的时候被韩印和顾菲菲截住。听闻二人是来自J市公安局的，所长特别高兴，说正好他们这边想派人去J市交流案子呢！

所长自我介绍姓吴，又拉着韩印和顾菲菲赶上前面的人，将他们介绍给刚刚那两位领导模样的人。他们一个是Q市公安局副局长于波，一个是市刑警队队长房大伟，是本次"高沈村系列杀人案专案组"的正副组长。

第一起案子的被害人叫李岚，在镇政府林业局工作，第二个被害人叫张丹，在镇电管所工作，二人都与本村青年结婚，与公婆同住。另外，失踪的赵老师的女儿，在镇幼儿园当园长，与丈夫居住在镇中心。三人工作表现良好，未有不正常的男女关系，近期也未与他人结过怨。了解了这三个人的情况，专案组发现她们与尹爱君是同年生的人，而且是小学的同班同学，彼此关系也特别好，联想到尹爱君多年前也是惨遭碎尸，并且本年年初J市方面疑似杀害尹爱君的凶手再度作案，所以这边专案组就考虑，彼此之间会不会有什么关联？

这也正是韩印此刻想搞清楚的。他立即将情况反馈到叶曦那儿，叶曦请示了局里领导，表示同意韩印暂时留在高沈村，如果确定两案有关联，J市方面会立即增派人手与Q市方面联合办案。叶曦还说让韩印放心，J市这边会按照先前的部署进行排查，有消息了会第一时间和他交流。这样，韩印便留在了高沈村，而顾菲菲则独自驾车返回，抓紧时间做DNA检测。

到了傍晚，验尸结果揭晓。除DNA证据尚需时间外，其余证据都表明，从河中捞出的麻袋中的女尸，就是赵老师的女儿刘小娥。从尸体脖颈扼痕与内脏损伤情况看，与前两起案件相同，她也是被扼死的。三名被害人的头颅都是由喉头上部被切掉，身子赤裸着拦腰分割成两半，有遭到过猛烈性侵犯迹象。综合阴道撕裂、出血情况，以及身体其余部位损伤情况判断，为死后奸尸。刘小娥大腿部位皮肉有缺失，三人随身财物未被动过，头颅至今未找到。由于凶手做了相应的保护措施，除了能确定分尸工具为一把大砍刀外，在死者身上未发现任何可以联系到凶手的证据。值得注意的是，凶手在三个死者胸部分别刻下了一个符号，符号很简单：李岚胸部刻的是一个横杠"一"，张丹刻的是一个竖杠"｜"，刘小娥刻的也是个横杠"－"，但较之李岚的要短，大概有一半的长度。

资料显示，高沈村距镇中心大概有两公里，死者李岚和张丹平日都骑着电动车上下班，失踪当日，她们的车子不知何故都停放在单位停车场，而刘小娥家住在镇上，步行五六分钟便可以到单位。三人于工作日下班之后分别失踪，那时大街上正是人流和车流密集之时，没有人目击到强迫掳人事件，三人身上没有绳索捆绑迹象，也没有来自激烈反抗的划痕。综合这几个特征，韩印判断是熟人作案。

凶手在镇上诱拐被害人，却于村内抛弃无头尸体，抛尸行为隐含着极强的泄愤情绪，尤其在第二个抛尸地点的选择上，这种情绪则更为明显。"村委会"是村子的权力象征，凶手把死者张丹的尸体抛到村委会门口，显然表达的是对整个村子的强烈不满。由此韩印推断，凶手来自高沈村或者曾经在该村居住过，他因为个人境况不佳，以至于迁怒死者甚至整个村子。在他的世界里，认为自己的坎坷遭遇是因为受到死者或者村子的不公对待，当然这也许并不是事实，只是他自认为的而已。

另外，奸尸行为很明显体现的是一种强烈的"占有"欲望，而切下头颅是一种斩首动作，有审判的意味。结合奸尸行为与死者信息来看，审判并非针对死者道德上的缺憾，更多的是针对她们对待凶手的行为。同样，收集头颅，也可能是一种占有的行为。这些都表明，凶手与死者在生活中肯定存在着某种交集。

凶手留在死者胸部的符号，可能是在传递某种信息，也许是他诉说的方式，体现了一种仪式化的标记行为，意味着凶手一定会继续作案。至于"1·18"碎尸案或者"1·4"碎尸案与这一系列乡村杀人案有无关联，根据眼下掌握的信息还无法判断。接下来要做的，是深入挖掘三个被害人与尹爱君之间在生活中更多的交集之处，韩印相信必有一种交集会指引到凶手那里。

当晚，韩印留宿在前盐镇派出所警员宿舍中。次日早晨，与专案组开了个碰头会，散会后，他和吴所长便准备进村走访。但中间出了个小插曲，耽误了他们一些时间。

吴所长的车从派出所开出去不远，兜里的手机便响了。接完电话，他着急忙慌地掉转车头，一阵疾驶，来到镇中心的一条商业街上。

在这条商业街的中段有一家婚纱影楼，与周围的店铺相比，属于规模比较大的。影楼临街的大落地玻璃窗中本来立着两个塑胶模特儿，身上分别展示着新娘婚纱和新郎礼服。现在玻璃被砸碎了，只剩下"新郎"，而"新娘"的婚纱被剥落在地上，塑胶模特儿却被偷走了。

吴所长之所以亲自赶来处理这芝麻大点儿的案子，是因为影楼老板是上头某个领导的小姨子。痞话说"小姨子是姐夫的半拉屁股",话虽糙,但对姐夫和小姨子的亲近关系形容得极为贴切,吴所长可不敢怠慢。他装模作样地亲自做笔录,勘查现场,信誓旦旦地表示一定会抓紧时间破案。在他看来,这个案件可能就是哪个小痞子闲得无聊,搞搞恶作剧而已,等抽空找几个"所里的熟客"敲打敲打,差不多就能破案。

进村时已经快到中午了,二人直奔赵老师家。

赵老师家和尹爱君家的格局一样,中间是厨房和饭厅,挑着东西两个厢房。此时赵老师红肿着眼睛,脸色苍白,虚弱地躺在东厢房的一张大床上。她眼球一动不动,呆呆地望向天棚,吴所长和韩印进屋,她也没有任何反应。

儿子刘亮在床边的一张小桌上包着饺子,他一脸歉意地请二人落座,小声说:"从我姐失踪到现在,我妈水米未进,昨晚听到消息更是哭了一夜,我寻思包点儿她最爱吃的饺子,让她多少吃点儿,要不然我怕她身体扛不住。"

"对,对,对。"所长连连点头,对赵老师劝慰道,"赵老师,你可千万别这样,该吃饭还是得吃饭,别弄坏了身子。"

听见所长的话,赵老师才有些反应,微微点点头,随即又开始掉眼泪呜咽起来。见此情景,韩印和所长只能陪着,等她情绪慢慢平复。

好一阵子赵老师才停止啜泣,韩印便轻声说道:"这个时候来打搅您实在有些抱歉,我们希望能尽快抓到残害您女儿的凶手,所以想让您配合我们回答一些问题,可以吗?"

"嗯。"赵老师在所长的搀扶下,勉强支撑起身子倚在床头,哑着嗓子说,"你问吧。"

"您女儿在村里与人结过怨吗?"韩印问。

"没有,从来没有。"赵老师未加思索,摇头说道,"小娥这孩子在村里人缘特别好,打小她学习就好,还很懂事,村里的人都喜欢她。后来上了名牌大学,毕业后也甘愿回到咱这小镇上工作。镇里器重她,让她做幼儿园园长,村里的孩子都把她当作榜样。"

"她和您女婿的夫妻感情如何?"韩印问。

"挺好的啊，两人从来不吵架，夫妻相处得也特别融洽。"赵老师说。

"那个刘小娥失踪当日，我们已经排查过她丈夫，他没有作案时间。"吴所长在中间插了一句。

韩印冲吴所长点点头，继续问赵老师："您女儿和李岚以及张丹的关系怎么样？"

"关系很好，她们是一起长大的，小学又都在我教的班上，那时候她们几乎天天在我这儿玩。还有爱君，这个孩子是我最喜欢的，老实稳重还上进。唉，可惜，她也是个苦命的孩子！"

三个被害人以及尹爱君，年龄相同，小学是同一个班级，彼此是要好的朋友，现在又多了一个交集，她们在小学时期共同的班主任是赵老师。这些是凶手选中她们的原因吗？

韩印沉思了一下，问赵老师："在您的印象里，这几个人有没有对什么人做过出格的事？"

"怎么会呢？孩子们都特别乖，我家小娥更是从来不会伤害别人的！"提起女儿，赵老师又是一阵落泪。

见赵老师止不住地抽泣，韩印无心再问下去，不过该问的也问得差不多了，便和吴所长起身道别。

从赵老师家出来，已经到了饭点，下午还要在村里继续走访，两人便在村里找个小饭馆随便吃点儿东西。结果菜刚端来，还未吃上几口，吴所长兜里的手机又响了。接了电话，他大惊失色，掏出一百块钱扔在桌上，拉着韩印出了饭馆，边开车门边嚷道："赵老师家又出事了！"

二人急急忙忙赶到赵老师家，闯进屋子，只见赵老师嘴角残留着唾液，人已经昏厥过去，而刘亮则满脸泪水，蹲在地上不停地呕吐。

所长使劲拉起刘亮，着急地问道："这是怎么了？"

刘亮身子软软的，瘫在所长手臂上，颤抖着指向桌上盘子里的饺子，结结巴巴地说："饺子……饺子里吃到……吃到人的指甲……我妈觉得那是我姐姐的指甲……饺子里的肉会不会是我姐姐的？"

◎ 第二十一章　肉馅饺子

刚刚韩印和吴所长走了之后，刘亮张罗着下饺子。饺子下好端上来，赵老师本来不想吃，但见儿子一片孝心，不忍拒绝，便决定吃几个。结果才吃了两个，竟吃出一个指甲来，母性的本能直觉那是自己女儿的指甲，万分惊恐之下晕了过去，刘亮赶紧给吴所长打了电话。

大概事情经过就是这样，吴所长让韩印留下来安慰被惊吓得不轻的刘亮，自己开车把赵老师送到村里卫生院诊治一下。

所长走后，韩印眯着眼睛注视着坐在床边惊魂未定的刘亮，少顷，问道："包饺子的肉哪儿来的？"

"上午我出去买菜，发现院门上挂着一方便袋肉，我以为是村里哪个好心人送的，就把肉拎回来切点儿包饺子。"刘亮哭丧着脸说道。

"其余的部分呢？"韩印问。

刘亮冲外间指了指："放到冰箱里了。"

韩印注视着刘亮想了一下，又问道："你是做什么的？"

"我自己有辆货车，做点儿小买卖。"刘亮说。

"做什么买卖？"韩印追问。

"在市里批发市场批发一些小食品什么的，卖给各村的小卖店。"刘亮接着又补充，"夏天也做些雪糕、饮料批发生意。"

"生意怎么样？"韩印声音和蔼了些。

"还不错。"刘亮勉强挤出一丝笑容。

"你今年多大，有女朋友吗？"韩印问。

"我比我姐小两岁，今年33岁，还没有女朋友。"未等韩印继续问，刘亮主动解释说，"我想先立业后成家，等生意做大了再考虑女朋友方面的事。"

韩印抿嘴点了点头，吴所长这时走进屋来，刘亮便急切地问："我妈情况怎么样？"

"放心吧，没事，就是受了惊吓，打个点滴就好了。"所长安慰刘亮一句，接着说，"对了，包饺子的肉哪儿来的？"

所长也提起肉的问题，韩印替刘亮解释了一下。所长让刘亮把剩余的肉从冰箱里取出来，连同方便袋一起带走，之后与韩印赶到市局法医科对肉进行检验。

法医用放大镜观察了一会儿表示：从肉的纤维和肌肉组织来看，初步可以断定是人肉，符合第三个被害人大腿部位皮肉缺失的情况，进一步确认还需DNA检测。

法医的判断，基本证实了包饺子的肉来自赵老师的女儿刘小娥。韩印和吴所长忍不住感叹：凶手真是残忍至极！到底什么样的深仇大恨会让他如此丧尽天良，如此残酷地对待一位母亲呢？不过由此可以看出，凶手针对的目标不仅仅是三个被害的女孩，可能还有赵老师，那他会不会是三个死者的同班同学，也是赵老师教过的学生呢？韩印建议所长：一方面派些人手注意对赵老师的保护，另一方面核查当年与三个女孩同班、目前还生活在高沈村的男同学。另外对赵老师的儿子刘亮，韩印也有些存疑，总觉他对"肉"的解释过于牵强。

韩印将这个疑问说给吴所长听，不想吴所长连连摆手，表示凶手绝不可能是刘亮。他解释说："高沈村的情况，我比较了解，刚到所里的时候，那里是我的管片，差不多管了五年的时间。赵老师是高沈村第一个考出去的大学生，毕业之后放弃在大城市当老师的机会，毅然回到了家乡教书。那时高沈村特别穷，村里小学也非常简陋，除了赵老师一个正式教师之外，还有几个本身文化素质不高的民办教师，整个学校的教学任务其实都落在她一人肩上。后来她与一个民办教师结了婚，生下刘小娥和刘亮。大概在80年代中期，因感情不和，两人办理了离婚手续。此后，赵老师一个人抚养一双儿女，一直在高沈村小学教书，直到退休。"吴所长顿了顿，说，"农村人朴实，懂得感恩，村里上上下下、男女老少，对赵老师都十分尊敬。平日里，谁家地里种个新鲜蔬菜或者新鲜水果什么的，还有杀个猪宰个牛羊，都会想着给赵老师送点儿。有些人也不进门，把东西在门口一放就悄悄走了。所以，小亮对于肉的解释没什么大惊小怪的，可信度没问题。"

"看来刘小娥走了和她母亲同样的路，这一家人值得尊重。"韩印感叹。

所长的话打消了韩印对刘亮的怀疑，那么接下来便要重点排查，当年赵老师教过的、与被害人同班、目前还留在本村的男学生。

据高沈村小学花名册记载，当年那个班级共有30个学生，女生14人，男生16人。专案组查到，目前还住在本村的男生有11人。专案组方面将这11个人同时召集到镇派出所，逐一讯问三个案发时间他们的具体行踪。讯问持续了一整夜，当最后一个笔录整理完毕后，已经快到早晨6点。但是他们还不能休息，等一会儿，他们又要进村去落实11个嫌疑人的口供。

在派出所里闷了一整夜，韩印和吴所长出来透透气，才发现整个街道水汽重重，地势低矮的地方都蓄着一汪水，看来昨夜下过一场不小的雨。

出来伸伸腰，活动活动筋骨，呼吸一下新鲜空气，韩印和吴所长都觉得非常舒服，肚子也开始打起鼓来。吴所长提议去吃碗鲜肉馄饨，韩印还未来得及应声，吴所长兜里的手机又响了，看了看来电显示，又是刘亮打来的，吴所长心里涌出一股不祥的感觉。

果然，电话接通，里面传出刘亮歇斯底里的喊叫："吴所长，你快点儿来一趟吧，我家院子里有一颗人头！"

◎第二十二章　头颅仰视

雨后的乡村早晨，空气格外清新。赵老师推开居室的两扇窗户，对着自家小院怔怔出神。几日来沉浸在女儿遇害的噩耗中，让她显得憔悴不堪，本来就瘦弱的身形也愈加单薄。

一场大雨把小院洗刷得干干净净，清新的空气融合泥土的芬芳在四周弥散着，赵老师昏沉沉的脑袋不觉也清亮了许多。

院子里偏房的瓦檐上还在滴着水珠，花草树木也都是湿漉漉的，窗下不远处几株还未开的牡丹花，不堪风雨的肆虐，倒在地上，花骨朵儿泡在浅浅的水洼中。这是赵老师最喜欢的花。她忍不住从屋内出来，怜惜地把花枝扶起，随后她看到有什么东西凸出了地面，上面沾满了泥水。她轻轻地将泥水抹掉，紧接着发出一声撕心裂肺的惊叫，眼前一黑，昏倒在地。

惨叫声划破了村庄的宁静，东西两院的邻居闻声，担心赵老师家出事，一个撞破院门，一个直接翻墙而入，住在西厢房的赵老师的儿子刘亮也从床上弹起。他们共同目睹了这样一幕——赵老师倒在地上，身旁有一颗披散着黑发、怒睁着双目的女人头颅，半陷在泥土中！

警笛声再度响彻这个仿佛被恶魔诅咒了的村庄。

韩印和吴所长赶到，小院门口已经聚集了一些村民，他们一个个眼含惊恐，但又忍不住好奇地朝院内张望。

拨开人群，走进院中。刘亮和赵老师已经不在了，留下守候现场的两个邻居说赵老师被吓得不省人事，刘亮送她去村里卫生院了。法医和技术科警员随后赶到，开始清理现场，可这一清理不要紧，竟然在牡丹花下又发现了多颗头颅。

总共有四颗来自女性的头颅，其中三颗分别属于李岚和张丹以及刘小娥，另外一颗是"塑胶"的。它们呈半仰的姿态并排掩埋在土中，头颅上的双眼被牙签撑开，怒目圆睁地朝向东厢房，也就是赵老师的居室。

不出意外的话，塑胶头颅应该属于影楼丢失的"新娘"，凶手用它来充数，许是真人头颅他永远也得不到。韩印分析，这颗塑胶头颅可能代表尹爱君。如此看来，乡村系列杀人案还真跟尹爱君有关系。而凶手一而再，再而三地在赵老师身上做文章，甚至把头颅摆出仰视的姿态埋在她居室的窗下，想必在赵老师和几个被害人身上一定有事情发生。不知是赵老师一时没想起来，还是她故意要隐瞒？韩印觉得真的有必要与赵老师深入地谈一次话，虽然她目前身体和精神状况都不佳，但为了她自己以及潜在的受害者，也顾不上那么多了。

现场勘查中间，刘亮开着厢货车回来了。吴所长问他赵老师的身体状况，他说人已经苏醒过来，正在卫生院打点滴。韩印又问他，近两个晚上有没有什么人来过，半夜里听没听到异常的响动？刘亮略微想了一下，表示没什么异常。

现场勘查接近收尾之时，小院门口突然起了一阵骚乱，一个穿白大褂的中年人，一边与警戒线外的民警撕扯着，一边跳着脚高声喊着："小亮，小亮，你妈出事了，她在卫生院被人杀了！"

村卫生院是由一排刷着白色墙漆的平房组成的，设置非常简单，也不够正规。晚间只有一名医生值班，既负责问诊，又负责打针和输液。不过倒也不算太辛苦，大多数时候晚间没什么病患，偶尔有需要输液的，医生也是挂上点滴后，该干吗继续干吗。

一大早天刚亮，刘亮把母亲送到卫生院。输上液的赵老师很快苏醒过来，刘亮松了口气，拜托睡眼惺忪的医生帮着照应一下，说他回趟家看看情况很快就回来。医生爽快地应承着，但刘亮前脚刚走，他接着又回值班室睡觉去了。等他觉得赵老师差不多快输完液，该拔针头了，那时输液室已是一片血光之色。

韩印、吴所长、刘亮以及一众警员以最快速度转移到村卫生院。

输液室中，衣物散落一地，赵老师赤裸着身子躺在病床上，脑袋由喉头部位被砍掉，胸前刻有一道深深的竖杠"｜"，长度要比张丹胸部所刻的长出一倍，身体以及病床四周都布满了血渍。

法医进一步检查尸体，赵老师是被砍刀砍断颈动脉失血过多而死，死亡时间在距现在半小时至一小时之间。其阴道部位被丝线缝合，线头还挂着弯针，显然线和针都来自卫生院，有点儿突发灵感就地取材的味道，头颅照样被凶手带离现场……

赵老师的遇害，可以说既在韩印意料之中，也在他的意料之外。昨天，他已经预感到赵老师很有可能是凶手的下一个目标，并叮嘱吴所长派些人手注意保护，只是派出所还未来得及做出动作，凶手就已经下手了！而前三起案子间隔时间基本在一个星期左右，如今赵老师遇害距离第三起案子仅仅间隔两天，凶手作案如此之快，确实有些出乎韩印的意料。他认为，凶手很享受对赵老师心理的折磨和摧残，应该不会急于让他的猎物过早解脱，除非他已经达到先前设想的效果，或者闻到了某种危险的味道。

到目前为止，凶手已经在四个死者身上留下一条长横杠、一条短竖杠、一条短横杠、一条长竖杠。韩印分析，凶手留下的几个符号应该可以组成某个文字或者某种图形。长竖杠和长横杠能组成一个"十"字，如果在上面加一个短横杠是"干"字，短横杠加在下面便是一个"士"字，可再加上个短竖杠，无论加到哪儿都很难成字。如果变换个角度，长横杠、长竖杠和短横杠可以组成一个"上"字，再加一条短竖杠很像是一个"止"字，如果尹爱君代表一条"长横杠"，那就很可能形成一个"正"字，若是正字能代表什么呢？还有一个问题，凶手的笔画传递完整了吗？总之，到底能组成什么样的字和图形，真的是让专案组一头雾水。看来想找到案子的突破口，还得在被害人身上下功夫。

眼下，韩印已经确信，赵老师和几个女孩一定牵扯到某个事件当中，这个事件不会是正面的，否则怎么会遭到凶手如此疯狂的报复？但是深入走访被害人家属以及一些村民，没有任何信息能支持韩印的判断。另外，昨夜讯问的11个嫌疑人，全部都有充足的案发时不在现场的证据。这样，案子便走进了死胡同，怎么办？如果在已知的被害人身上得不到有效信息，那么能不能试着从潜在受害者身上去寻找突破口？但前提必须先找出她，一定要在凶手再次作案之前找到她。

潜在的被害人应该具备以下几个条件，或者是几个条件之一：与前三个被害人同龄，小学同班，彼此关系亲密，与赵老师关系亲密，经常出入赵老师家中。韩印希望，作为赵老师的儿子、刘小娥的弟弟的刘亮，能想起这样一个名字来。

◎第二十三章　神灵诅咒

次日，赵老师家。

短短几天，姐姐和母亲先后惨遭杀害，对任何人来说都是无法承受的，何况谁也无法预估下一个会不会轮到刘亮。一夜的工夫，刘亮好像老了许多，脸色蜡黄、蓬头垢面、胡子拉碴地蜷缩在母亲床上。眼角边隐约还能看见干涸的泪痕，说话时身子会微微晃，不知是陷入悲伤太深，还是惊魂不定。

同样与刘亮处境相同、感同身受的，还有他的姐夫贺军，他也是一脸的疲倦与悲伤，但比刘亮要显得平静一些。他坐在床边，不时安慰刘亮几句，但从两人的身体语言上看，韩印觉得这姐夫和小舅子的关系并不怎么亲密。

对于韩印所谓的潜在被害人的问题，刘亮表示：时间过去太久了，他记不清了。在他的印象里，赵老师教过的很多学生都经常到家里来玩，没太注意到有谁和姐姐以及李岚、张丹她们经常玩在一起，而且那几个女孩也并不总是一起来。

韩印只好另辟蹊径，问赵老师平日有没有写日记的习惯，他想也许从日记中可以窥探到赵老师不为人知的经历，但是刘亮再次摇头表示没有，韩印便又接着问："你们家有相册吗？"

"有。"替刘亮回答的是他的姐夫贺军，说完他主动从床边写字桌下面的柜子里，拿出几本相册交到韩印和吴所长手上。然后又指着床头上方的墙上挂着的两个大相框说："那里也有不少学生和岳母的照片。"

"对，这里也有一些，不知道对你们有没有用。"刘亮动了动身子，扭头看了一眼墙上的相框，转回头附和着说。

突然，刘亮猛地又回头，瞪着眼睛使劲盯着其中一个大相框，指着里面一张相片"哎"了一声说："吴所长，这张照片里有我姐姐，还有李岚和张丹，对，还有尹爱君……"

"什么？"韩印和吴所长赶紧放下手中的相册，从椅子上弹起走到床边，凑近相框。

赵老师床头上方挂着的相框，如今在城市中已很难见到，是那种老式的大相框，里面可以同时摆好多张照片。两个大相框中，几乎都是赵老师与学生的合影，看来赵老师一生中最大的财富就是她的这些学生。

刘亮说的那张照片是五个女生的合影，里面包含着案子中的三个被害人以及尹爱君。看模样那时她们只有十多岁而已，五个孩子站在一棵大树前面摆着可爱的姿势。

"这照片和咱的案子会有关系吗？这里面也没有赵老师啊？"吴所长见韩印盯着照片不说话，忍不住试探着问。

"噢，这说不定是岳母照的。"贺军接下吴所长的话说，"岳母唯一的业余爱好就是摄影。"

"对，我妈年轻时特别喜欢摄影，经常带着她的那些学生出去踏青，给他们照相。"刘亮对姐夫的猜测表示同意。

"相片是赵老师照的，五个孩子中有四个已经遇害，这绝不是巧合。"韩印沉声说道，顿了顿，他指着相片中的一个女孩问刘亮，"现在只有她还活着，她叫什么？"

刘亮用力想了想，皱着眉头说："好像叫黄……黄玲，对，是叫黄玲，她家在尹爱君家隔壁。"

"你能看出来相片是在哪儿照的吗？"韩印又问。

"这个我知道。"吴所长抢着说，"照片应该是在北山永湘寺院里，那棵千年桧柏树下照的吧？"

"对。"刘亮点头说。

"相片我们能借用一下吗？"韩印问。

"当然可以。"刘亮点点头，冲姐夫示意一下。贺军便抬手摘下相框，打开后面的封堵，将相片取出交给韩印。

韩印接过照片，又仔细看了几眼，然后扬扬手表示感谢，便与吴所长告辞。

出了赵老师家的小院，吴所长迫不及待地问："凶手为什么要杀照片中的五个女孩？她们与他会有什么过节呢？"

"我现在也是一头雾水，不过先不管他，目前要紧的是要将黄玲立刻保护起来，她应该就是凶手的下一个目标！"韩印说。

"那赶紧走吧，去她家看看。"吴所长说。

高沈村本身就不大，村民居住得又比较集中，韩印和吴所长从赵老师家来到黄玲家，只用了不到十分钟。

黄玲的父母都在家，他们承认黄玲是他们家的大女儿，但是对于她的近况和联系方式，一概表示不清楚，只说她离家出外打工了，已经好多年没和家里联系，说罢便做出送客的姿态。

很明显，黄玲的父母并不愿意多提这个女儿，也不欢迎韩印和吴所长的到来，看来父母和女儿之间有很深的矛盾，但现在顾不上去猜测他们之间产生矛盾的原因，重要的是要立刻找到黄玲。

吴所长耐着性子将利害关系讲给老两口听，没想到他们竟齐声表示："死了最好！就当没生过这个女儿！"

哪儿有父母这样咒自己女儿的？父母和子女能有什么样的深仇大恨，以至于连女儿的性命都不顾！无论韩印和吴所长怎样做工作，老两口都坚持表示不清楚女儿的行踪。无奈，韩印和吴所长只好灰溜溜地走了。

从黄玲家出来，两人直接转到隔壁的尹爱君家。主要是想让尹德兴看看五个女孩的合照，也许看到照片他能想起一些事情，顺便也打听一下黄玲的情况。

尹德兴热情地招呼二人落座，为他们沏上两杯热茶。他接过韩印递上来的照片看了一眼，表示照片他家里也有一张，问韩印给他看照片是什么意思。韩印便指出照片中包括他女儿，已经有四个人遇害了。韩印这么一提醒，尹德兴突然怔住了。

"怎么了？您想起什么了吗？"见尹德兴一副震惊的模样，韩印急忙问道。

尹德兴没理会韩印的问话，对着照片，深深吸了口气，自言自语道："难道，难道诅咒真的应验了吗?！"

"什么诅咒？"吴所长催促说，"到底是什么诅咒，你快说啊！"

"她们惊扰了'树神'，遭到了'树神'的惩罚！"尹德兴指着照片上几个孩子身后的大树，叹息一声说。

"你是说，这几个孩子因为当年对这棵千年桧柏树不敬，所以被杀了？"吴所长瞪大眼睛问。

尹德兴点点头："都是报应啊！"

"大叔，你好好跟我们说说，到底是怎么回事？"韩印也有些着急，他预感到案子将迎来重大突破。

"这事说起来，可就长了。"尹德兴端起茶杯喝口水，定定神说，"吴所长应该知道，在咱北山上有一座永湘寺。老一辈说，那是北宋初期建的，桧柏树就是那时候栽的，距今也有上千年的历史。据说这棵千年桧柏颇有灵性，村里世代的人都尊它为'树神'，逢年过节都会去烧烧香，拜一拜，祈求好运。"

"这个我做管片民警时，也听村里人说起过。"所长接下话说，"相传抗战时期，一队日本鬼子抓了村里的妇女，在那棵树下强奸了她们，结果第二天那队鬼子全部暴毙，奇怪的是，他们身上没有任何伤口；还听说在'文革'时，一些造反派所谓破除'四旧'、破除封建迷信，硬要把那棵树锯倒，可刚锯了不大一会儿，那树竟然流出犹如鲜血一样的红色树液，造反派们便不敢再锯了，而带头锯树的几个人，不久之后都得了一场怪病死了……"

老实说，韩印对这种古树传说并不感冒，好像很多地方传言或者小说里都会有类似的恐怖说法，于是他打断吴所长的话，催促尹德兴说："大叔，还是说说照片上孩子的事吧。"

尹德兴好像也有些意犹未尽，他接着吴所长的话头继续说："造反派们倒是没敢再继续锯树，但把永湘寺给砸了。他们把里面的和尚都赶跑了，把供奉的神像也全都推倒砸烂，寺院的几间房子也拆得破败不堪。后来80年代初，不知从哪儿跑来的一个疯和尚，把那里当成自己的栖身之所。他整日疯疯癫癫的，但是把永湘寺修缮得有了些模样。他自称是树神的守护者，对一些经常爬到树上掏鸟蛋的孩子大打出手，但对上香拜树的村民态度极好，逐渐地，村里的人便稀里糊涂把他当成了永湘寺的住持。"见韩印皱着眉头，有些不耐烦的样子，尹德兴赶紧言归正传，"好，好，说孩子们的事。几个孩子年龄都一般大，照相那年她们都12岁。那天赵老师带她们到山上踏青，顺道进永湘寺中玩耍。几个孩子小不懂事，一时兴起，就用尖石头和随身揣着的削铅笔的小刀，在千年桧柏树上刻字留念，还让赵老师给她们照相。赵老师是有文化的人，在大城市待过，不相信封建迷信之类的事，她也没多想，只是嘱咐孩子们以后不要乱伤害植物，便给她们照了相。结果被疯和尚看到了，他追着孩子们辱骂暴打，赵老师上去理论，便与他撕扯起来。后来爱君回来后，说那疯和尚打不过赵老师，诅咒她们一定会遭到报应的，说她们伤害了树神，破坏了佛门圣地的安宁，以后都会不得好死！也怪，不知道是因为受了惊吓，还是树神真的有灵性，几个孩子当天晚上都肚子疼、发高烧。经村里老一辈人的指点，我和那几个孩子的父母去寺里给树神上了香，烧了些纸钱，孩子们还真就没事了。我以为那一劫就算躲过去了，谁知道现在还是遭到了报应。早知这样，当初真应该做场法事，替孩子们求得树神的原谅，也许我家爱君和那几个孩子就不会惨遭大难了。"

见尹德兴不住地自责，韩印劝慰道："您别难过了，也许只是巧合罢了，那几个女孩遇害未必就与疯和尚的诅咒有关。再说，从目前的情况看，即使有关，您女儿尹爱君也只是被牵扯进来凑数的，她的案子应该和村里的案子无关。"

"不，不是巧合。"尹德兴连连摇头，"一个月前，那疯和尚在村里出现过，也许他突然回来就是为了报复村里和那几个孩子以及赵老师的。"

"'突然回来'，怎么讲？"韩印不解地问。

"是这样的，"吴所长替尹德兴解释，"大概在1999年年底，那棵千年桧柏树被国家文物保护组织列为省级文物重点保护对象，村里就此又将永湘寺修建起来，请来一些和尚充门面，将那里开发成一个旅游景点，无名无分的疯和尚自然就会被赶走。"

"对，吴所长说得对，疯和尚确实在那时被村里赶走了。"尹德兴点头说。

"如果是这样，疯和尚的确有报复的动机，也符合自己先前对凶手所做的侧写，出现的时间点也很吻合，那下一个恐怕就要轮到黄玲了。"韩印在心里暗自思考着，突然想到黄玲，他赶紧问尹德兴："大叔，黄玲这个女孩怎么了？她家人好像并不在乎她的死活。"

一提起黄玲，尹德兴看似也有回避之意，韩印赶紧将其与案子的利害关系解释清楚，尹德兴才为难地点点头，压低声音说道："黄玲这孩子简直是老黄家的败类，要不是跟你们的案子有关，我是不会在背后嚼人家舌根的。这黄玲从小就喜欢跟村里一些地痞无赖混在一起，把自己打扮得像个妖精似的，不好好谈个对象，整天勾三搭四，偷人家汉子，做尽伤风败俗的事，生生把她妈气死了。现在这个妈是她爸后来又续的弦。"尹德兴跟着解释了一句，继续说，"她爸给她娶了个后妈，这孩子就更加放肆了，整天跟她后妈吵闹，后来干脆跑城里鬼混去了，好多年也没个音信。据村里好些人说，这孩子在咱这城里当歌厅小姐，陪人唱歌、陪人睡觉，算是把老黄家的脸都丢尽了。老黄家只当没这个孩子，特别忌讳别人在他们面前提起。"

听了尹德兴的话，韩印和吴所长才明白过来，为什么黄玲父母会是那种态度。但不管黄玲是什么样的人，警方都有责任保护她，现在关键是怎么在市区内找到她。如果警方找不到她，那凶手能找到吗？

韩印和吴所长商量了一下：吴所长立即赶回镇上，将情况汇报给专案组，向各分局派出所下发协查通报，搜索嫌疑人疯和尚，并在娱乐场所找寻黄玲的踪影。而韩印去一趟北山永湘寺，打探一下疯和尚是否在那儿出现过。

分工完毕，吴所长迅速驾车离去，尹德兴骑着自家的摩托车，把韩印载到永湘寺。

永湘寺类似一座小四合院，由一个门房、一间正殿和两间偏殿组成，整个寺院占地面积不大，但院中间那棵桧柏树异常雄伟。大概有十层楼那么高，要五六个成年人才能把它围住，周围栏杆上系着无数条用来祈福的红布条。小院里香火缭绕，围墙上画着佛教标志图案，寺院氛围甚浓。

寺里的和尚表示：一个月前确实有个和尚造访过寺院，但只逗留两日便不见踪影，其余情况不太清楚。

随后，尹德兴又骑着摩托车，把韩印送回镇上派出所。

吴所长随专案组去执行搜索任务，不在所里，韩印给他打电话，说了永湘寺这边的情况，所长也表示目前对嫌疑人以及黄玲的搜索还未有任何线索。韩印又表示，现在基本已经可以判断，J市方面的案子与村里的杀人案没有关联，尹爱君之所以被牵扯进来，是因为疯和尚要完整诠释他的诅咒。既然这样，韩印也没有再留下的必要，他准备收拾一下，即刻就返回J市。吴所长不同意，拜托韩印再多留一个晚上，帮他们将案子从头理一遍，而且还有被害人身上刻的划痕没有破译出来，他也拜托韩印帮着想想。吴所长再三挽留，韩印盛情难却，只好答应。

韩印坐在吴所长的办公室，对着五个孩子的合影出神。他在脑海里拼凑三个孩子以及赵老师身上的划痕。如果是一个"正"字，会不会意味着"正大光明"？但现在是五个孩子加一个赵老师，明显多了一个笔画，看来这种解释说不通。

韩印把视线落在照片中一个孩子的手上，那孩子手指向桧柏树沾沾自喜。韩印顺着手指的方向，看到桧柏树上好像有一幅图案，可能是那孩子刻下的。图案由肉眼在照片上很难看清楚，韩印让所里内勤拿来扫描仪将照片扫到电脑上，通过软件技术放大。他看到孩子刻在树上的与他在寺院围墙上看到的佛教标志图案一样，许是当时寺院围墙上就画着那个标志，孩子一时兴起照着刻到了树上。

突然，韩印脑子里灵光一闪：如果尹爱君是第一个笔画，黄玲是最后一个笔画，如果尹爱君代表的是一个短的竖杠（丨），黄玲代表的是个短的横杠（一），那么和李岚的长横杠（一），张丹的短竖杠（丨），刘小娥的短横杠（一），还有赵老师的长竖杠（丨），不就正好组成了佛教的吉祥标志了吗？原来凶手是想组成一个"卐（万）"字！

　　果然，赵老师以及三个女孩的死的确与照片、树神、宗教、诅咒有关，从这个方向上看，疯和尚很可能是凶手，但这其中也存在矛盾之处：

　　疯和尚杀死三个女孩和赵老师，是缘于她们伤害了树神，破坏了寺院的安宁，所以他要惩罚她们。但是他为何要奸尸呢？作为对佛有偏执笃信的人，怎么会做出如此邪淫之事？佛教中触犯邪淫之罪，可是要下地狱的。如果疯和尚杀人是因为赋予自己神圣的使命，而奸尸，割人家女儿的肉送给母亲，把头颅搜集起来埋在人家窗下，则属于邪恶的行径，这二者是相违背的。也就是说，疯和尚的行为表现，与杀人动机存在一定矛盾。当然也许他就是个疯子，做事本就没什么逻辑可循。

　　当证据渐渐都指向了疯和尚时，韩印却突然踌躇起来……

◎第二十四章　以爱之名

韩印在等待吴所长回来的空隙，给叶曦打了个电话，说明了这边的情况，表示不管这边案子结果如何，他都会在明天一早起程返回J市。正好叶曦也要找他说说DNA检测结果，以及马文涛的信息。

经DNA检测结果比对，"1·18"碎尸案被害人与尹德兴确认为父女关系，也就是说，被害人确系尹爱君。而通过对古都大学宿舍玻璃上血字的DNA检测，可以排除是尹爱君所留，但其与叶曦在华北路肯德基拾到的矿泉水瓶上遗留的唾液检测结果相同，来自同一女性。

另外，据一位当年与马文涛同在一条街开书店的店主说：文涛书屋被拆迁后，马文涛将积存的书便宜处理掉，说是要回老家安心写作，此后便再没听到过他的消息。

马文涛这条线，韩印还是很重视的。从他的一些背景资料加上许三皮提供的线索上看，这个人非常有可能是"1·18"碎尸案的凶手。所以，韩印决定临时改变计划，他告诉叶曦明天先不回J市了，从这边直接去马文涛老家调查一下再说，让叶曦把先前卷宗上记录的马文涛老家的地址发到他的手机上。

傍晚，黄玲的尸体出现在木桥边。

她倚坐在桥头木墩前，双眼凝滞，目视远方，脖颈处喉头周围有一道横行的虎口扼痕，上身衣物被剥去，露出丰满的胸部，乳沟之间刻有一道划痕，正是韩印预料到的——一条短的横杠（－）。除此之外，凶手对黄玲尸体并未做进一步虐待。她的脑袋未被割下，臀部的短裙还在。法医现场初检，也未发现奸尸迹象。黄玲是一头长发，有几撮儿头发上面粘着黏黏的东西，好像是一种糖浆，经法医仔细甄别，发现是可乐。

"唉！咱们出动这么多人手也没能赶到凶手前头，真的太憋气了。"明知道凶手下一个侵害对象是谁，但仍无法保护受害者，对任何警察来说都是个不小的挫败。吴所长一脸沮丧，叹息一声，忍不住爆出粗口："市区和镇上有这么多警察，局势如此紧张，凶手仍然顶风作案，也太他妈嚣张了！看来他的杀人欲望已经无法抑制了。"

"不！"韩印注视着黄玲，轻轻摇头说，"恰恰相反，凶手是在退化，不论是他的欲望，还是杀人的手法都在退化。就目前掌握的证据看，黄玲是凶手整个杀人计划中的最后一个目标，也就是说，这是他的收尾之作。凶手前几次作案都非常成功，他的满足感和成就感正逐渐上升，同时他杀人的欲望也会愈加强烈，所以当面对收尾之作时，他一定很希望将它呈现得更加完美，他在黄玲身上的所作所为只会更多，而不是像现在只是杀死她，在她胸部留下一个'笔画'而已。这让我感觉，凶手对杀人已经有些意兴阑珊，好像杀死黄玲只是为了凑齐'照片'上的人数，为了将'卍'字组合完整而已……"

"那你的意思是？"吴所长忍不住打断韩印。

韩印没有接着说下去，若有所思地盯着黄玲的尸体片刻，转头对吴所长轻声说："回所里再说吧。"说罢便撇下众人，先行离去。

目前的表面证据基本都指向疯和尚，专案组因此向各单位下发了通缉令。而韩印选择暂时回避，他需要找一个安静之所，将案子从头到尾捋一遍。

此时，韩印一个人待在警员宿舍中，脑海里如过电影般闪出案子细节。

疯和尚大概一个月之前出现在高沈村，不久之后凶案开始发生，相互间隔一个星期，李岚、张丹、刘小娥先后遇害，并被砍头以及奸尸。刘小娥尸体出现当晚或者次日，她大腿上的皮肉被送回她的家中，她和另外两名被害人的头颅以及代表尹爱君的塑胶头颅，也应该是在那时被悄悄埋在赵老师窗下。接着头颅被大雨从土里冲刷出来，赵老师受到惊吓被送到卫生院，然后惨遭不幸。再接着照片出现，韩印和吴所长发现了有可能是导致死者被杀的交集之处，顺着这个交集，牵出了永湘寺中桧柏树神以及疯和尚的诅咒，实地走访以及放大照片又破解了凶手留下的划痕，然后推测出凶手最后的目标黄玲，但很快黄玲就被敷衍了事般杀死，随意地抛在桥头。

将案件的整个过程细想一遍，韩印发现凶手其实在赵老师身上下功夫最多。不仅用女儿的肉来折磨本已悲恸欲绝的她，而且将她最喜欢的几个学生的头颅摆出仰视的姿势埋在她的窗下，这里面有些戏谑的成分，凶手好像要表达的是：你不是喜欢她们围着你转吗？那就让她们一辈子都守着你吧！还有，赵老师是被活活砍死的，这比凶手杀死其他几个人要残忍得多，而且对待赵老师的私处，凶手的手段也更加令人瞠目，把阴部缝合死，也许意味着更强烈的占有欲望！

难道凶手杀人的真正根源是赵老师？所谓的诅咒杀人不过是个幌子？

韩印从刘小娥尸体出现开始介入案子，距今不过三四天而已，几日来他和吴所长一直追赶着凶手的脚步，疲于奔命，很少有喘息的机会沉下心来，仔细审视凶手的行为证据。此时，他霍然发现，他们好像已经被凶手牵着鼻子，一步步踏进一个精心设计的圈套之中。

这一瞬间，韩印脑海里突然想到一个非常简单的道理。

假设有甲和乙这么两个人，如果甲一再地捉弄乙，那么只有亲眼看到乙被捉弄后的狼狈模样，甲才能最大限度感受到掌控局势的刺激感和成就感。

凶手把刘小娥腿部皮肉送回给赵老师，把她学生的头颅埋在她的窗下，当赵老师在不经意间吃掉女儿身上的肉，当她为那些遇害的女孩悲怜伤心之时，岂不知她们一直就在她的窗下仰望着她。这种暗地里的掌控捉弄，一定让凶手感觉非常刺激，那么，谁会有这种亲身感受的机会呢？

疯和尚显然没有这样接触赵老师的机会，他也没有能力毫无痕迹地骗走四个女孩，他也没有抛尸工具。能够与赵老师有直接接触的，与四个女孩有紧密交集的，有能力让她们放下戒备的，拥有一个掩人耳目的抛尸工具的人，只有刘小娥的亲弟弟，赵老师的亲儿子——刘亮！

当韩印将视线聚焦到刘亮身上，霍然发现其实在最后一起案子当中，他已经留下了破绽。刘亮说过，他平时也兼做饮料生意，那么死者黄玲头发上的可乐，会不会就是从他的厢货车上沾上的呢？韩印觉得不能再耽搁了，事不宜迟，他立刻打电话给吴所长，让他与专案组联系，即刻抽出一组人手赶往刘亮家，将他的厢货车封存进行勘查，赶得及的话，也许能够找到与死者黄玲直接建立联系的证据。

晚上9点，韩印和吴所长带着一组人手悄悄来到刘亮家。刘亮可能已经睡了，院内黑黑的。厢货车就停在院门口，货厢的门没有上锁，韩印示意技术人员上去勘查。

不久之后，技术人员从车上下来，表示发现了几根毛发，从长度上判断应该属于女性。这样看来，韩印的分析思路是对的，刘亮很可能就是一系列杀人案的凶手。

吴所长吩咐技术人员赶紧回去将毛发与黄玲的头发做DNA比对，他和韩印则决定进屋试探刘亮一番。

院门没有上锁，轻轻一推就开了，走到正房前，吴所长本想敲门，但手一碰到门边，门便开了，好像刘亮故意给他们留着门似的。

走进屋，刘亮的呼噜声从东厢房传出，二人便提着手电进了东厢房。

"起来，刘亮，我们有事要问你。"

吴所长拿着手电朝床的方向照着喊了一句，但猛然间他身子一颤，哆嗦了一下，手电差点儿掉到地上。而他身边的韩印也本能地缩了一下身子，退后几步……

在走进这间屋子之前，韩印和吴所长已基本认定刘亮就是凶手，但是对于眼前的场景，他们还是缺乏一定的心理准备——刘亮躺在母亲的床上酣睡着，怀里搂着的正是他母亲的头颅。

"起来！起来！你给我起来！你还是人吗？你这个畜生！"吴所长缓过神来，激动地怒吼着，声音已经变了调。

见刘亮无动于衷，还酣睡着，所长冲到床边一把薅住刘亮的头发，硬生生把他从床上拽到地上。韩印上去，就势把他的双臂扭到背后铐上手铐。

刘亮此时才慢慢睁开眼睛，好像早有所料似的，瞅见韩印和吴所长并不慌张，而是打了个哈欠，喃喃地嘟囔一句："你们来了！"然后冲着滚落在地上的母亲的头颅，露出诡异的笑容……

刘亮被直接带到Q市公安局刑警队。

由于已经证实高沈村系列杀人案与J市发生的案件无关，韩印自然被排除在审讯之外。对刘亮的审问，由专案组正副组长于波和房大伟来负责，韩印和吴所长等人只能坐在隔壁观察室，隔着单向透明玻璃关注审讯。

应该说审讯非常顺利，刘亮相当坦诚地将自己的作案细节一一交代清楚，但当继续询问他作案动机之时，他却突然沉默不语了。负责审讯的于波和房大伟大为不解，既然他对自己的作案行为供认不讳，却为何不肯交代他的作案动机呢？如果凶手的作案动机没搞清楚，那对整个案件来说是个不小的遗憾。

随后两人拿出他们一贯的审讯策略，时而耐心开导，时而厉声呵斥："这么多无辜的女孩被你杀害了，你总要给人家父母一个交代吧？""告诉我，究竟是怎样的仇恨，要让你对姐姐和母亲下如此狠手？""枪毙你是肯定的，要是你还有一点儿人性，就让你母亲和那些女孩死得明白点儿！""你不要以为你不交代，我们就不知道。像你这种泯灭人性、丧尽天良的人，脑袋里能有什么？除了仇恨还是仇恨，不是吗？"……

两位领导可以说使出浑身解数，苦口婆心、机关算尽，但刘亮始终不为所动，只是用温和的目光注视着他们，一声不吭。无奈之下，二人只好先把刘亮晾到一边，从审讯室出来商量对策。

"我来试试可以吗？"韩印凑到二人身边，主动请缨。

应该说，案子能够顺利告破，韩印功不可没，这点专案组两位领导心里有数。对于韩印的能力无须讨论，他们心里是非常认可。目前的情形下，让韩印尝试一下也未尝不可。两位领导对视一眼，于波冲房大伟微微点头示意一下，房大伟便带着韩印进到审讯室。

坐定之后，韩印先冲刘亮点点头打个招呼，刘亮竟也点了两下头回应。

韩印盯着刘亮的眼睛，刘亮也不回避，选择与他对视。片刻之后，韩印笑了笑，淡淡地说："是因为爱，对吗？"

刘亮眼睛里闪过一丝光亮，抿嘴笑了一下，说："是你抓到我的？"

"嗯。"韩印点点头，继续说，"我知道其实你并不恨她们，你只是想拥有她们，如果你不说出来，所有人都会误解你，你愿意和我分享吗？"

刘亮默默地看着韩印，好一会儿，他眨眨眼睛，轻轻点头说："你想让我从哪儿说起？"

"从头说起。"韩印紧跟着说。

"那好吧。"刘亮深吸一口气，垂下眼帘盯着桌角，娓娓说道，"其实你们看到的我的母亲，并不是她的全部。也许面对那些学生，她用尽了和蔼与耐心，可是回到家中，她就像一只愤怒的老虎。当然，姐姐是个例外，她出色的学习成绩，与我这个劣等生形成鲜明的对比，所以当母亲心情不好时，只会把愤怒和怨气撒到我和父亲身上。终于有一天，父亲受不了母亲的强势，选择与她离婚，去了外地！可我还小，我还得留在那个家里。但我没料到，因为我继承了父亲的相貌，竟招来母亲更深的仇视与怨恨。她甚至不愿意看到我的出现，把当时只有九岁的我赶到奶奶家去住。我觉得自己好像被遗弃了，感到非常孤独。没过多久，奶奶病逝，我又回到自己的家中。但母亲并不愿意我住在正房，说家里只有两间居室，她和姐姐一人一间，而且姐姐也长大了，和我住在一起不方便，所以让我住在院子里的偏房中。那里本来是放杂物的，紧邻厕所，非常潮湿，只有一扇小窗户，没有电灯，晚上只能点蜡烛。于是，在黑暗中，我被遗弃和孤独的感觉更加强烈了，同时产生了深深的自卑，我变得不会与人交流，尤其是女孩子。每天出没在家里的母亲的学生很多，可能是母亲对我的态度影响了她们，她们没人愿意搭理我，从不和我说话，更谈不上一起玩。我在那个家中就是一团空气，没人注意我，也没人在乎我。其实，她们不知道我多想和她们交流，多想得到她们的关注，多想能得到母亲对她们一样的关爱！但我得到的只是母亲无尽的咆哮、愤怒的恶吼……"

刘亮用力吸了几下鼻子，眼角似乎有些湿润。"不知道从什么时候起，我开始幻想杀死母亲。我一次又一次在晚上偷偷溜进她的房间，幻想用锤子砸死她，用砍刀把她的喉咙切碎，让她没法再冲我喊叫。我幻想着把她的下体封住，既然她如此不待见我，那为何要生我出来？但幻想终归只是幻想，我没有勇气去将它变成现实，于是我把愤怒发泄到家里养的狗和邻居养的猫身上。我把它们肢解了，我突然感觉到自己并不是一无所有了，至少那些猫和狗将永远不会再抛弃我。于是我开始期待拥有更多，我希望夺回本该属于我的一切，我在等待那一天的到来。

"非常巧合，一个多月前，疯和尚搭我的车回城，他问我是谁家的孩子，当我报出母亲的名字和身份时，他便回忆起当年诅咒母亲和孩子的事情。他当作笑话把事情的经过讲给我听，我突然间有了灵感，想到用疯和尚作为我的替罪羊。于是我杀死了他，进而开始策划一个完美的杀人计划……而当我真的杀死了母亲的那一刻，我觉得我的人生完美了，我甚至懒得再去杀黄玲，但是又忍不住要把计划完整地实施，所以杀她的时候感觉并不好。其实她头上的可乐是我故意粘上的，我说不清为什么要那样做，也许我这一生该做的都已经做完了，至于以后是在村子里，还是在监狱里，甚至地狱里，我都无所谓了……"

如果此时，坐在刘亮对面的审讯人员是其他人，他也许会说出大家在影视剧中经常听到的那句话："早知今日，何必当初呢！"问题是，这恰恰是变态杀手最不在乎的。几乎所有的变态杀手在服法后，根本就没考虑过"悔过"这个词，所有的供认过程只不过是他们又一次的表演，因为一旦他们走上杀戮这条路，就永远不会回头，直到灭亡。

也许，刘亮是个例外，他声情并茂的叙述，既令人同情又令人觉得难过，其实坐在他对面的韩印早就把他看透了——他从来没为他所做的一切感到后悔过！

◎第二十五章　书稿之谜

马文涛籍贯为S省北部城市Z市。带着连夜审讯刘亮的疲惫，韩印一大早坐上Q市方面为他准备的专车赶到Z市，按照当年卷宗上记录的地址找到了马文涛家。

敲开门，在确认开门的老大娘是马文涛的母亲之后，韩印亮明身份，表示想找马文涛谈谈，了解一些事情。

大娘一脸的诧异，默默打量韩印一阵，将韩印请进屋里，引着他来到南面一间房间。她冲着房间右侧墙壁扬扬头示意了一下，韩印看到，墙壁正中挂着一幅黑白照片，相框上罩着黑色挽联。

这回轮到韩印惊讶了："这是您儿子的房间？马文涛……他去世了？"

老大娘捂着嘴，点点头，眼泪随即落下。

"对不起大娘，我这一来惹您伤心了，还请您节哀顺变。"韩印安慰大娘几句后问道，"您儿子年纪轻轻的，怎么就去世了？"

"跳楼自杀！"大娘艰难地吐出四个字，也许是好长时间没人陪大娘说说话了，没等韩印细问，她声音哽咽着缓缓道出具体情形，"2003年小涛被迫结束书店生意的时候，正赶上他爸患了中风，他是个孝顺的孩子，便放弃另寻地点开店的打算，回来帮我照顾他爸。2007年9月，他爸去世了，对他的打击很大。那段时间，他情绪一直十分低落，整日把自己关在房间里。我以为他是伤心过度，过段时间应该就会好起来，没承想转过年，又出了一档子事，把孩子又伤了一把……"

"出了什么事？"韩印忍不住插话问。

大娘长叹一声，说："他照顾他爸那几年写了一本书，给他一个做图书出

182

版的朋友看过之后，那朋友说写得非常好，还说一定要帮他将小说出版了。他那朋友也是你们J市的，和小涛关系特别好，老伴生病的时候，他还常来探望。小涛对他十分信任，再加上他信誓旦旦地打包票，小涛便一直满怀希望等着他那边的消息，甚至为此还放弃了一家出版社的邀稿。但最终，那个朋友还是辜负了小涛，推说没有申请到书号，便将出版计划搁置了。小涛为此特别生气，断然与他绝交了。此后他更加萎靡不振，整夜整夜失眠，白天又是一副丢了魂的样子，不爱吃饭，不爱说话，好像对任何事情都提不起兴趣……出事那天早晨，毫无征兆，没留下任何遗言，他就从楼上跳了下去……"

大娘又是一阵呜咽，韩印陷入短暂的沉思。

从症状上看，马文涛自杀，应是患上重度抑郁症所致，没有太多蹊跷，但是形成原因未必像大娘说的那样简单，也许还有更深层次的起因。比如，多年前奸杀尹爱君遗留在内心深处的恐惧、心虚、内疚……

"大娘，不知道您能不能想起1996年的事情，那一年春节前后，您儿子有没有什么异常？"韩印问。

"1996年？为什么问那年的事情？你找小涛到底想了解什么？"大娘止住抽泣，满面狐疑地问。

"呃，有一件小案子可能牵涉您儿子，所以我想做些调查。"韩印含糊地遮掩过去。

大娘点点头，仔细回忆了一阵，说："那年春节小涛还真有点儿奇怪，我印象特别深刻。他比往年春节回来得要早些，刚回来的时候状态特别差，好像受到什么惊吓，总爱一个人发愣，几乎天天做噩梦，人也神神道道的，直到过了年之后才慢慢恢复正常。"

大娘的回忆，证明了在"1·18"碎尸案案发后，马文涛的确有反常行为出现，这样看来，许三皮提供的线索有一定可信度，问题是他抛出这条线索的时机令人存疑。他到底知不知道马文涛已经去世了？如果知道之后才把线索提供给警方，那他的动机就值得研究了。

"大娘，您儿子出事后，他先前的朋友有谁来过？"韩印思索片刻问道。

大娘抹着眼睛，说："就那个搞出版的来过，他还算有良心……"

"他的情况您了解吗？"

"我只知道他叫孙剑。"

"孙剑？"韩印皱了皱眉，紧跟着问，"是不是个子不高，有些秃顶，还留着小胡子的男人？"

"对。"大娘肯定地说。

孙剑和许三皮是朋友，当年与马文涛都互有走动，他不可能不告诉许三皮马文涛去世的消息，也就是说，许三皮是在明知马文涛去世的情形下给出线索的。案件卷宗显示，尹爱君曾经光顾过马文涛的书屋，但两人之间所谓的交往，是许三皮的一面之词，有可能是真的，也有可能是许三皮编造的，因为不管他说什么，都是死无对证。看来，调查最终还是要回到许三皮那儿。

末了，他征得大娘同意，翻看了马文涛的一些遗物，未发现可疑之处，便索要了一张马文涛的照片，与大娘道别。

走到门口，韩印突然想到关于马文涛书稿的事。如果马文涛是残害尹爱君的凶手，或者作为当年被动卷入案件调查的当事人，他会不会将碎尸案的某些细节，在不经意间融入自己的小说创作中呢？即便他不是凶手，那么他会不会是一个知晓内情的人？

想到此，韩印停住步子，转身问大娘："您儿子的小说是什么题材的？"

"这个我还真不太清楚。"大娘说着话，转身回屋，一会儿出来，手上拿着几页纸交给韩印，"小涛去世后，我一直没找到他的书稿，只在收拾遗物时找到这几页纸，上面好像有些小说内容。"

韩印接过几页纸，粗略看了几眼，应是小说的写作大纲。可是小说的手稿怎么会不见了呢？"大娘，您儿子的电脑中有没有他文稿的电子版？"

"小涛从来不用电脑，家里也没有电脑，他一直坚持手写小说。"

再次与大娘道别，紧着返程。中途，韩印又去了趟尹爱君家。

韩印索要马文涛的照片，目的是想让尹爱君父亲尹德兴辨认一下，他是不是曾到访过的那个所谓的记者。

从时间上说，"记者"上门时间与马文涛抑郁症爆发时间正好吻合，如果马文涛是杀害尹爱君的凶手，那么也许是因为他经不住愧疚心理的折磨，企图通过贵重礼品和金钱作为补偿，以求解脱心理桎梏。可惜，经尹德兴辨认，马文涛并不是那个记者。随后，韩印又让叶曦把许三皮的照片发到他手机上，让尹德兴辨认，结果仍然不是。

回到J市，韩印直奔专案组。

下班时间已过，办公室只剩叶曦还在伏案研究案情。见到韩印，她很是惊喜，给了他一个拥抱，弄得韩印满面通红。

松开韩印，叶曦给他接了杯水，韩印也正好借喝水把自己的尴尬掩饰过去，然后汇报了Z市之行的具体情况。

从专案组出来，韩印转头又奔去积案组。

果然，付长林也在加班。寒暄几句，韩印将近段时间围绕尹爱君的调查进展跟他说了一遍，这是他先前承诺过的。

付长林对韩印的守信很是感激，客套地说了几句感谢之类的话，又针对韩印提供的信息，给出了自己的一些看法。

两人交流片刻，韩印言归正传说出了来意：他想在"1·18"碎尸案卷宗中，试着找一下有无对孙剑和牟凡的调查记录。

时至今日，对"1·18"碎尸案的信息，恐怕没有谁能比付长林再熟悉了。几乎所有的卷宗记录，他都早已烂熟于胸，有他帮助查找，韩印必定会省去许多气力和时间。不过在他记忆里，好像对牟凡这个人有印象，但没有孙剑的。结果也确实只找到调查牟凡的卷宗。

卷宗中对牟凡的记录很简单：他不是本市人，当年租住在青鸟路附近，以经营书摊为生，业余时间从事小说创作。在警方的例行调查中，他表示不认识尹爱君，也记不清她是否光顾过他的书摊。尹爱君失踪当日，他如往常一样，收摊之后回出租屋写作。检查其住处，未发现异样，最终排除其嫌疑。

"按理说，当年孙剑与牟凡的境况大致相同，但为何没有接受过排查呢？"看过牟凡的记录，韩印向付长林提出疑问。

付长林笑笑未语，沉吟一会儿，拿起办公桌上的香烟，兀自点上，抽上几

犯罪心理档案

口才说："你先回答我一个问题。当你看过'1·18'碎尸案的案情记录后，以你的专业眼光，你的第一反应是什么？"付长林又补充一句，"不用顾及我的颜面，尽管说出你当时的感受。"

这番问话，韩印开始还有些不解，但付长林随后的补充，他便明白这话的用意了。既然有如此补充，想来他也知道自己的答案，韩印扬了扬嘴角，送出一抹饶有意味的浅笑，代替他的回答。

付长林是明白人，随即点头说："你觉得很容易破案对不对？虽然凶手作案手段残忍隐蔽，但若是方向正确，仔细周密排查，找出凶手应该不难，是不是？"

说这话时，付长林已是有些愤愤不平，当然他不是冲着韩印，想必是多年来一些媒体和市民对警方办案能力的妄加指责，已经让他的忍耐达到了极限，而借着韩印刚刚的疑问，想要把这口怨气发泄出来。

"当年，尹爱君失踪9天后尸体才被发现，凶手有充足的时间处理作案现场，且当年的技术手段还不够先进，若是凶手谨慎，处理得当，怕是过后勘查现场很难发现蛛丝马迹。另一方面，尸体出现4天后才被确认为古都大学学生，而那一周恰逢古都大学期末考试，考试过后紧接着便是寒假。古都大学学生和教师来自全国各地，以至于大范围的校内排查，已是寒假结束之后的事情了。这中间间断的时间，对心理素质很好的凶手来说，已足够平复心绪和演练说辞了。

"校内排查是如此，校外的排查便更为棘手。你知道，我们J市是省会城市，而当年一直延续至今，古都大学周围都是本市乃至整个S省文化产业最为繁荣、文化氛围最为浓郁的区域。包括报社、文化公司、出版社、新华书店、私人书店、书摊，各种做图书生意和从事相关行业的人都聚集在此。这是个非常庞大的群体，而还有比这个群体更为庞大的人群，那就是从事写作、热爱写作、梦想出版图书、成为作家的这么一部分人。他们租住在古都大学方圆几公里处，以便交流学习以及寻找出版作品的机会。他们来自本省的四面八方，大都不是本市人，流动性极大，由于需要清静的创作空间，又大都单独租住，且租住条例当时还不够完善，无须登记任何信息，有钱即可租住。最为麻烦的是，当时已近年关，几乎所有人都回老家过年了，再回来也已是半月甚至一个月以后了。而其中有一大部分人，要么坚持不下去放弃理想，留在老家另谋生路；要么离开本市去首都寻找更多的机会；还有的因为付不起这里的房租，搬到偏远的地段。很多时候，我们面对的只是一间空屋或者是新的租房人，而原来住过的人没有人能说得清楚……"

果然，面对韩印，付长林按捺不住，一吐淤积在心中多年的不快。

付长林话说得实在，句句透着无奈，韩印真切感受到当年办案的艰辛。天时、地利、运气好像都不在警方这边，诸如孙剑这种符合嫌疑人标准又未被排查到的人应该不在少数，凶手因此逃脱追捕，可能性很大。

韩印表示对当年办案的理解，安慰付长林几句，见天色已晚，便先行告辞。走出门口，回眸间，只见被一层淡蓝色烟雾包围的付长林，那张沟壑纵横的面孔上布满感伤，仿佛还停留在往事的纠结中无法释怀，韩印心中不禁一阵酸酸的。

夜深人不静，躺在床上，韩印辗转反侧。

连日奔波，身子已是异常乏累，但努力再三，还是无法入睡。一闭上眼睛，便有一张张面孔如过电影般在韩印脑海里闪过：冯文浩、余美芬、许三皮、孙剑、牟凡……他们是凶手吗？谁杀了王莉？谁又害了尹爱君？还有那双痴怨的眼睛和仿佛来自地狱的电话，属于他们当中的某个人吗？出现在尹爱君坟头的女人又是谁？假装记者探访尹家的又是谁？

无数个问号，胶着在大脑中，神经无法抑制地亢奋。如同连环杀手一样，躯体总是战胜不了精神的控制——睡不着，那就不睡吧，索性再看会儿案子资料。

韩印撑起身子，倚在床头，伸手从放在床头桌上的背包里取出几页纸，那是临别前马文涛母亲送给他的。

共有五页纸，字迹潦草，语句断断续续缺乏连贯，有几处韩印只能看出个大概意思。用心看过一遍，发现这其实并不是所谓的小说大纲，应是马文涛的灵感笔记。韩印听说过一些作家的写作习惯，有的作家喜欢将自己脑海中突然闪现的火花说出来，用小录音机记录下来；有的则喜欢将灵感随手记在某张纸上，看来马文涛属于后者。

韩印逐字逐句反复看过那几页纸，猛然间觉得某些句段似曾相识，似乎在哪里看过。

"在哪里看过呢？在何处看过呢？"韩印心中默念，眼神下意识在房间里游移。当视线不经意间落在身旁床头桌上的一本书上时，他恍然大悟。

对了，那些句段在《礼物》这本书里出现过！

韩印急忙拿起书，仔细翻看，与几页纸对照，果然有些句段一模一样。莫非《礼物》并非出自许三皮之手，而是马文涛所写？

可是书稿怎么会落到许三皮手上？马文涛、孙剑、许三皮三人之间，在这本书上究竟有何关联？韩印带着满腹疑问，在书前书后寻找线索，终于在小说封底处发现一段文字："本书策划——孙剑图书工作室"。

这段文字，足以让韩印暂时理顺一些疑问。事情的脉络应该是这样的：先是孙剑答应帮马文涛出版小说，但由于各种原因没有成功，而他也未归还马文涛的书稿。后来马文涛跳楼自杀，孙剑将书稿送给许三皮，并署上他的名出版了。事情就这么简单，可是另一个疑问又来了：孙剑为何不署上自己的大名出版？为何要送这个人情给许三皮呢？

次日。

在韩印的"侧写"中，"1·4"碎尸案的凶手，是一个缺乏创造力、在事业上平平淡淡的人，那么对目前事业如日中天的畅销书作家牟凡来说，自然不在这个范围之内，而图书出版事业做得红红火火的孙剑，同样也不符合罪犯侧写。重点需要着手深入调查的是许三皮，不过在与他摊牌之前，韩印决定还是先和孙剑过过招儿。这个人在"1·18"碎尸案案发后，有可能突然离开原租住地，行为甚为可疑，且其与许三皮交往密切，有利益往来，韩印想试着从他口中挖出更多关于许三皮的内幕。

孙剑图书工作室，现更名为孙剑文化出版公司，公司做得很大，在时代大厦租了整整一层楼。

韩印在前台小姐的指引下，找到总裁办公室。通过秘书禀报，在外间稍待了一会儿，才见到孙剑。

办公室宽敞气派，装修极尽豪华，让人很难与快被巨大办公桌和老板椅淹没的个子不高、气质平平的孙剑联系上。不过所谓人不可貌相，在当下出版业低迷之时，此人还能将公司做到如此规模，必定有其过人之处。这是个难缠的角色，韩印在心里提醒自己，要万分谨慎对待。

落座之后，韩印对办公室的装潢客套赞赏几句，顺势又对孙剑运作公司的能力大加褒扬一番。夸得孙剑一脸褶笑，但言语中还算谦虚，连称自己只是运气好罢了。

闲话几句，话题慢慢过渡到案子，韩印首先由"1·18"碎尸案切入。

"孙先生，您听说过古都大学碎尸案吗？"韩印问。

"当然听过。"孙剑一副满不在乎的样子，干脆地说，"那案子发生的时候，我就在隔着古都大学两条街的街面上练摊儿，经常会有古都大学的学生光顾，说不定被害的小姑娘还到我那儿买过书呢！"

孙剑主动提及尹爱君可能光顾过他的书摊儿，其实意在挑明他与尹爱君并不相识，潜台词是对警方将其与碎尸案联系在一起表示不满。韩印怎么会听不出话中别有味道，心想这家伙果然城府极深，想说还不明说，不过是要彰显他有多么问心无愧。韩印有心敲打敲打他，适当给他一点儿压力，倒要看看他是真的清白，还是故作样子。

韩印笑笑，一脸诚恳的表情，解释说："孙先生，是这样的，从我们警察办案的思路来说，当年在古都大学附近单身居住的男子都需要进行讯问排查，包括您和许三皮，还有牟凡等人，都在我们的排查范围内。但奇怪的是，我们的案件卷宗中对他俩的讯问记录都有，唯独没有您的。我们分析，您应该是在案子发生后离开原租住地了，这就显得您的行为有些反常，必然会加大对您的怀疑，所以我这次是想您能解释清楚，免得日后经常来打扰。"

一番话软中带硬，孙剑必得盘算清楚，最好还是原原本本把事情说清楚，否则被带去警局讯问或者警察三天两头到公司来搅和，肯定会给公司经营带来负面影响。

犯罪心理档案

权衡了利弊，孙剑收敛了不快，急切地说："这个，这个我可以解释的。我确实在案发后离开了，但并不是因为那件案子，是有很多客观原因的。当年我们在街边练摊儿，说白了卖的都是些二手书和盗版书，主顾也多是古都大学以及古都大学周围几所大学的学生。学生一放寒假，生意必然要冷清许多，再加上距离春节的日子不远了，所以我也干脆收摊儿回老家安心过年。至于年后我未回来，其实是早前就计划好的。我从1992年开始在古都大学周围混，差不多4年了，一直未得到很好的发表作品的机会，所以1995年年底我决定过年后去北京闯闯。北京是首都，全国的文化交流中心，我想那里应该机会更多。"孙剑说到这里，无奈地笑笑，"可是我忽略了一个问题，机会多，寻求实现梦想的人更多，最终我还是未得到出版机会，倒是阴差阳错地赚到了一些钱。之后又在机缘巧合下回到这里，做起出版生意。"

"哦，是这样啊！"韩印点头，陷入短暂的思索。

孙剑的理由可以说入情入理，没有任何破绽，也没有演练过的迹象，应该是真心话。既是如此，那么关于古都大学碎尸案的情况，可以暂时先放下，接下来就要把问题专注到许三皮身上。当然，许三皮的问题是绕不过马文涛那本书的。

"您和马文涛是很好的朋友吧？"韩印问。

"我们关系是不错，怎么了？"韩印突然提到马文涛，孙剑先是一愣，脸上随即闪过一丝怵意，支吾着点点头说。

"我听他母亲说，您一度答应帮他出版小说，可最后因为书号的问题，没有成功，是这样的吧？"

"对，确实有这么个事。"孙剑踌躇一下道，"算了，我和您说实话吧。其实书号问题只是我的托词，真实原因是小说题材不够主流，而且当时我公司在资金方面出了点儿问题，因为拖的时间太长了，又和文涛打过包票，所以没法告诉他实话。"

"那本小说的内容您还记得吗？"

"早就忘了，当年我也只是粗略地看了看，只记得文笔很出色。"

"忘了？那我提醒提醒您。"韩印哼了下鼻子，从包里取出一本书，扔到孙剑办公桌上，"这本《礼物》您是不是很眼熟？它就是当年马文涛写的那本书吧？"

"这个……这个……"孙剑吞吞吐吐，额头上瞬间渗出一排细密的汗珠，一脸的慌乱。

韩印讥笑一声接着说："您不用说了，您的表现已经回答我了。可是我不明白，这本书为何最终会署上许三皮的大名得以出版？"

"这个……这个……"孙剑垂下头，又是一阵子手足无措，再抬头，发现韩印正死死地盯着他，便避开目光，犹豫再三，终于蔫头耷脑地说，"好吧，既然你已经知道了，那我就说说吧。其实我真没有要黑文涛这本书的意思，当年我还没来得及归还书稿，他就自杀了，书稿便一直放在我这儿。有一次许三皮没事到我这儿闲聊，发现了书稿，随手看了几页，说写得不错，我便说了文涛的事。他听了说要把书稿带回去看看，过了好长一阵子，他还给我一个电子版本，说他把小说改写了，暗示署上他的名字，问能不能出版。这是个互惠互利的事，我当然不会拒绝。"孙剑顿了顿，接着解释，"其实说白了，我和三皮也就是在互相利用而已。他在国外那几年根本没动过笔，回来之后写作这方面基本是废了，只是偶尔在报纸上发些豆腐块儿文章，长篇他根本驾驭不了。可他又急需作家的光环，以便到他叔那儿争宠，以图在叔叔退休之后掌管他叔的企业。而我当时由于公司的扩张，急需大笔资金，我知道他叔旗下有一家风投公司，提出让他帮我引荐。后来，那家公司看了我的计划书同意注资，而三皮通过对马文涛那本书的改写，也慢慢找到了感觉，日后也有了自己的长篇作品。"

"关于许三皮与古都大学被害女生的关系，你了解多少？"韩印问。

"不清楚，其实当年我和三皮的关系一般，倒是文涛和他的关系还不错。"

"那马文涛和那个女孩的关系呢？"

"这个我也不是十分清楚，没听文涛说起过。"迟疑了一下，孙剑言辞恳切地试探着说，"我知道这件事特别对不起文涛，可我确实没办法，不到山穷水尽的地步，我是真不会与三皮有那番私下交易的。所以这件事还希望您能保密，若是捅出去，三皮的名声完了，我的日子也不会好过，他叔那家风投公司，至今还有我这公司的股份。"

"我觉得这番话，你应该和马文涛母亲说。"韩印哼了一声说。话毕，起身离座，做出告辞的姿态。

孙剑立刻从大班椅上弹起，绕过桌子，抢到韩印身前，压低声音急促地说："他母亲那里，其实我已经私下做过补偿。有一年我借给文涛祭坟的机会，给过她两万块钱，其实足够文涛那本书的稿费了。"

一本书，非畅销书，两万块钱稿酬也不少了，孙剑这人算是仁义。韩印本就无心在其中起什么波澜，只是觉得这事对马文涛以及读者甚是不公平，既然现在结局还不坏，那也没有必要再较真下去，便点点头算是默认了。

实话实说，此番与孙剑谈话，虽然中间他有些犹豫，但总体来说还是比较坦诚的，可信度应该没问题。由此再次证明：许三皮的确是在知晓马文涛去世的前提下，才抛给警方这条线的，目的便是要警察死无对证。这样，一来可以转移警方视线，二来运气好的话，警方可能就此认定马文涛的嫌疑，从而永远排除他的嫌疑。看来许三皮的浮夸只是流于表面，骨子里也是城府极深。

韩印打电话将情况向叶曦做了汇报，提出要与许三皮当面对质。叶曦考虑一下，提议干脆把他铐到局里，不给他点儿压力，怕是很难从他嘴里听到实话。

古楼分局，审讯室。

许三皮扬起被铐住的双手晃了晃，嬉皮笑脸地冲坐在对面的叶曦说："美女，这是干啥啊？不让泡咱就不泡呗，还弄得这么吓人作甚？你这样做我太伤心了，看来有必要让我的律师到场了。"

叶曦咧咧嘴讥笑一声："行啊，我们会给你充分行使法律保护的权利，不过我建议，你还是先和我们聊聊再说。"

"聊什么？"

"聊你这个大作家、大情圣呗！"叶曦揶揄地笑笑道，"想不想听听我对你的印象？"未等许三皮表示，叶曦接着说，"其实呢，你相貌寒碜点儿，我倒也不在乎，关键是你编故事的能力太强了，这会让我没有安全感的。"

"编故事？美女，你可冤枉死我了。"许三皮一脸无辜状，仍是油嘴滑舌的，"我对您是'一片真心在玉壶'啊，句句可都是掏心窝子的话！"

这回轮到韩印笑着说："我也觉得叶队对您的评价不够客观，我觉得您不但编故事的能力强，而且还极具表演才能。"

"行了，别再表演了！"叶曦严肃起来说，"咱聊聊马文涛吧。"

"马文涛的事该说的我可都说了，我也好多年没和他联系过，确实不知道他现在在哪儿。"许三皮脸上显示出莫大的委屈，"再说，我告诉你们他的事，是想帮你们警察一把，怎么还落得我一身不是了？"

"你真的不知道他在哪儿？"韩印盯着许三皮无赖的嘴脸，一字一顿地说道，"你就不怕他从地下冒出来找你算账？"

说着话，韩印从包里拿出《礼物》那本书，"啪"的一声拍到桌上。

许三皮从桌上捧起书，双手微微颤抖一下，但随即便稳住神，装作莫名其妙地说："这是我的书，怎么了？"

"不！这不是你的书，这是马文涛的书！"叶曦冷着脸说道。

被叶曦直中要害，许三皮有些慌神，手上一滑，书掉到地上。他俯身去捡，耽搁好一会儿才坐直身子，许是利用短暂的空当在寻找对策，怕是没想到啥好法子，便胡搅蛮缠起来："诬蔑，纯粹的诬蔑！你们凭什么把我铐起来，我要告你们非法拘禁，我要求见律师！"

见许三皮跳着蛮横指责，叶曦也一拍桌子，激动地回应："凭什么！我告诉你凭什么！就凭你故意浪费警力、妨碍公务这条，就可以拘捕你！"

"我们有确凿证据证明，你早已知道马文涛不在人世的消息，而且你的这本书是在他的书稿基础上改写的。"韩印接下叶曦的话。

许三皮猛地怔住了，呆立一会儿，瘫软无力地坐回椅子上，张张嘴，恶狠狠地说："孙剑，我和你没完！"

"你应该感谢孙剑帮你积德了，若不是他私下对马文涛母亲做过补偿，又求我不要把你剽窃的事情捅出去，你觉得我们会给机会让你坐在这里表演吗？"韩印严厉地说道，"动机！我们想知道你抛出马文涛的动机！我劝你最好还是老实交代，如若不然，我怕是没法再遵守对孙剑的承诺。"

犯罪心理档案

"你最好能说出一个让我们信服的理由，否则你就是杀害尹爱君最大的嫌疑人，我们会24小时地盯着你。我想，你叔叔不会让一个杀人嫌疑人做他的继承人吧？"叶曦接着韩印的话说道。

韩印和叶曦死死盯着许三皮，许三皮梗着脖子，眼球快速乱转，大脑中想必正经历一番激烈的思想斗争。

"好吧！算你们狠！"僵持一阵子，许三皮好像想明白了，貌似不甘地说，"我叔叔马上要退休了，眼下这段时间对我来说非常关键，我不想与你们警方纠缠不清，以免破坏我在他那儿的形象，于是便把马文涛抛给你们，想借此转移你们的注意力。其实，先前我是极力避免自己和马文涛有任何牵扯的，所以在我出版过的书籍的简历中，刻意隐去了在古都大学那一个时期的经历，是你们把我逼急了，我才把他推出来，不过我确实怀疑过他和尹爱君被杀有关系。"许三皮拿起桌上的书，扬了扬，"这本书确实是我改写的，我之所以要改写，是担心原稿中有些情节会让我惹上麻烦。原稿中女主人公叫尹爱郡，你们不要以为这只是利用谐音取巧，事实上熟悉那女孩的人都知道，她平时爱对别人说她叫尹爱郡而不是尹爱君，她觉得君太平凡了，有些俗气。另外，原稿中对女主人公的刻画与尹爱君的外貌性格非常接近，尤其书中有大量男主人公觊觎女主人公美貌的心理描写，让人很容易联想到一定是作者曾经对某个女人非常痴迷，才能在文学创作中有如此表述。由此我开始觉得马文涛可疑，便仔细回忆了当年的一些细节。我真的曾经见过一次尹爱君去他书店买书。而且那件案子出了不久，有一天我自行车坏了，想借他的用用，结果他说他的也坏了，问题是我前几天还看他骑过。当时觉得可能是他小心眼儿不愿意借。现在想想，会不会他就是用自行车把那女孩尸体扔掉的，怕我骑车看出蹊跷呢？"

许三皮顿了顿，换上一副无比诚恳的口气说："说实话，我真心希望你们能顺着马文涛这条线将案子查清楚，那样你们就永远不会再来烦我了。"

"书的原稿呢？"韩印问，"据孙剑说，你之后给他的只是一个电子版本。"

"被我烧了！"许三皮说，"留下原稿我始终觉得是一个祸害，担心将来

194

会成为剽窃的证据，所以在电脑上改写之后便烧毁了。"

烧了！许三皮先前的解释还算合理，也能解释得通他为何在简历中隐去古都大学的经历，以及当年为何没有向专案组交代马文涛的嫌疑。但他怀疑马文涛的基础是那本书稿，现在又说原稿烧毁了，岂不又是一个死无对证？

韩印和叶曦对视一阵，叶曦转过头瞪了许三皮一会儿，招手让警卫把他带出去办理释放手续。

叶曦这样做实属无奈，毕竟已经证实了许三皮与"1·4"碎尸案无关，而以目前"1·18"碎尸案的证据，顶多能关许三皮24小时而已，对破案来说于事无补。

韩印和叶曦都很清楚，目前头疼的是：许三皮的话到底几分真几分假？若是真话，那马文涛嫌疑真的很大；若是假的，那凶手必属许三皮。还有一个问题是韩印一直在考虑的，就算锁定凶手，时隔16年应如何取证？单靠面对面交锋肯定是不行的，一定要找到有力度的证据或者证人——看来只能把希望放到余美芬身上。

据叶曦说，她已经安排人手在各个招待所和宾馆之间寻找余美芬的踪影，目前还未有消息。韩印提议，鉴于余美芬的经济条件，把巡查重点放到一些出租床铺的客舍上面去。叶曦表示同意，并即刻安排下去。

◎第二十六章　嫌疑闺密

午夜时分，韩印还是毫无睡意。

韩印可以确认余美芬在"1·18"碎尸案中的关键作用，她肯定知道尹爱君失踪前最后接触过的男人是谁。但她是否与眼下的"1·4"碎尸案有关系这一点，韩印心里还很模糊。

装神弄鬼的女人到底是谁？她为何要徘徊在碎尸残骸第一发现地华北路？为何会时常出现在尹爱君的宿舍？又为什么要给自己打求助电话？她真的是余美芬吗？不对，韩印蓦然发觉，自己先前的思路太过狭窄。除去凶手故弄玄虚，除去余美芬，难道没有第三个人选了吗？

当然会有！那么动机呢？是想通过这种装神弄鬼的不理智的手段，让警方重新关注"1·18"碎尸案？还是说她因为对"1·18"碎尸案有深度痴迷，导致患上某种精神疾病呢？最关键的是，她是不是一个知情者？不过有一点可以肯定，此女子如此费尽心思，想来必定与"1·18"碎尸案有某种瓜葛。

次日一早，韩印便急着到专案组找付长林。原因很简单，没有人能比他更了解"1·18"碎尸案，韩印希望他能给出一些当年在案件调查中表现反常的女性名单。

付长林现在是专案组、积案组两头跑，可谓异常辛苦，但丝毫没有改变他早到的习惯。平日里，他总是第一个到专案组报到的人，但今天有些例外，当他走进办公室时，韩印在里面已等候多时。

"今天怎么这么早？有新线索？"做刑警的大抵都会有些直觉，而且很准，付长林先是感到意外，随即笑笑说。

"是，是有个事要向您请教……"韩印把自己的来意向付长林道出，强调此条线对破案有多少帮助还不好说。

付长林如今对韩印已是十分信任，所以对韩印的请求也未作他想。他放下包坐到椅子上，仔细回忆了好一阵子，说道："说起举动怪异的女人，倒还真有一个。其实我给你的那本许三皮写的书并不是我买的，是有人快递到积案组的。我当时觉得邮寄人的举动有些蹊跷，怀疑这个人可能知道内情，便顺着快递上写的邮寄人信息查找一番。结果发现信息是假的，后来通过邮政大厅监控录像，终于发现邮寄人的身影，之后又费了些周折才找到她。她叫苏瑾，是尹爱君的高中同学，两人在高中时关系特别好，毕业后尹爱君考到古都大学，她也考到本市师范学院。她说，她一直关注尹爱君的案子，偶然买到《礼物》那本书，发现其中有影射案子的情节，便给警局寄来一本，希望能对破案有些帮助。随后我们对她进行了调查，未发现可疑之处。但事情到这儿还没算完。2008年年底，本地一个网络论坛上出现了一篇全面分析'1·18'碎尸案的文章，文章虽只是个人臆想，与案子风马牛不相及，但在当时还是造成不小的影响。我们通过IP地址找到发帖的人，竟又是那个苏瑾。讯问动机，她说希望引起大家关注，从而让案子能得到重新调查的机会。"

付长林果然是"活字典"，给出的人选正是韩印要找的嫌疑人类型，他急切地问道："苏瑾在本市吗？"

"在。她大学毕业不久就嫁人了，丈夫是她的同班同学，本地人，家境非常优越，支持她开了一家美容院。"付长林从包里拿出一本外皮有些破旧的笔记本，打开来，翻找了一会儿，他把笔记本冲向韩印，指着其中一页道，"喏，这就是她美容院的地址，还有她的联系电话。"

韩印随手从身边办公桌上找到白纸和笔，瞅着付长林的笔记本记下苏瑾的信息，完事扬了扬手中纸片："谢了付队，待会儿我去会会这个苏瑾。"

付长林客套地说："要不等早会结束，我送你过去吧。"

"不用，您那边也是一大摊子事，我自己打车去就行。"韩印说。

苏瑾开办的美容院，名号便是以她名字命名的，叫"苏瑾美容院"。位于

犯罪心理档案

J市繁华区域，紧邻一条城市主干道，共有三层楼，规模不小。

韩印推开美容院大玻璃门，即刻有一位身着粉色制服的女接待笑吟吟迎上前来。"先生您好，您是来做美容的吗？"见韩印笑笑摇头，接待员又机灵地问，"那您是来接女朋友的吧？您说一下她的名字，我帮您找一下。"

"也不是。"韩印笑着解释，从裤兜里掏出警官证递给女接待，"我是市刑警队的，想找你们老板了解点儿事情。"

女接待双手接过警官证，仔细看了一眼，奉还给韩印，指着玻璃门边的沙发，得体地说："韩警官，您先坐着稍等一下，我去看看老板在不在。"

"好的，麻烦你了。"韩印点头笑道，目送女接待从白色木质盘旋楼梯上到二楼。

屁股刚沾到沙发上，还没来得及仔细打量四周，韩印便听到二楼楼梯口传来一阵高跟鞋的声响。先露出身子的是女接待，紧随其后是一位身着白衬衫、灰色休闲裤，时尚白领打扮的女子。她身材纤瘦，容貌姣好，但眉宇间似隐隐带些疲惫。

"这就是韩警官，这是我们老板。"从楼梯上下来，女接待引着老板来到从沙发上站起的韩印身前，为彼此介绍之后，女接待礼貌地退到一边。

"您好，我是苏瑾，请问您找我是……"苏瑾礼貌地冲韩印伸出手，一脸职业的微笑。

韩印轻轻握了握她的手，手很软。"想和你谈谈尹爱君。"

"太好了。"苏瑾的笑容变得真诚许多，"你们是不是又开始调查她的案子了？"见韩印笑笑，不置可否，苏瑾忙指着楼梯说，"走，到我办公室谈去。"说完转头冲候在身后的女接待轻声交代，"沏两杯茶来。"

紧随苏瑾踏着楼梯而上，韩印来到一间洁白带着清香的房间。坐下不久，茶水便端了上来，苏瑾热情催促韩印先喝上几口茶润润喉，再说正题。

苏瑾如此盛情，韩印倒不好一上来就提有关她嫌疑之题，只能先拿尹爱君铺垫。他端起茶杯，浅抿两口，想了想说："您和尹爱君是好朋友吧？"

"对，我们在高中时期关系最好。"苏瑾垂下眼帘，把玩着茶杯把手，稍显低沉地说，"爱君出事之后，我难受了好久，简直没法相信，几天前我们还睡在一张床铺上，转眼她人就没了，而且是永远的分别。"

"她失踪前，你见过她？"韩印问。

"是啊！"苏瑾不无感伤地说，"1月7日是我的生日，当天正好赶上周日，我邀请她和几个朋友一块儿出去聚了聚，晚上她留宿在我那儿，我们聊了一整宿，说了好多高中时候的事……"

"你们有没有提到过有关男女朋友方面的话题？"韩印又问。

"我问过她，她说刚到学校没多久哪儿来的男朋友，"苏瑾顿了一下说，"不过她说认识了一个男作家，但也只是认识，连朋友都算不上。"

"所以当你看到《礼物》那本书中有影射当年碎尸案的情节，就把它寄到了警局，希望我们警方能查下那个作者，是吗？"韩印接下她的话问道。

"对。可是你们警察好像也没对那个作者有什么动作，倒是查了我一通。"苏瑾语气微带着些不忿，"所以我又在网络上发表了一篇分析案子的帖子，我知道我的观点很幼稚，不过我的目的是希望大家都来关注爱君的案子，从而促成你们重新调查。"

"不，你误会我们了，其实那本书的作者我们一直在调查，只是没查到什么证据而已。"韩印这算是替付长林解释，接着又问，"你确定尹爱君和你提的那个作家，就是《礼物》一书的作者吗？"

"不，不！"苏瑾连连摇头解释，"那本书只是我偶然买的，爱君没提过她认识的那个作家的名字。"

"噢，是这样……"韩印沉吟一阵，开始引入正题。他拿出手机，查了查来电记录，说出两个日期，问苏瑾能不能记得自己当时在哪儿、在做什么。

"这两天怎么了？不是要谈爱君的案子吗？怎么问起我的问题？我有什么问题？"苏瑾十分诧异，一脸莫名其妙地抛出一连串问号。

韩印不可能透露有关案子的情况，只好歉意地笑笑说："不好意思，案子详情我没法和您说。我知道冷不丁问您这样的问题有些唐突，还请您不要介意，配合我们的工作。"

"我当然介意，但我也没什么可隐瞒的。"苏瑾脸色黯淡下来，不快地解释，"你说的这两天，我想我都应该在婆婆家。上个月，我婆婆被查出胃癌，我和老公便搬到婆婆家住，以方便照顾老人。从那时起，我的行动只有三点：美容院—婆婆家—医院，而且晚上从不出门，更不会那么晚出门。我爱人和公公还有小保姆都可以证明我说的话。"

苏瑾如此说，想必人证方面不会有问题，而且苏瑾眉宇间疲惫的神情，也许正是被婆婆患病所累，那这个话题暂且不说了。韩印再次表现出极大的歉意，但仍旧不放过追问她在元旦前夜以及元旦假期之间的活动。

这回由于过了几个月的时间，苏瑾需要稍微回忆一下，好在元旦期间的活动让她记忆深刻，所以也没用多久便给出答案。"元旦前夜那晚，我和老公还有公司的员工先是在新界口美食城聚餐，饭后到曼哈顿酒吧一起迎接倒数，再后来又换了一家叫作'夜色'的酒吧续摊儿。其余三天，1日放假，2日、3日我们正常上班。"

苏瑾说完这番话，仰着头盯着韩印，眼神中带着一丝敌意："我就不明白了，我怎么就会牵涉到你们要查的案子里去呢？你们警察办案总要证据吧？我就是想知道，你们无缘无故怎么找上我的？"

"这个……"面对苏瑾一连串逼问，韩印忍不住，只好有所保留地说，"元旦期间本市发生了一起碎尸案，案情与当年尹爱君的案子有些类似。怎么，你没听说过这个案子吗？"

"没啊。"苏瑾一脸茫然，"真没听过，也可能这段时间我的心思都放在婆婆身上，与外界接触得比较少吧。"苏瑾态度有所缓和，"是当年的凶手又出来作案了吗？"

"这个不能和您透露，怎么说呢……"韩印停下话，斟酌一下说，"我没法向您透露我们是如何界定嫌疑人的，但是我可以跟您说一点，基本上当年与尹爱君有过接触的人，都在我们的调查范围内，所以还请您千万不要介意我的唐突。"

"这我能理解。"苏瑾此时已对韩印少了很多戒心，脸上多了一丝笑容，甚至带些娇态问，"我解释了元旦前夜的行踪，那是不是就可以排除我的嫌疑了？"

"当然，不过还要讯问您的员工，为您证明。"韩印笑着说。

"这没问题，你可以随便问，他们那天晚上在曼哈顿酒吧玩得可疯了。"苏瑾急切想要证明自己的清白，"要不要我现在叫来几个你问问？"

"不用，不，等等，你刚才说的是'曼哈顿酒吧'？"见苏瑾使劲点头确认，韩印拽了拽头发，心里暗骂自己，差点漏过了重要线索——曼哈顿酒吧，不正是"1·4"碎尸案被害人王莉最后出现的地方吗？！

王莉与苏瑾当晚在一家酒吧，怎么会这么巧？韩印满脸狐疑，道："你们大概是几点离开酒吧转到另一家的？"

"新年倒数之后不长时间，老公说那里还不够high，所以要换一家酒吧……"苏瑾皱着眉头短暂回忆了一下，"应该在凌晨1点左右吧。"

"凌晨1点！"时间正好也是王莉离开酒吧的时间，韩印忍不住提高声音追问，"你确定是1点左右吗？"

"怎么了？这时间点很重要吗？"被韩印这么一咋呼，苏瑾有些拿不准，又费力回忆好一会儿，才缓缓点头说，"应该是那个时间，我记得我好像看了一下表，要不我问一下公司员工或者我老公吧？"苏瑾拿出手机，欲拨号，随即又停住了，叹口气说，"唉，没用，他们当时都喝高了，估计更拿不准了。哎……"苏瑾眼睛一亮，"对了，我记得我们离开'曼哈顿'时，在门口碰见一个美容院会员，既然你这么重视时间点的问题，要不我给她打个电话问问吧？"

苏瑾说着话，手里摆弄手机翻看通信记录，找了一会儿，可能是没找到，嘴里嘟哝了一句："我好像没有她的电话号码。"说罢，拿起办公桌上的座机，拨了一个简单的号码，冲话筒里吩咐，"营销部，我是苏瑾，帮我查一个会员的电话号码，她叫王……对，叫王莉……"

什么？王莉！真的会如此巧合？"曼哈顿酒吧""凌晨1点"，莫非苏瑾口中的王莉就是"1·4"碎尸案的被害人王莉？韩印赶紧掏出手机，调出储存在手机里的王莉照片，举到苏瑾眼前："你说的王莉，是不是她？"

苏瑾盯着手机看了一眼，疑惑地说："就是她，怎么了？"

得到苏瑾的确认，韩印指着苏瑾手中的话筒，沉沉地说："那你把电话放下吧，王莉就是我们案子的被害人。"

"啊！"苏瑾张着嘴，眼睛瞪得大大的，惊讶得说不出话来。

"除了凶手，你很可能是最后见到王莉的人。"韩印说，"请将当晚你们碰面的情形详详细细地说一遍，尽量不要有遗漏。"

苏瑾显然还未从震惊中回过神来，手里仍举着座机话筒，样子呆呆的。韩印无奈，只好把刚刚的话又重复了一遍，这才把她拉回到谈话中。

苏瑾扣下电话，羞怯地笑笑说："不好意思，我有些失态，不过还真没想到，这座城市有两起碎尸案竟然都能和我扯上关系。噢，当晚的情形是这样的……"苏瑾轻咳两声，稳了稳神说，"我们一干人从'曼哈顿'出来的时候，看见王莉站在街边打车，我便过去打声招呼，问她怎么走得那么早。她说身子不舒服，要回家休息，可是一直没打到车。我说可惜我们还要继续玩，不然可以送送她。她笑笑，说了几句谢谢。之后我们就分开了。就这么简单。"

"还有呢，你再好好想想，你们分别之后，她还在酒吧门口吗？"韩印追问道。

苏瑾想了一下说："呃，对，那晚我们一干人除了我不会喝酒比较清醒外，其余的人都喝高了，我老公更是醉得厉害，在进'夜色'之前，他蹲在街边吐了好一阵子。我在旁边照顾他，帮他拍背，在我用纸巾帮他擦嘴时，不经意冲远处望了一眼。那时王莉已经差不多走到街头了，我看到她身边停了一辆车，她好像冲车里望了一眼，便拉开车门坐了进去。之后我就扶老公进了酒吧。"

"那车是什么牌子？什么颜色？车牌号多少？"韩印急促地问。

苏瑾眯着眼睛，考虑片刻，说："没看清，距离太远了，光线也不好，只模糊地看着好像是一辆轿车。"

乍听苏瑾目击到王莉失踪当晚上了一辆车子，韩印别提有多激动了，可惜随后苏瑾无法提供有关车子更详尽的信息，他心里又是一阵失落。不过就此次走访结果来说，应该还算不错，本来是奔着苏瑾的嫌疑来的，没承想有意外收获——能够确认王莉最后失踪的地点和方式。如果苏瑾的话是真实的，那么王莉当时是自己主动坐上车的，意味着她与凶手很可能相识甚至是熟人，同时也意味着韩印的侧写报告中，对凶手与被害人之间关系的描述是错误的。在他的判断中，虽然凶手所要报复或者惩罚的对象具有固定形象，但从凶手掳获王莉的地点和时机来看，显然是缺乏预谋的，显示出一定的随机性和运气，也就是说，两人并不相识。

此时韩印内心无比矛盾，亦喜亦悲。悲的是：事实竟然与他的侧写报告有如此大的出入，他不知道该如何面对专案组的同事，更无法面对叶曦；喜的是：如果凶手与王莉在生活中存在交集，那么嫌疑人的范围要比现在缩小很多，最终成功抓捕凶手的希望就要大得多。

当然，苏瑾的话只是她的一面之词，还需要证明。离开美容院后，韩印找到她老公，又登门拜访她的公公以及小保姆，最终排除了她的所有嫌疑。

从苏瑾婆婆居住的小区出来，韩印顺着马路漫无目的地乱逛了一阵——心乱如麻。虽说犯罪侧写作为一门学科而不是科学，是无法做到严丝合缝的，不可能不出现任何差错，但这种方向性的错误是致命的。他无法原谅自己在报告中犯下如此大错，更羞于面对叶曦。除去对她的好感不说，就是那份无比坚定的信任，已足以让他难以承受。

怎么面对？怎么解释？怎么弥补……

纠结。只能是纠结而已。结果是注定的。无论作为一名公安院校的讲师，还是作为一名专业学者，还是作为一名警察，都必须谨遵"客观事实"，这是社会责任，也是起码的职业道德。纠结不过是一种自我心理辅导，骂自己两句，可怜可怜自己，让自己心里稍微好过点儿罢了，最终还是要守住底线，不能用错误去弥补错误。

好了，还是回到案子上吧！如果凶手与被害人存在交集，那么就要重新审视王莉的社会关系。此时最应该做的，就是全面审阅"1·4"碎尸案的调查卷宗，同时把突然出现的新线索如实向叶曦汇报。

韩印从裤兜里掏出手机，面色异常悲壮地拨下叶曦的号码……

晚上8点，新界口广场，酒吧一条街，"夜色"酒吧门前。

接到韩印的电话，叶曦比想象中要镇静，没有多余的话，只是让韩印先回专案组再说。

碰面之后，韩印的尴尬自不必说，惹得叶曦一通安慰。不过叶曦的话并非只是为了让韩印心里好过一些，而是确实有一定道理。

叶曦提出一个观点：有没有可能凶手既与王莉相识，同时又与尹爱君有联系呢？

对啊！这种可能性完全存在！如若这样，虽然先前的调查方向有些偏颇，可并不影响结果！叶曦一句话，犹如一针强心剂，立刻让韩印眼前一亮，精神随之振奋起来。

随即，两人调出"1·4"碎尸案调查记录，由王莉的社会关系入手，首先筛选可能与王莉和"1·18"碎尸案存在交集的人，结果令人失望。接着，两人全面研读每一个接受过调查的嫌疑人记录，从中也未发现有可疑之处。卷宗显示：每一个嫌疑人不在案发现场的证据都很充分。不过这不意味着他们中间没有凶手，也许有些人先前给出的信息和证据是假的。于是，韩印和叶曦根据年龄、私家车等信息，敲定了几个人选，由于天色已晚，只能留待明天再详细追查。

收拾好卷宗，看看表已将近8点，韩印提议去夜色酒吧附近做一次现场模拟。他想确认：夜间光线下，从酒吧门前是否真的无法辨清街道尽头静止轿车的颜色和车标。不过，这并非对苏瑾的不信任，韩印考虑到当晚苏瑾很可能心思都放在照顾醉酒的老公身上，从而忽略了轿车的颜色或者标志，也就是说，可能颜色和汽车品牌标志都在她视线之内，但被大脑认知所忽略了。如果现场模拟结果如此的话，那么韩印就可以再次运用"认知谈话"，来挖掘出那部分记忆。

此时，韩印与叶曦站在夜色酒吧大门正对的街边，朝北望去……

酒吧一条街，位于新界口广场正南方，整条街长四五百米，夜色酒吧的位置大概在这条路的中段，距离街头有200米左右的样子。这个距离如果是白天，视线所及应该还算清晰，不过晚上光线昏暗，必会打些折扣，再加上虽然有路灯照亮，但街边绿化种植的梧桐树，枝叶过于繁茂，以至于街道两侧显得阴影重重。

于"夜色"门前，驻足远眺。如果是亮色系，如黄色，或者王莉身穿羊绒大衣的颜色——红色，比较能看得清楚之外，稍微暗点儿的颜色就很难分辨清楚，更别提轿车的标志了。由此看来，苏瑾所言非虚。

韩印和叶曦沿着街边一路溜达到街头广场转盘附近。很遗憾，交通监控设置在上一个路口。如果凶手是从上一个横道右转，便会逃过监控摄像。而下一个交通监控，与酒吧一条街中间还隔着一条侧街，如果凶手转入这条街，再由其中的巷道穿出，则很有可能逃避所有摄像监控。

两个人站在街头讨论交通摄像问题，突然一辆轿车滑至两人身边停下，右边车窗随即打开。司机尽力将身子探向右边车窗，冲两人喊了一嗓子，"去哪儿？"

韩印和叶曦面面相觑，一时没反应过来。司机紧接着又补了一句："上来吧，我做生意公道，保证不宰你们！"

这下两人明白了——敢情这是一"黑出租"啊！叶曦刚想挥手把司机打发走，韩印一把抓住她的手臂，一脸恍然大悟的表情，压抑着兴奋的语调，在叶曦耳边低声说："我明白了，我的报告根本没问题，专案组先前对王莉的社会关系调查也没问题，王莉当晚上的应该是一辆黑出租车。"

"或者是凶手假借黑出租的名义，诱骗王莉上车！"叶曦一点即通，接下韩印的话。

两人对视点点头，又互使了个眼神，然后双双拉开车门，叶曦坐到副驾驶，韩印坐到后面座位上。司机以为拉到生意了，边挂挡边问两人去向。叶曦板着脸指向街边，让司机先把车停过去。

叶曦一脸严肃，口气不容置疑，司机好像觉察到什么，把车停到街边后，哭丧着脸说："二位不会是'钓鱼'的吧？求你们放过我吧，一家老小都靠我开黑车养活，真的罚不起啊！"

见司机一副可怜巴巴的样子，叶曦也不愿再吓唬他，掏出警官证表明身份。司机立刻长出一口气，提着的心轻松下来，嘴里油腔滑调地嘟哝着："我就说嘛，官老爷们晚上活动那么丰富，怎么会屈驾出来'钓鱼'呢？"

"你什么意思？人家交通稽查有你想得那么花吗？"叶曦笑着说，"好了别废话了，问你点儿事。"

"您说，您尽管说，我知道的一定如实交代。"司机一副急着讨好的模样。

"开黑车几年了？"叶曦问，"生意怎么样？"

"两年了。"司机老实地答，"生意还不错，您也知道这条街是咱们这儿夜生活最繁华的地段，打车的人特别多，出租车根本不够用。而且在周围上夜班的人，还有小姐什么的，比较喜欢打我们这种黑车，几个人拼一个车，每人几块钱而已，若是出租车，那就得各付各的。"

"这条街大概有多少黑出租？"

"那可没准儿，咱这黑车没有统一管理，都是各干各的，真说不上来。"

"通常都在哪儿等客？"

"上半夜基本上就是街边或者岔道口什么的，不太敢到酒吧、KTV门前等客，怕人家出租车司机举报。下半夜主要在一些酒店员工下班通道附近，有很多夜班服务员拼车回家。"

"元旦前夜，你在这附近吗？"

"在。可是基本没停过，那天晚上生意特别火爆，越晚越打不到车，基本前面的客人刚下车，后面的便接上了，要多少钱都走。就这样，还落下好几拨客人呢。"

"那晚有没有比较脸生的司机在这附近等客？"

"没太在意，光顾着拉活了。"

叶曦想了想，应该没什么可问的了，便转头望向坐在后座一直默不作声的韩印。韩印轻轻摇了下头，示意自己也没什么问题。叶曦转回头掏出一张名片递给司机，说："如果哪天见到陌生面孔的司机在这条街等客，麻烦你给警局打个电话。"

"一定，一定。"

司机接过名片，一脸谄笑，目送二人下车后，生怕再出啥意外，赶紧打火、挂挡，麻溜地将车开走了。

　　叶曦望了眼汽车驶出的方向，扭头对韩印笑笑说："你觉得凶手应该不是黑车司机，而是假借司机的身份让王莉放松警惕对不对？"

　　"对。"韩印点头道，"正如我先前报告中描述的那样，凶手有正常的工作，作息时间固定，而且他初次作案便能如此成熟完美，表明他应该具有相当高的文化程度，从事某类专业技术性职业，但未必与使用刀具类工种有关。他在单位表现默默无闻，职位不高，但不意味他所从事的工作层次不高。"韩印的自信又回来了，滔滔不绝地说，"凶手当晚是因为遭受到某种重大打击之后进而寻求宣泄的，而他选择在当时城市中最繁华的区域、最热闹的时段、人流最为密集的路段，也是最容易暴露的区域，来寻找加害对象，显然缺乏细致的预谋。但是他运气非常好，偏偏就碰上与他初始刺激源外形极为相像，身穿红色羊绒大衣、一头长鬈发的王莉，并成功实施了作案。可以说凶手这次杀人，与许多连环杀手初次作案一样，带有一定的冲动性和偶然性。如果他继续作案，不，他一定会继续作案，便会把这种偶然性变成惯性。也就是说，第二次作案他依然会在这个区域，而且依然会扮作黑车司机。因为这条街在夜晚甚至凌晨以后，仍然会有非常多的女性出现，他相信一定会有他中意的类型。"

　　"如果凶手扮作黑车司机，那意味着他的车也不会非常高级，对不对？"叶曦问。

　　"对，高档车扮作黑车会让人起疑的，我个人认为应该是偏国产车或者经济型的日系、韩系车型。"韩印顿了顿说，"也许凶手没有咱想象的那么严谨。明天跟交警方面联系一下，调取当晚广场周围所有的监控录像，比对一下，看能不能找到可疑车辆。"

　　看到韩印又能自信满满地侃侃而谈，叶曦一脸欣慰，重重地捶了下韩印的肩膀，两人相视一笑——此时无声胜有声。

◎第二十七章　解离人格

午夜，骚扰电话又至。

"呼哧……呼哧……"话筒中传来一阵冗长的呼吸。

"帮我，帮帮我……"女孩的声音冷漠和阴森。

"好，可以，让我帮你什么？"韩印用力平稳着心神，最大限度让自己的语气没有任何敌意。

"我……"

电话那端，女孩在犹疑着。韩印屏住呼吸，生怕女孩感受到压力再次挂掉电话逃走："请说吧，只要我能做到的，一定会尽力帮你。"

"有人要杀我！"女孩冰冷的声音，一字一顿道。

"谁要杀你？为什么要杀你？"韩印的心口猛地一阵狂跳。

"因为我知道她的秘密，我看见她杀了人，她想灭口……啊……"女孩一声尖叫，好像被什么人打搅，通话突然中断，话筒中传出一阵"嘟嘟"的忙音。

韩印无奈放下手机，心里很是遗憾，就差那么一点点，女孩就会给出一个名字，也许那个名字对解读这个不时在午夜打来的骚扰电话有很关键的作用。不过从刚刚与女孩的通话中，起码可以掌握两条信息：一、女孩目睹了一起凶杀案；二、有人欲杀女孩灭口。那么，打电话寻求帮助的女孩到底是谁？欲杀她灭口的人是谁？欲杀她灭口的人又杀了谁？这三者是什么关系呢？

从目前获取的信息来看，打电话的女孩曾出现在尹爱君生前住过的宿舍，以及华北路抛尸现场附近。而在先前她与韩印的一次通话中，面对韩印对她的身份以及当时所在地点的提问时，表现出一定程度的意识模糊。另外，如果她

208

目睹了一起凶杀案，为何不光明正大地向警方报案，而是故弄玄虚，在午夜向韩印求助？还有，如果有人欲杀她灭口，为何经过这么长的时间仍未动手呢？

这一连串的疑问，从常理上显然无法解释得通，那么也许有一种可能性，可以相对将这些疑问厘清。

所有的一切，包括那双"隐藏在某个角落注视韩印的眼睛""午夜骚扰电话""宿舍中的冤魂""玻璃窗上的血字"，甚至还包括"1·4"碎尸案，也许都出自一人之手，原因是她罹患了"解离性人格"。

解离性人格，也就是所谓的多重人格，是一种由心理因素引起的人格障碍，多因情感创伤引发，尤其是童年时期的精神创伤。简单解释，即由于"本格"（未发生分裂人格之前的人格）无法承受某种心灵创伤，从而分裂出一个或者多个人格来替本格分担，它是一种潜意识里的自我疏导。分裂出的人格与本格彼此之间是独立的、自主的，并作为一个完整的自我而存在。本格也许知道有其他人格存在，但当其他人格主宰身体也就是成为"主体人格"时，他的所作所为本格通常并不知晓，从而会形成一段时间的记忆断层。

这一调查方向，并不是韩印想到的，而是来自顾菲菲的建议。

顾菲菲是法医学和心理学双博士，在国外深造时曾接触过此种案例。"宿舍血字"出现当晚，她找到叶曦详细了解了整个事情的来龙去脉，鉴于某些行为特征从正常的角度以及犯罪的角度都很难解释，所以她开始朝这一方向考虑，遂建议韩印尝试着找出具有这种特质的嫌疑人。

本案中，余美芬和沈秀兰都具备这样的潜质，但因牵涉案件中遭到精神创伤时，沈秀兰已经35岁，相较于那时只有20岁的余美芬，心智要成熟完整许多，所以重点还是要放到余美芬身上。

早间例会。

照例汇报各组排查进展，结果都不甚理想。

散会后，叶曦留下各组骨干，讨论下一步的重点工作。但未说上几句话，她放在桌上的手机振动起来，她看了眼来电显示，示意大家先暂时休息一下，拿着电话走出会议室。

不多时，韩印放在兜里的电话也振动起来，是条短信。他看过之后，借口去趟洗手间，也出了会议室。在会议室不远的一个楼梯口，叶曦正等着他。

见叶曦如此谨慎行事，韩印也警惕起来，走到楼梯口，轻声问道："怎么了？出什么事了？"

叶曦冲走廊两边望望，压低声音说："'警车'的追查有消息了。据我派出去的人说，他们在郊区一家小修配厂发现了线索。那里的修车师傅说，前阵子有一辆警车去换过轮胎，而且点明要旧的轮胎，不过他没在意司机的模样，只隐约记得车牌最后的两个数字是'46'。"

"警车车牌，46，我怎么好像在哪儿见过？"韩印摸着脑门嘀咕着。

叶曦显然已经知道答案，小声提醒了一句："积案组！"

"对啊！"韩印一脸惊诧，发现自己不自觉提高了音量，忙放低声音说，"对，是积案组的车。是付长林？还是他们三个一起？他们去做什么呢？难道是他们三个作的案？"

叶曦忧郁地摇摇头："谁知道呢？反正肯定是见不得人的事，否则也不会偷偷地换掉轮胎。"

"对。那你接下来准备怎么办？"韩印问。

叶曦踌躇了一会儿说："我刚刚在楼梯口考虑了一下，准备和他们直接摊牌，你看怎么样？"

"行，我看可以。"韩印重重点头，"是到让他们亮出底牌的时候了。"

二人返回会议室，紧挨着坐下。

叶曦板着面孔宣布，除付长林、杜军、姚刚以外，其余的人可以散会了，然后指着自己对面，让三人坐过来。

叶曦在文件夹中翻了一下，找出一张照片放到刚刚坐定的三人面前，说："这是韩印老师初到咱们这儿的那天晚上，和小北勘查虎王山抛尸现场时，发现的一组汽车轮胎印记。"

付长林看了一眼照片，满不在乎地说："我知道啊，怎么了？"

叶曦盯着他的眼睛道："据可靠消息，轮胎所属的汽车来自你们积案组。"

"什么？"付长林一脸惊讶，"怎么会是我们组的车？去那儿做什么？"

"这要问您了。"叶曦冷冷地说道。

"我……"付长林耐着性子说，"小叶，你的消息可靠吗？会不会弄错了，我真没去过虎王山。"

"不，不是付队。当晚是你开车去的，对吗？"韩印突然指着坐在付长林左手边的杜军说道。

杜军的局促不安非常明显，在叶曦拿出照片推到三人面前的那一瞬间，付长林和姚刚都表现出相当程度的诧异，而杜军则是一脸的恐惧。

"什么？是你？你开组里的车去那儿做什么？"付长林顿时火冒三丈，起身冲着杜军后脑勺，上去就是一巴掌。

"我……"杜军垂下头，说不下去了。

"到底去那儿干什么了？"叶曦厉声喝问道。

"我去……我没事，去观察观察现场。"杜军还心存侥幸。

"观察现场你有什么可心虚的，为什么要偷换轮胎？而且有证据显示，你不是一个人去，至少还有四个人和你一起，那几个人是谁？"叶曦顿了顿，"你们去重温作案快感，是吗？"

"不，杀人和我们没关系，我就是带了几个外地的网友去参观。"杜军脱口而出。

"你糊弄谁呢？你会为了几个网友，不惜丢掉工作？"付长林上去又是一脚。

自己组里出了这种事，付长林这张老脸算是丢尽了。在局里干了一辈子，算得上人人尊重，临了马上要退休了，竟出了这样大的纰漏。尤其是当着叶曦的面，他的面子就更挂不住了，所以情绪不免有些失控，要不是身边的姚刚一直拽着他，估计这会儿杜军早就躺下了。

"我，我收了他们几千块钱……"杜军惶恐地偷瞟了付长林一眼，"他们说坐警车去更刺激，我就偷偷开了组里的车。"

杜军的回答让在场的几个人极为震惊！作为一名人民警察，竟然做出这样严重违背职业道德的行为，实在是令人不齿。这不仅严重破坏了人民警察的形象，同时也是对被害人的严重亵渎。不过震惊之余，也让人有些哭笑不得，他是怎么想到这样的买卖的？

"你还敢胡说，你给我老实交代！"付长林显然一时无法接受这样的答案，他呼哧呼哧喘着粗气，指着杜军大声地呵斥。

"真的，真的！"杜军站起身急着辩解道，"不信，你们可以查看我的聊天记录。"

"老实坐下。"叶曦指着对面的椅子，没好气地说，"具体说说，到底怎么回事！"

杜军坐回椅子上，低头整理一下思绪，哭丧着脸说："一直以来，尹爱君的案子在一些网络论坛上，都是广受关注的话题。有许多网友在论坛上发帖子，发表自己对案子的分析判断。一开始我也只是随便看看，后来觉得网友的观点特别幼稚，就忍不住表明身份参与进去，得到了很多网友的追捧。

"再后来我干脆以群主的身份，建立了一个专门讨论尹爱君碎尸案的QQ群，吸引了众多迷恋刑侦和推理的狂热网友。他们经常在群里追着我，让我给他们看看现场照片，或者多透露一些案子细节，或者让我描述案发现场的状况……

"其实我建立这个群的初衷很简单，就是喜欢那种被大家推崇和尊重的虚荣感，后来我做股票赔了好多钱，想找点儿路子弄点儿钱，便开始打碎尸案资源和那些网友的主意。当然，我能够想到这一点，是因为一本英国小说带给我的启发。那本小说里讲，英国人把'开膛手杰克'的杀人路线开发成旅游观光景点，而且生意非常好，游客络绎不绝。于是我就想，是不是我也可以带一些侦探迷去参观碎尸案现场，从而收取一些费用呢？我试探着在群里提了几次，结果那些人非常踊跃参加……"

"你一共干过几次？"付长林忍不住插话问。

"两三次吧。"

"到底几次？"

"三次，每次四个人。"

"你了解那些人吗？"韩印也插话问。

杜军点点头："我也怕出事，所以只选择外省人，而且利用警察身份的优势对他们做了一些调查，还装模作样地跟他们签了份保密协议。"

"你还真是浑蛋到了极点，作为警察与你共事，简直是一种耻辱。"付长林稍微有些冷静下来，摇摇头痛心疾首地说。

杜军"扑通"一声跪到地上，拽着付长林的衣襟，带着哭腔说："老组长，我求你了，你们怎么惩罚我都行，别让我离开警察队伍好吗？我喜欢当警察！"

坐在对面一直未吭声的叶曦猛地拍了下桌子，冷哼一声道："你配吗？你配做一个警察吗？你顶得起帽檐上这颗警徽吗？等着吧，脱掉你这身警服，把你清除出警察队伍，那只是最基本的处罚！"

杜军总共接待了三拨"观光者"，意味着又多了12个嫌疑人，又都是外省的，这可愁杀叶曦了。不过韩印让叶曦不用担心，凶手抛尸如此顺利且不留痕迹，必定非常熟悉这座城市的街道，显然他要么就是本地人，要么就是在本地生活了好多年的。

至于杜军所建的QQ群，还是有必要仔细调查一番的。在韩印的建议下，专案组封存了杜军在单位和家里使用的电脑，安排技术人员立即提取群成员资料以及所有聊天记录，从中找出IP地址属于本市的，也许凶手就隐藏在其中。

几小时后，经过技术人员的努力，结果出来了。在杜军所建立的将近100个群友的QQ群中，IP地址属于本市的只有15个，而与尹爱君碎尸案有交集的只有一个。用这个IP地址登记的用户，正是16年间先后两次目睹碎尸残骸的环卫工人——沈秀兰。

韩印和叶曦大为振奋，一干人等火速杀到沈秀兰住处。他们在那里的确找到了"某些答案"，但真相令人唏嘘。

还记得早前韩印登门拜访沈秀兰家的情形吗？当时丁大民是这样描述妻子受到惊吓后的表现的："她成宿成宿睡不好觉，好容易睡着了又会被噩梦惊醒，经常心事重重、慌里慌张的，胆子变得特别小，吃饭也吃得很少，而且脾气大了许多，有时发起脾气来像变了一个人似的。"

这是典型的因突发性恐怖事件，导致"创伤后应激障碍（PTSD）"的症状，但那并不是来自沈秀兰，丁大民当时描述的症状，其实是发生在2008年考入古都大学，目前就读于中文系四年级，他和沈秀兰唯一的女儿丁昕身上的。

事实上直到这一刻，警方才发现，其实第一个目击尸体残骸、意识到那是来自人体的，是当时年仅8岁的小女孩丁昕。可以想象，这对一个孩子来说是一段多么恐怖的人生经历，也直接导致她患上了"PTSD"。而儿童PTSD的症状，一开始并没有成人那样明显，往往容易被家长忽略。由于缺乏及时有效的心理疏导，当这种症状持续到成年之后，便会导致焦虑症、边缘型人格障碍、解离性人格等精神顽疾。

如顾菲菲推测的那样，丁昕正是患有解离性人格——多重人格。在顾菲菲对丁昕进行催眠后发现，她人格中除了本格，还有三种人格：分别是"尹爱君""杀人者""告密者"。丁昕的本格是知道她们的存在的，但对她们所做的事情并不是太了解。

1996年1月18日，当母亲沈秀兰提着一只深色旅行袋回家时，8岁的女儿丁昕正在客厅里陪心爱的小黄狗玩耍。母亲告诉她，包里有肉片，是给小黄吃的。丁昕等不及，自己拉开了旅行袋拉链，看到了一包血色模糊的碎肉，伸手进去摸了一把，结果摸出一根人的手指。

此后，旅行袋中的碎肉和那根手指，便每天出现在丁昕的梦中，渐渐成为她的梦魇，而她也开始沉溺于打探碎尸案的所有细节，由此知道了旅行袋中的碎肉叫尹爱君。于是，当她无法承受碎肉和手指的画面在脑海中反复出现时，她需要一个"活着的尹爱君"，来将她发现碎肉和手指的事实变成一种假象。这次分裂大概在她17岁时，每当"丁昕"转换成"尹爱君"，她便会模仿外界传说中尹爱君的穿着和打扮，出现在尹爱君生前曾经出现的地方。而随着2008年她也考入古都大学中文系后，所谓的冤魂便自然会出现在尹爱君的宿舍之中。另外，据她父母回忆，在2010年8月左右，丁昕曾失踪两天，回来后他们在她口袋里发现一张由Q市返回J市的长途汽车票，但丁昕对自己去过哪儿、做过什么，一概不知。

　　大概五年前，丁昕最亲密的伙伴，陪伴她多年的小黄狗，被邻居不小心骑摩托车撞死了。当时，她亲眼目睹了惨剧，前所未有的愤怒和怨恨，让她产生杀死邻居的欲望。由于先前已经有过分裂经历，所以这一次她的人格中就相对容易地又分裂出一个"杀人犯"，来处理她的犯罪冲动。在"杀人犯"的人格中，就认为邻居已经被她杀死了，而杀人的整个过程，是从"本格"中唯一对杀人案的记忆复制过来的——她杀死邻居，把他肢解了，把尸体碎块装到一个深色的旅行袋中，扔到了华北路"大垃圾箱"前面。于是，当"丁昕"转换成"杀人犯"时，她就会出现在华北路抛尸现场。

　　韩印和康小北两名刑警登门拜访，并留下了一张名片，让"杀人犯"的人格感到前所未有的恐慌。她觉得她已经被警方盯上了，很快会因为杀死邻居受到法律的制裁。她想要到警局投案自首，但又缺乏勇气，杀人的恐慌与内心的挣扎让"杀人犯"痛苦万分，于是人格中再次分裂出一个"告密者"来减缓焦虑。而这个告密者和杀人犯是互相知道的，告密者时刻要警惕被杀人犯灭口，所以寻求帮助的午夜来电，便从韩印拜访完沈秀兰家开始。

　　目前在丁昕身上，总共体现了四种人格，当外界的某种刺激让她感到焦虑时，她就会随着心理需要在四种人格中转换。这是一种非常痛苦的人生经历，是需要丁昕本人极大的勇气，以及家人的支持和关爱去治愈的精神顽疾，可以想象，未来的路对这个家庭是多么艰难。

　　此时，韩印既悲痛又愤恨，他会把这笔账在凶手身上清算的！

第五卷
心理证供

我想在大地上画满窗子，让所有习惯黑暗的眼睛，都习惯光明！

——顾城

◎第二十八章　犯罪升级

也许
我是被妈妈宠坏的孩子
我任性

我希望

犯罪心理档案

每一个时刻
都像彩色蜡笔那样美丽
我希望
能在心爱的白纸上画画
画出笨拙的自由
画下一只永远不会
流泪的眼睛
一片天空
一片属于天空的羽毛和树叶
一个淡绿的夜晚和苹果

我想画下早晨
画下露水
所能看见的微笑
画下所有最年轻的
没有痛苦的爱情
画下想象中
我的爱人
她没有见过阴云
她的眼睛是晴空的颜色
她永远看着我
永远，看着
绝不会忽然掉过头去

我想画下遥远的风景
画下清晰的地平线和水波
画下许许多多快乐的小河
画下丘陵——

长满淡淡的茸毛

我让它们挨得很近

让它们相爱

让每一个默许

每一阵静静的春天的激动

都成为一朵小花的生日

我还想画下未来

我没见过她，也不可能

但知道她很美

我画下她秋天的风衣

画下那些燃烧的烛火和枫叶

画下许多因为爱她

而熄灭的心

画下婚礼

画下一个个早早醒来的节日——

上面贴着玻璃糖纸

和北方童话的插图

我是一个任性的孩子

我想涂去一切不幸

我想在大地上

画满窗子

让所有习惯黑暗的眼睛

都习惯光明

我想画下风

画下一架比一架更高大的山岭

画下东方民族的渴望

犯罪心理档案

画下大海——
无边无际愉快的声音

最后，在纸角上
我还想画下自己
画下一只树熊
他坐在维多利亚深色的丛林里
坐在安安静静的树枝上
发愣
他没有家
没有一颗留在远处的心
他只有，许许多多
浆果一样的梦
和很大很大的眼睛

我在希望
在想
但不知为什么
我没有领到蜡笔
没有得到一个彩色的时刻
我只有我
我的手指和创痛
只有撕碎那一张张
心爱的白纸
让它们去寻找蝴蝶
让它们从今天消失
…………

暮色垂降，黑暗弥漫大地。某住宅小区，一住户房中，灯火通明。

这是一套三室一厅的房子。此时，房子里只有一个男人，却点亮了所有房间甚至一厨两卫中的顶灯，仿佛希望这微不足道的光亮能吞噬掉整个夜的黑。

男人坐在貌似书房的房间，身前的书桌上摊着一本书。他怔怔地眺望着窗外夜色，口中低声吟咏着顾城的经典诗句。这个状态自从女人出门之后，他便一直保持着，已经有七八个小时了。他好像在等待某一时刻的来临——也许他惧怕黑夜（黑暗），但在等待更深的夜。

"……我想在大地上 / 画满窗子 / 让所有习惯黑暗的眼睛 / 都习惯光明……"男人的声音愈加低沉，直至肩膀索索抖动。他拉开书桌抽屉，从深处摸出一只长条黑色锦盒，打开盒盖取出一把钥匙，紧紧地握在手中，房间里随即响起一阵充满屈辱的啜泣声。

不知过去多久，墙上的钟摆敲响了十下，男人猛然从椅子上弹起——暴跳如雷。他几乎用尽全力在房间里哽咽嘶喊着："为什么？为什么你们都是这样？你们知道我有多努力、多努力吗？你们知道我有多么想成为一个好男人、一个好丈夫……"男人抬手指向天空，接着又指向挂在墙上的相框，眼神由愤怒委屈归于冷峻深邃，语气随之低沉起来，"是你，你，你们毁掉了我的梦，我要让你们付出代价！我爱你们，所以要惩罚你们！"

男人换上一身黑衣黑裤，罩上黑色兜帽，闪身出门。感应灯忽明忽暗，伴随着决绝的脚步声，楼道里回旋着男人阴森的吟诵："我在希望 / 在想 / 但不知为什么 / 我没有领到蜡笔 / 没有得到一个彩色的时刻 / 我只有我 / 我的手指和创痛 / 只有撕碎那一张张 / 心爱的白纸 / 让它们去寻找蝴蝶 / 让它们从今天消失……"

时间过得飞快，一转眼，韩印已经在J市待了将近两个月。

专案组各条线仍在有条不紊地进行排查，遗憾的是至今仍未获得有价值的线索。目前的排查中，从当年经历过"1·18"碎尸案的人群中，未发现对"1·4"碎尸案有重大作案嫌疑之人；具有多重人格的丁昕，虽然曾经对韩印造成一些困扰，但她有充分的证人证明案发时不在现场；在交警监控中心的协助下，专案组调阅了王莉失踪当晚，酒吧一条街附近的监控录像，未发现可疑车辆；关于马文涛和许三皮是否为"1·18"碎尸案凶手的问题，由于缺乏证据，暂时被搁置调查；余美芬的踪迹倒是有了点儿线索，在一家出租床铺的客舍中，查到她曾入住过的记录，但早在2月初她就搬走了，目前去向不明；冯文浩的监视任务一直由康小北负责，这段时间他基本是医院与住处两点活动，下班之后甚少外出，偶尔有一两次应酬，也未发现异常；算是好消息的，只有康小北和夏晶晶这一对。不知道康小北是如何做到在百忙之中，让他和女孩之间的恋情迅速升温的，总之两人已互相见过家长，而且双方家长对两人都甚是喜欢，大有让两人闪婚的意思。

当然，眼下最大的好消息莫过于还未出现第二个被害人。这对整个社会和广大市民来说是好的方面，但从警方角度来说，是案件侦破的瓶颈。

变态杀人的特殊性在于动机不明，也可以称为无动机杀人。凶手往往和被害人在现实中不存在任何交集，这意味着嫌疑人的范围可以是无限大的。虽然有犯罪心理学家的犯罪侧写报告来帮助缩小范围，但比起普通凶案的排查还是要超出许多。不过从性质上说，这种案件对警方来说也有有利的一面。凶手一旦开始作案，便很难抑制自己继续杀人的欲望。他逃脱第一次杀人，一定会卷土重来，会有第二次、第三次……他会给警方很多次抓捕的机会。很多时候，警方对这种案件往往也只能在凶手一次又一次的作案中去寻找破绽，最终锁定凶手。对所有警察来说，这个过程是充满无奈、矛盾和悲哀的，因为最终的成功，往往要经历一个、两个甚至更多无辜的牺牲者。这就是现实，没有人愿意看到，很残酷，但无法终结。

韩印心里很清楚，凶手一定会继续作案，下一个被害人何时出现，恐怕要取决于凶手"冷却期"的长度，取决于他是否再经受挫折……

2012年，5月1日，小长假最后一个休息日，早晨6点左右。新界口广场，警笛声此起彼伏，数辆警车蜂拥而至。

新界口广场总面积约2万平方米，直径约160米，绿化面积占去大半。绿色草坪、红色花蕊，还有十几棵参天松柏和银杏树，将广场装点得清新雅致。广场四周装有高级音响，每天定时播放世界名曲，设有供市民和游客休闲小憩的木质长椅。天气晴朗时还有成群的白鸽放飞，市民和游客可以近距离观赏和喂食白鸽。总之，平日里它是一个休闲、健身、游玩的好去处。但在这个闷热略带湿气的清晨，广场上空弥散的是浓浓的血腥之气。

此时，围绕广场整整拉了一圈的蓝白警戒线，线外有数名警员把守，皆肃穆而立，严阵以待。线内，法医和负责现场勘查的警员都在紧张地忙碌着。

如韩印所料，凶手又作案了！

报案人是几个一早结伴到广场中跳健身舞的阿婆。当时她们欲从南边入口进入广场，发现一个大黑色垃圾袋横在入口处中间的位置。阿婆们感到好奇，一边七嘴八舌议论着，一边随手打开袋子。袋口系得很松，阿婆们没费什么劲便将袋子打开，结果看到了一颗人头……接到报案，市局几乎全部出动，有关领导也在获知信息后悉数到场。

广场中央，J市副市长兼公安局局长武成强正对着身边几位副局长说着什么。武成强不时挥挥手，一脸恼怒，几位副局个个脸色铁青，主管刑侦的胡智国头垂得很低。尽管如今已很少有领导会提"限期破案"这种意识形态上的口号，但市里领导的忍耐、局里领导的忍耐、媒体和广大市民的忍耐都是有限度的，胡智国很清楚当被害人再度出现，他要面对什么。他下意识将目光投向广场南端，神情很是矛盾，期待和犹疑并存。

广场南端入口处，叶曦和韩印神色焦急地等待着法医顾菲菲现场初检结果。

黑色袋中只装着死者的一颗头颅，来自女性，年龄在25岁到30岁之间。死者头颅由喉头上部被整齐切下，双目下垂，双唇微张，眉毛和嘴唇有被化妆品浓抹的迹象。头颅在垃圾袋中的摆放呈"竖直立起"状，一头长鬈发整齐地披散在两侧，面孔朝向位于广场正南方的酒吧一条街。

"眼球微突，面部和眼结膜有点状出血，其余症状不明显，需要结合内脏器官症状才能完全确认死亡原因，不过初步判断，应该与上一个被害人一样，是被闷死的。"顾菲菲双膝跪在地上，双臂撑着身子，几乎趴在地上，冲着死者的头部观察良久，说道。说话间，她伸出手摸摸死者的下颌，又用一根手指按了按头颅脸部。"下颌处僵硬，面部肌肉很紧，尸僵未有任何缓解的迹象，估计死亡不超过24小时。但……"顾菲菲起身拍拍戴着白手套的双手，话锋一转，"但面部温度较低，也许尸体被低温存放过，我需要综合尸体器官的温度才能给出相对准确的死亡时间。"

顾菲菲抬头望向远处，助手们正在忙着测量和记录死者内脏器官和尸体碎块的温度。

"嗯，那就抓紧吧，争取快点儿出来结果。"叶曦咬着嘴唇，神情焦躁地说。转过头，正见姗姗来迟的康小北，她立马瞪起眼睛，怒气冲冲道："你怎么才来，干什么去了？"

"我，我，我在盯着冯文浩啊！"康小北怔了怔，小声嘀咕了一句。

"他昨晚在哪儿？"叶曦声音仍然很高。

"他，他……"不知是被叶曦少见的恼怒震慑到，还是什么别的原因，康小北支吾了一阵子，才声音低低地说，"他，他，在家，哪，哪儿也没去。"

叶曦没好气地瞪了康小北一眼，自顾自朝广场东边出口走去。

叶曦训斥下属的场面，韩印是第一次看到，而康小北吞吞吐吐的样子也很反常。叶曦的失态，许是因为又出现死者让她压力倍增，这点韩印能够理解，可为什么康小北要说谎呢？韩印皱起双眉，盯着康小北的眼睛，康小北明显有个回避的动作，但韩印并未点破。

新界口广场呈圆形辐射状，共交会八条马路，其中在东西南北四条主干道方向，设有四个出入口。凶手抛尸应在下半夜或者接近早晨，且五一小长假还未结束，故此间行人不多，抛尸现场得以完好保存。凶手将装着死者头颅的黑色袋子扔到南边出入口；装着尸块的袋子扔在西边出入口；装着骨头碎块的袋子扔在北边出入口；而扔在东边出入口的袋子中装的则是死者的衣物和内脏。内脏规整地放在一只小黑色垃圾袋中，在大袋子底部，上面整齐地摆着死者的衣物。

韩印和叶曦等人眼看着负责现场勘查的警员将一件件衣物装到证物袋中。

最上面是一件纱质略有些透明的红色短裙，接着是胸罩、内裤、一双黑色丝袜。末了，袋子中还有一双粉红色后跟超高的高跟鞋。

"看这身性感打扮，死者失踪当晚应该光顾过夜店。"韩印说。

"对。"叶曦点头表示认同，蹲下身子冲装着衣物和高跟鞋的证物袋分别打量了一阵说，"裙子质地、做工一般，高跟鞋是廉价货，打扮这么惹眼，估计要么是附近夜总会的小姐，要么就是流连在各个酒吧寻找嫖客的暗娼。"

"难道凶手把死者的头冲向酒吧一条街，是想告诉我们，他就是在这条街掳走死者的吗？"康小北皱着眉头，"在这儿掳走死者，又在这儿抛尸，他想干什么？是想嘲笑咱们警察？"

韩印凝神望向广场南边大街，一边思索着，一边点头说："有这种可能。"

"包呢？她的包哪儿去了？"叶曦像突然想起什么似的说，"穿得这么暴露，必然要有只包装手机、钱夹什么的，是被凶手带走了吗？这跟他在上一起案子中的表现可是大相径庭啊！"

"也许……"韩印抿了下嘴唇，面色骤然严峻起来，迟疑地说，"也许，这一次，他想让我们费点儿力气去确认死者身份吧！"说完这句话，他张了张嘴，看似还有话要说，但不知为何又生生咽了回去。

叶曦没太注意韩印的欲言又止，随即开始分派任务，眼下两大任务：一是要确认死者身份，二是要确认死者失踪时间。

既然冯文浩昨夜没有异常举动，那么暂时先撤销对他的监视。叶曦命令康小北用手机拍下死者头部，然后带着照片沿酒吧一条街逐店走访，看能否有人认出死者；同时吩咐姚刚将酒吧一条街以及广场附近所有能搜集到的民用监控摄像，全部调到队里，时间跨度限制在一周之内即可；指派专案组另一位警员赶赴交警指挥中心，调阅近几日广场附近的交通摄像记录，从中寻找死者以及可疑身影；另外又吩咐一名警员立即与各分局、派出所取得联系，查阅失踪案件记录，寻找与死者性别、年龄、外貌相符的案例……

任务分派到最后，韩印主动要求协助康小北走访。叶曦愣了一下神，不明白他为何有此意，但也只是一闪念，她现在没有心思考虑这些，便挥挥手示意韩印自己看着办吧。

　　此时在酒吧一条街走访，时间点不太合适。在这条街上开的店，包括酒吧、KTV、夜总会、舞厅等，基本都是晚间才开始营业，最早的也是午后才开张，而现在还不到早晨6点，实在有些难为康小北了。不过也是没办法的事，总不能干坐着等到晚上才来查吧？眼下康小北也只能敲开一家是一家，尽可能争取早些确认死者身份。

　　康小北依次走了十几家店，有的店门紧闭，有的有服务员或者老板应声，但要么表示不认识死者，要么说没什么印象。对此种局面，康小北有一定思想准备，也不气馁，继续耐着性子挨家店敲门。

　　这一路韩印都是默默地跟在康小北身后，板着脸始终一言不发，偶尔康小北冲他开两句玩笑，想活跃活跃气氛，他也总是面无表情。康小北不是傻子，感觉得到韩印对他的态度很冷淡，多少也能猜到些缘由——他很清楚，有些事情是瞒不过韩印那双犹如X光的眼睛的。

　　啜嚅了一阵子，趁着敲下一家店的空当，康小北终于绷不住，试探着说："咋了，印哥，怎么一句话都不说？"

　　韩印依旧面无表情，淡淡地说："我在等你说。"

　　"等我说？"康小北脸上挤出一丝笑容，"我不一直都在说吗？"

　　韩印注视着康小北的眼睛，长长叹息一声，语重心长地说："小北，我刚刚在叶队面前没有点破你，是想给你一次解释的机会。我知道你是个好警察，但难免会有疏漏，我不希望你用谎言去掩饰你的过错，尤其是与案子有关的方面。"

　　韩印说完这番话，继续紧盯着康小北。康小北垂下头，不敢看他的眼睛，脸上一会儿青一会儿白，表情极为不自然。末了，他尴尬地轻咳两声，道："印哥，我错了，我不该擅自脱离监视现场。我……"康小北鼓起勇气抬起头，咬了咬嘴唇，满面愧色地说，"昨晚，晶晶是10点的班，我寻思接她下班把她送回家，再回冯文浩那儿，耽搁不了什么事情。可，可到她家，她说爸妈去外地旅游了，让我上去坐坐，我就……"

　　"你在她那儿待到早晨？"韩印问。

　　康小北"嗯"了一声，低下头。

"这么说，冯文浩昨夜的活动情况你并不清楚？"韩印提高声音问。

康小北点了两下头，头垂得更低了。

"这种情况你先前有过吗？"

"断断续续地有过几次，这阵子比较频繁。"

"你……你糊涂啊……这么重要的案子，你怎么能溜号？你……"韩印手指着康小北，使劲白了他几眼，真想狠狠大骂他几句，但话到嘴边还是忍住了。毕竟小北还很年轻，身处在热恋中有些忘乎所以，再加上盯了一个多月，目标没什么动静，他心存侥幸也可以理解。

站在康小北的角度想了想，韩印的气没那么大了，忍了忍，语气缓和些说："好了，事情已经这样，就别自责了，先把眼下的事情干利索了，回头再想想怎么补救。对了，上次我让你派人到酒吧后面的出租屋打探冯文浩的消息，你做了吗？"

"打探了，不过没人见到冯文浩在那儿出没过。"

"这就怪了。"韩印边琢磨边小声嘀咕着，"他那天晚上，明知道有警察在跟踪他，还偏要去酒吧，接着又从酒吧后门消失，他究竟要干什么？难道就是为了戏弄警察？"

"说不定他就是这个目的。"康小北附和着说。

"你还有脸说，第一天监视就惊动了目标，那么接下来的监视还有什么意义？"韩印没好气地说。

"后面我很小心的，经常换不同的车子蹲坑，他应该不知道我们一直在监视他……"康小北替自己辩解着，然后怯生生地说，"印哥，我脱岗的事，能不能别告诉叶队，我怕她知道了，把我踢出案子。"

韩印白了他一眼，扔下一句："你最好求神仙保佑冯文浩和案子没牵连，否则谁也保不了你！"

韩印说这话，就是不想让康小北心里太好过，就是要让他把心悬着，目的当然是要他长点儿记性，记住教训。

午后，死者身份终于有线索了。

犯罪心理档案

死者的确是一家夜总会的坐台小姐。据一位与她来往密切的"姐妹"说，死者在4月28日晚11点多离开夜总会，当时她接了一个"出台"的活儿，客人是一个熟客。不过没过多长时间，死者给"姐妹"打来电话，说客人临时有事，把她一个人搁路边了，还说她就不回夜总会了，直接打车回家睡觉，之后便再未出现过。

由于带死者出台的客人是夜总会熟客，所以康小北和韩印没费多大力气便找到了他。"熟客"是一家公司的销售主管，他承认当晚曾带死者出台，不过临时接到客户电话有要事商谈，便让死者在新界口广场转盘附近下了车。

"熟客"与"姐妹"的话可以证实：死者失踪的时间应该在4月28日晚11点左右；失踪地点与王莉相似，都在新界口广场转盘附近。

由此也证实了韩印先前的分析：凶手第二次作案，果然遵循了第一次作案的方式，通过在广场监控摄像盲点区域，冒充黑出租车，诱使死者主动上车，从而将死者掳走。这就是行为证据分析中通常所说的犯罪惯技。有此一点，也可以作为并案的一个考量。

韩印和康小北赶到死者租住的出租屋，找到房东打开门。在里面搜索一阵子，未发现有价值的线索，只找到死者的身份证。死者叫田梅，29岁，外省人。通过手机号码查阅电话记录，死者失踪当晚最后一个电话，即与夜总会"姐妹"的通话，手机目前处于关机状态。

接着，是监控录像的消息。

在交警指挥中心的监控录像中，未发现可疑车辆和凶犯踪影；围绕广场以及南街附近的民用、商用监控录像资料正在仔细审阅中，目前还未发现可疑之处。而调阅监控的重点，当然是广场中的监控设备，从中也确有发现。但这个发现并未让凶手现形，只是基本确认了抛尸时间。广场中共有两处监控设备，分别在凌晨3点05分以及3点07分，摄像头突然被泼满黑色油漆，显然是凶手所为，这意味着凶手是在凌晨3点左右进行抛尸的。

接近下班时间，法医顾菲菲又发来短信，告知尸检有结果了。韩印急忙赶到市局法医科，径直来到解剖室。顾菲菲和她的助手们正围在尸检台边忙碌着，尸检台上，一个用若干骨骼和肉体碎片拼凑的人形已初见模样。

顾菲菲瞅见韩印，吩咐助手继续，自己脱掉乳胶手套，挥挥手招呼韩印到她的办公室。

"知道你着急，所以叫你过来，先把一些重点检测结果告诉你。"顾菲菲从桌上拿起一份报告交到韩印手上。

韩印接过报告翻看，顾菲菲也未闲着，进一步解释说："死者面部皮肤、眼部结膜有点状出血，内脏器官瓣膜有淤血，外出血呈暗红色，无早期凝固迹象，装裹头颅的垃圾袋中提取到鼻液和痰液。可以确认：死者与上一起案子被害人王莉一样，都是被黑色垃圾袋闷死的。

"死亡时间，由于分尸原因造成很多指标被破坏，所以比较难以判断。从下颌部和面部肌肉的僵硬度来看，应该正处于尸僵值顶峰状态，所以死者死亡绝对不超过24小时。而尸体包括内脏和肉片在广场中测量的温度只有12℃左右，这就出现矛盾了。生活机体在体温调节中枢控制下，热量产生和发散保持平衡，机体的体温能恒定保持在37℃左右。人死后，新陈代谢停止，不再产生热量，而热量的发散继续进行，尸体温度便会逐渐下降。我查了下昨天的气温情况，白天最高气温是28℃，夜间最低气温为17℃，室内温度在15℃到20℃之间。通常在这个环境温度中，死者死后最初的10小时内，平均每小时体温下降1℃，而10小时后平均每小时下降0.4℃~0.5℃。凶手如果是在死者死后不久，于室内分尸的话，那么从温度推算，死者至少已经死亡40小时。两个矛盾的推测值显示的是，死者尸僵缓解相对较慢，尸冷下降过快，唯一的解释就是尸体被低温存放过。个过尸体残骸上未发现冰冻过的迹象，可以排除冰柜或者冰箱，所以我认为，凶手一定有一个藏匿被害人的'地窖'。

"至于相对精确的死亡时间，只能暂且从尸僵和尸斑角度判断。从死者臀部碎片组织看，颜色呈淡紫色，显示尸斑已经到了浸润期，再综合尸僵值，以及窒息死亡与低温环境下尸僵发生时间相对缓慢等因素，死亡时间应该在碎尸被发现的24到30小时之前。

"死者的尸斑主要显现在臀部以及四肢后部碎片中，但背部碎片中未见有。这说明，死者被分尸时仰面朝上，但接触表面并不平整。

"目前大致看，尸体碎片近千块，手指甲和脚指甲被染过指甲油，手腕处和脚腕处有绳索绑过迹象，切口与上一起案子相符，来自相同的专业工具，手法也同样专业。内脏器官完整，无缺失……"

顾菲菲一口气将尸检报告以及相关推测做了详细说明，不知是因语速过快，还是最近太过劳累身体有恙，说到最后竟一阵猛烈地咳嗽，韩印赶紧拿起放在桌上的保温杯递过去。

"怎么，身体不舒服？"韩印看着顾菲菲将保温杯中的水一饮而尽，问道。

顾菲菲放下杯子"嗯嗯"两声，清清嗓子说："这两天有点儿感冒。"

"注意休息，多喝点儿水。"韩印关切地说。

顾菲菲勉强露出一丝浅笑："我知道，谢谢。"

"是不是没找到与凶手有关的证据？"韩印将话题转到案子上。

"目前还未发现。"顾菲菲用力忍着嗓子里的干痒，微微颔首，接着止不住又是一阵咳嗽。

见顾菲菲一副病恹恹的模样，韩印不想再打扰她，丢下几句注意身体之类的客套话，便离开法医中心。

夜已深，灯火依旧，专案组。

随着凶手继续作案，来自各方的关注和压力猛然增大，它们自上而下层层传递，最终都落到专案组组长叶曦身上。上面领导自然不会管你案子有多难办、凶手有多狡猾，人家要的是一个结果——案子你办不了，那就换一个人来办。好在叶曦在市局属于功勋卓著，口碑一直不错，领导一时难以轻易将她换掉，但话里话外已经透出些意思：若是被害人持续出现，叶曦恐怕就要交出"帅印"了。

此时，叶曦坐在电脑前，反复观看新界口广场以及南边大街周围的监控录像，她就不相信凶手真的会如有神助，逃脱所有监控摄像的镜头。偶尔，她也会停下来，歇歇眼睛，扭头注意一下呆立在身后的韩印……

叶曦背后的墙上，挂着一张巨大的白板，上面由磁铁固定着两张来自抛尸现场头颅的照片，分别属于碎尸案两个被害人王莉和田梅。韩印盯着这块白板，已经默默思索了几个小时。

被害人田梅的出现，确认了韩印先前对被害人的研究——凶手侵害对象是具有固定形象的。把田梅和王莉的照片放在一起比对，可以发现两人脸形非常像，都是瓜子脸，面部颧骨都稍微凸出些，也都留着一头长长的如瀑布般的鬈发，当然，还有她们失踪时都身穿惹眼的红色衣服。

年龄在30岁左右，相貌相对成熟，复古80年代烫发，妆容精致，衣着鲜艳。这样一种形象，促使身处极度愤怒中的凶手产生深层次的应激反应，最终实施了连续变态的暴力行为，显然惩罚对象在凶手心中已潜藏数年。目前已经可以认定，凶手初始的刺激源就来自他的母亲。

另外，已经有充分证据显示：凶手是用黑色垃圾袋套在王莉和田梅头上，最终闷死两人的。闷死的原理，简单点儿说就是阻碍被害人呼吸，使得被害人体内急剧缺氧，二氧化碳蓄积太多引发器官坏死，最终导致死亡。这一手法相较于其他杀人方式，死亡过程相对较长，心理恐惧体验最为惊悚，再加之黑色垃圾袋让死者失去了空间感和方向感，死者死亡瞬间所承受的恐惧实在令常人难以想象。凶手在两次作案中，都使用如此残忍和如此烦琐的杀人方式，已经不是简单的杀人惯技问题，而是一种标记行为，一定带有某种寓意。

关于时间点的问题：凶手再次作案仍然选择公众假期，意味着他确实有一份正常职业。另外，田梅失踪于4月28日晚11点左右，碎尸出现在广场是5月1日凌晨3点左右，而法医报告显示死亡时间为碎尸被发现前的30小时左右，表明凶手掳走田梅并未立刻杀死她，而是让她存活了24小时左右，同样第一起案件的被害人王莉，也是在被掳走的24小时之后才被杀的。凶手为什么要让她们多活一天呢？在这一天当中，他又做了什么？也许他想充分享受支配、主宰、控制命运的快感，也许他想尽可能长时间地虐待、凌辱死者……总之，这是一种固定模式，意味着死者在失踪最初的24小时内有被解救的希望。因此韩印考虑应该通知全市各分局、派出所，在接到失踪报案后要第一时间上报至专案组，从而争取解救失踪者的时间。

犯罪心理档案

关于凶手职业的问题：凶手在30小时内干净利落地完成一系列杀人碎尸动作，时间如此短暂，手法又相当专业，让韩印不得不重新审视凶手的职业。凶手应该与"1·18"碎尸案有交集，同时又从事或者曾经从事过相关使用刀具的职业，或者家庭背景中有这样的职业经历。当然，目前有这样一个嫌疑人——冯文浩。不过这对先前的侧写报告只是一个小的补充，很多案例表明，连环杀手在此方面都有相当强的天赋。

关于凶手选择抛尸地点的问题：如果说凶手因为担心原抛尸地被警方监控，所以在第二次作案中把尸体抛到别处是可以理解的，那么选择抛尸在市区内最繁华地段，甚至就是他掳走死者的区域，则显得过于激进和冒险。这分明是一种刻意的展示，表明凶手犯罪有快速升级的迹象。对连环杀手来说，随着连续不断的作案，他们的欲望也会随之升级，从起初以伤害他人来获取满足感，逐渐地会转而追求更深层次的刺激——比如公众和媒体的关注度，带给他们的虚荣感；比如警方对他们的关注，带给他们的成就感。但在以往的案例中，很少有如本案——犯罪人在第二次作案中，即表露出犯罪升级的特征。这说明本案凶手确实有很成熟的思维以及超于常人的智力，同时也表露出他已经开始享受被警方关注的满足感，而这种满足感如此之强烈，则进一步表明他已经和警方有过近距离的接触了，也就是说，凶手就存在于专案组先前访问过的嫌疑人当中。这样看来，一直在案件中反复被提到的余美芬，应该可以正式排除嫌疑了，但还是要尽力找到她，希望她能为"1·18"碎尸案带来关键性的突破。眼下，韩印认为不需要再继续大范围地排查了，紧要的是将各个组排查过的嫌疑人合并起来，从这些已接触到的嫌疑人当中找寻凶手的踪影。

还有一点可能对解读凶手背景有很重要的作用：凶手为什么要把死者的头颅冲向正南方？本来韩印也认同康小北的说法，认为凶手是在告诉警方，他是从什么区域掳走被害人的。可是当他再翻阅先前的现场照片和卷宗时发现，王莉头颅被发现时也是冲着正南方，而"1·18"碎尸案则不然，尹爱君的头颅是仰天朝上的，看来从一开始凶手就并不缺乏原创。可是，这种标记行为有什么寓意呢？是一种下意识的行为，还是凶手的一种诉说？在这个问题上，韩印纠结了好长时间仍不得其解，但他相信，这绝对是一个具有指引性的行为……

时间已经来到下半夜，当韩印仍然沉浸在案件的思绪当中时，突然听到叶曦用兴奋的语调嚷着："找到了，终于找到了，竟然真是这个家伙……"

韩印转过身疾步走到叶曦电脑桌前，只见显示器屏幕定格的画面上，显出一张熟悉的面孔——日期是5月1日凌晨1点，新界口广场附近一家银行的ATM机前，监控录像记录下冯文浩取钱的身影。

早晨。

当冯文浩和母亲走出居住的单元楼大门时，发现已有一队警察守在门口。随即有警员上来向他亮出警官证以及拘传证，掏出手铐将他双手铐住。冯文浩未做任何挣扎，相当配合地坐上了警车。

审讯室里，手铐已经打开。冯文浩仍保持着平和的态度，一脸无辜地微笑着瞅着桌子对面的韩印和叶曦。但额头上细密的汗珠以及衬衫的汗湿，还是暴露了他的紧张情绪，显出他不过是在强作镇定而已。

同时韩印注意到冯文浩的着装问题。J市的气候特点是春秋短冬夏长，几乎感觉不到春天的存在，便一下子跨到盛夏，时值5月初，气温已接近30 ℃。这样酷热的天气，冯文浩却穿着长袖衬衫，且袖口系得紧紧的。更让韩印起疑的是，冯文浩从进审讯室开始，右手就一直在摩挲衬衫左边袖口的扣子，这个动作韩印在上一次的谈话中已经注意到，不知道这是他一贯释放压力的习惯动作，还是那袖口里面藏着什么秘密？

韩印翘着嘴角讥诮地打量着浑身冷汗的冯文浩，片刻之后，他哼了下鼻子道："气温这么高，您还穿长袖衬衫，袖口还系得紧紧的，捂得这么严实，不热吗？"

"还好，职业习惯，做医生的总想尽可能远离细菌。"冯文浩说着话，右手下意识地缩了一下，表情很是尴尬。

韩印只当没看见，继续说："把你从4月28日晚至昨日凌晨3点的行踪，具体说一下。"

冯文浩笑了笑说："没什么可说的，很简单，这几个晚上，我应该和往常作息一样，吃饭、上网、看书、睡觉。"

"'应该'！通常在确认某件事时，运用这种模棱两可的词语，从我的专业上讲你是在说谎，我说得对吗？"韩印抓住冯文浩语句中的漏洞，逼问道。

"哦，我只是顺口说的，确实有些用词不当，但我说的是事实。"冯文浩不动声色狡辩道。

机会已经给过了，可冯文浩并不领情。韩印不愿再多废话，他把放在身前的一张照片，掉转方向推到冯文浩面前："这个是你吧？"

"这个……这个……"冯文浩手拿着照片，颤巍巍地支吾着。

"看看上面的日期。"韩印声色变得严肃起来，"解释一下吧！"

"我，我确实去取了点儿钱，也只是取了点儿钱，别的什么也没干。"冯文浩明知警方没有进一步的证据，便只承认监控录像截图照片上记录的事情。

"什么也没干？你在等她……还有她吧？"一直在旁边冷着脸的叶曦突然爆发，从文件夹中取出两张照片，依次猛地拍到冯文浩面前。

冯文浩瞥了一眼王莉和田梅头颅的照片，随即将照片推到一边，面露惊恐，急切地解释："我不认识她们，也没见过她们。"

冯文浩面对照片一瞬间的动作，应该说符合第一次见到血腥被害人的反应，这么说，王莉和田梅的案子和他无关吗？

韩印正凝神思索着，叶曦已然按捺不住，霍地起身走到冯文浩身旁，用力拽脱了他左边衬衫袖子上的扣子，将袖子撸到上臂。在韩印刚刚的提醒下，她也觉得那袖口里可能隐藏着什么，说不定会是作案时留下的伤痕，但是她看见的是一条布满无数针眼的手臂……

眼前的场景出乎意料，叶曦惊声大叫道："你，你吸毒?!"

"你是医生，怎么能吸毒呢？你就不怕在手术台上犯毒瘾吗？你不为病人考虑，也应该为自己的前程考虑啊！"韩印也一阵惊诧道。

真相被揭开了，这一瞬间冯文浩好像卸掉一个沉重的包袱，没有慌乱，反而整个人都释然了。他默默地点头承认，甚至脸上还强撑着微笑，但随即泪水夺眶而出。

"前程？事到如今，还谈什么前程！"冯文浩哽咽着喃喃地说，"美芬说过，孩子打掉之时，我们之间便没有任何关系了。可她知道我的感受吗？我看到孩子了，七个月，已经成形了，是个女孩，眼睛特别像我。那一刻，我的灵魂和我的孩子一起灰飞烟灭，剩下的只是一具皮囊。杜冷丁、大麻、冰毒、白粉，这就是我在国外的生活。有它们的存在，我才能感觉到自己还活着，真实的世界对我来说没有任何色彩。"

"你是医生，你应该最清楚，那些东西给你的只是虚幻，剥夺的却是你的一切！"韩印痛心地说。

"无所谓了……无所谓了……"冯文浩喃喃自语，泪水糊面。

几乎每一个"瘾君子"背后的故事都很凄惨，这样的事情叶曦见多了，所以未如韩印般动情，她冷着声音说："这么说，昨天凌晨你取完钱，又去买毒品了？"

"嗯，对。我毒瘾上来，实在熬不住，碰巧你们监视的人也不在，我就去酒吧买了几包粉。"冯文浩使劲抽着鼻子说，"先前那晚也是，我实在憋不住，明知你们在楼下监视，还是铤而走险，去酒吧买了次粉。"

听着冯文浩的话，叶曦转过头冲着单面玻璃狠狠瞪了一眼。当然，这一眼是冲着身在单面玻璃背后观看审讯的康小北的。转回头，她继续问："早前那次，你从酒吧消失了一段时间，干什么去了？"

"我知道你们肯定要盯我一段时间，那一次便想多拿些货，但卖家当时没有那么多，便带着我去出租屋取货。"冯文浩解释着。

"你去存货的地方了？"叶曦追问道。

"去了，可是他们很谨慎，蒙着我的眼睛，不过我想就在酒吧附近。"

"卖你货的是谁？长什么样子？"

"我只知道他叫小黑，长得……"

叶曦连续追问冯文浩买毒品的细节，看来此时她心里正盘算着要端掉那个毒窝！

◎第二十九章　看见头颅

在冯文浩的协助下，卖给他毒品的马仔小黑被秘密逮捕。由此一个在夜间穿梭于酒吧贩卖各种迷幻剂和毒品的团伙，被市局缉毒组暗暗锁定，待时机合适时便会全面收网。小黑证实了冯文浩买毒品的时间，这样他的嫌疑最终得以解除，但他须接受为期半年的强制戒毒。

在韩印的提议下，专案组现在已经停止继续全面排查的动作，转而集中复查已经接触过的嫌疑人，尤其对一些没有确凿不在案发现场证据的要进行重点调查。

由于在监视冯文浩的任务中出现重大失职，叶曦决定将康小北调离专案组。叶曦现在的脾气是越来越硬，铁腕的一面逐渐显露，任凭康小北哭天抹泪百般央求也不为所动，仍然维持原先的决定。无奈，康小北只得觍着脸去央求韩印，希望韩印能帮他求求情，好让他继续留在组里。韩印对小伙子的印象不错，而且两人配合非常顺畅，所以他第一时间找到叶曦，让她再给康小北一次机会，并保证会亲自看着他。韩印的面子叶曦当然是要给的，所以最终康小北有惊无险地留在了组里。

入夜，窗外细雨绵绵，房内，灯光泛黄。

床上、地上、桌上，摆满来自碎尸现场的照片，各种角度，各种残肢，血腥异常。如果有谁冷不丁走进房间，一定会认为这里住着一个变态杀手，但这是韩印住的招待所的房间。此时，他坐在床头，时而注视着某张照片思索良久，时而拾起放在脚边的案件卷宗一遍遍地翻看，他在寻找"头颅竖立冲向南方"的答案。

这是凶手在第一起碎尸案中唯一的原创行为，并且延续到第二次作案中，想必这种方式对凶手来说意义非凡，如果能够有效解读，对"1·4"碎尸案来说一定会有一个飞跃性的突破。可是几小时过去了，韩印脑袋里没有丝毫的火花碰撞，一点儿头绪都没有。他望了眼墙上的挂钟，随手抓起放在桌上的房卡离开了房间。

他想用实物做一次模拟，也许会得到些灵感。

晚上十点半左右，韩印来到市局法医室，正好顾菲菲值班，他不用多费口舌解释。

"这么晚了还乱跑什么？外面下雨也不知道打把伞。"顾菲菲见韩印浑身湿漉漉的，一半埋怨，一半关心地说。

韩印抿嘴笑笑，说："知道你值班，特意来慰问一下。"

"得了吧，我才不信呢。"顾菲菲撇撇嘴，"说吧，要干吗？"

"我想看看王莉和田梅的头颅。"韩印说到正题，表情归于严肃。

"大晚上来就为了看这个，要不要一会儿我给你打个包带回去啊？"顾菲菲带着玩笑的口气嗔怪道。

"不用，不用，是这样的……"韩印连忙笑着摆手，大致解释了一下。

"哦。"顾菲菲起身冲韩印勾勾手，"那来吧，在解剖室里。"

韩印随顾菲菲走进解剖室，帮着她把两颗头颅从冷柜中搬出来，面朝南面方向，竖立并排摆在尸解床上。两颗头颅上都挂着一层白霜，散发着凉凉的雾气。韩印和顾菲菲站在对面直直地注视着，谁也不吭声。

过了好一阵子，韩印摇了两下头，脸上挂着一丝沮丧的神情，他在头颅面前来回踱起步子，嘴里忍不住念叨着："这是'你'的一种习惯吗？还是与'你'初始的刺激源有关？'你'想让她们看什么？难道是因为'你'住在这座城市的南面……"

见韩印仍一副百思不得其解的焦急模样，顾菲菲也跟着着急，她把脸凑近两颗头颅打量一阵，然后又绕到头颅后面，与它们的视线处在同一方向。

她顺着头颅视线望去，叹息一声，说："嘿，你们到底看到了什么呢？"突然，她愣了一下，好像看到什么似的，急促地说，"等等，我看到了！"

韩印赶忙定住脚步，转身冲向顾菲菲，"看到了什么？"

"你！！！"顾菲菲拖长了音，低沉地说。

"我？！"韩印怔了怔，随即低头眨了两下眼睛，猛地一拍双手，兴奋地嚷道，"这就是凶手第一次看到尹爱君头颅的情形，他一定就在当年认尸的那些古都大学师生当中！"

突然的顿悟，让韩印情绪少有地激动，他绕到顾菲菲一边，情不自禁地拥住她以示庆祝。顾菲菲很是意外，僵着身子，冷冷地说："这算什么？"

"什么，什么？这算是祝贺咱俩默契合作啊！要不然，你觉得呢？"

"要是有别的意思，我就把你这双手扭断。"顾菲菲声音仍然冷冷的，但脸上的神情与韩印一样兴奋，她轻轻拍着韩印的后背，祝贺他终于进一步锁定嫌疑人了。

兴奋劲儿过了，二人赶紧回到法医办公室，找出当年认尸的记录。发现签字确认碎尸身份的竟然是余美芬，这有些不合常理，按理说应该由带队老师来签这个字。韩印抬腕看了看表，已经很晚了，但顾不了那么多，他掏出手机把电话打到付长林那儿，他估摸着付长林应该很了解当年认尸的情况。

电话里，付长林的声音一开始有些含糊，显然还没有完全从睡梦中清醒过来，可当他听到韩印说起刚刚的发现时，声音立马洪亮起来。

付长林在电话中介绍：当年正好是他负责接待认尸的古都大学学生和老师，原本在接待室师生们看过被害人的一些衣物，就基本确认了碎尸身份，但当中一个女学生强烈要求亲眼看一下尸体，于是付长林就把她带到解剖室。可能是想让她看得清楚些，法医就把头颅摆到一个小台子上，付长林特别仔细地回忆了一下，当时尹爱君的头确实是竖着摆放的，而且面向的正是南面。

挂掉电话，韩印对顾菲菲复述了付长林的介绍。顾菲菲想了一下，迟疑地说："当年负责尸检的法医情况，我曾经询问过，他已经因病去世了，那看过头颅摆放方式的就只剩下付长林和余美芬了……"

"不会是付长林！"韩印脱口打断顾菲菲的话，"如果是他作案，他的动机只能是希望通过模仿作案来引起警方的注意，从而重新对'1·18'碎尸案进行调查，那么他只需要作一次案就足够了，而且他的年龄也不相符。"

"那就是余美芬了。"顾菲菲顿了一下说，"可我听叶队说，你已经将她排除出案子了啊！"

"要是余美芬的话，那我针对凶手的侧写几乎全部被推翻，但这种概率很小，案子特征非常明显，凶手的行为不是隐蔽在深山多年的余美芬能做到的。当然理论上不能绝对排除她是凶手的可能，但我更倾向于凶手是她身边的人！"韩印语气坚定地说。

"你的意思是说，余美芬曾把自己看到头颅的情形，详细描述给身边的某个人，而那个人就是凶手？"顾菲菲深深叹息一声，继续说，"真没想到，余美芬会成为两起碎尸案中最关键的人物，看来眼下最最重要的是尽全力找到她！"

韩印点点头，按下手机拨号键，这次是打给叶曦的……

窗外的细雨不知何时已悄悄停下，夜色中阴云正逐渐散去，看来明天将会是一个阳光灿烂的好天气，但愿"1·4"碎尸案同样也会迎来曙光！

次日，专案组例会。

会议刚开始，武局长突然出现在会议室，他脸色凝重，在叶曦耳边轻语几句，便接下会议的主持权，大家都能感觉到会有某项重大的决定要宣布。韩印的心一下子提到了嗓子眼儿，担心局长顶不住来自上方的压力，需要找出一个"替死鬼"来对目前办案不力的局面负责，这个替死鬼必然是叶曦无疑，而他也很可能连带着被踢出案子。

局长用严厉的眼神环顾会场一周，清了清嗓子，沉声说道："经局党委讨论通过、经市委同意，决定将本次连环杀人案详情向社会通报。"局长顿了一下，接着说，"我知道这将会为专案组的侦破工作带来很大困难，来自社会各界的种种干扰和压力可能由此加剧，但我们不能让群众再次受到伤害。我们有责任提醒广大市民，尤其是晚间下班的女同志，一定要注意自己的人身安全，注意着装，注意结伴而行……"

原来是自己多虑了，局长的一番慷慨陈词，让韩印悬着的心放了下来，但心情依然非常复杂。情感上，J市政府以及警方勇于承担压力，对市民人身安全负责任的态度，令他由衷钦佩；但理智上，正如武局长所说，会给案件的侦破工作带来一定的困难。凶手在第二次作案中已经表露出犯罪快速升级的迹象，如此一来只怕凶手的犯罪欲望会更加高涨，"表现"欲望也会空前地强烈。那么此后的作案中，女人容貌、红色衣物、长鬈发，对他来说很可能都不重要了，重要的是如何掌控局面、如何主宰摆布警方办案。当然，他的犯罪标记行为不会发生改变，因为那是他的签名，他需要万众关注，他需要告诉世人，那是他的杰作。

武局长宣布完决定后退席。叶曦接着主持会议，她宣布："各组立即停下手中的各项任务，集中警力寻找余美芬的踪影。联合各分局、各派出所警力，在全市出租屋密集区域内采取地毯式排查，对所有地产中介进行走访，深入社区，深入住户，细致询查……"

◎第三十章　尸体证据

2012年，5月4日，星期五，下午2点40分。

余美芬终于被找到了，但是出现在韩印和叶曦视线中的，已经是一具"证据"——尸体证据。

对！她死了！

她赤身裸体仰躺在浴室的白色地砖上，头部微微偏向身体右侧，枕在暗红色的血泊之中。距离头部不到半米远，便是一个白色的大浴缸，浴缸外沿尤其是冲着她头部的部分，留有一道横向血痕，周围墙壁上有不同程度的血溅迹象。

"尸僵已大幅缓解，身体出现局部腐败现象，尤其是右下腹壁以及腹股沟部位绿斑现象严重，死亡时间应该在距现在48小时至72小时之间，也就是5月1日到5月2日之间。不过死者腕上的防水手表可以进一步确认时间，手表已经摔坏了，日期停顿在5月1日，指针停顿在8点附近，这个8点应该是晚间的时间。尸斑主要淤积在尸体背面，显示她死亡之后未被移动过。死亡原因很明显，是因枕骨严重骨折导致的，创伤部位为线形状，与浴缸外沿相符。现场血迹属于喷溅形态，呈长条状，显示死者当时是活着的，且身体处于移动状态下。所以死者要么是因地面湿滑失足跌倒摔死的，要么就是被外力推搡跌倒摔死的，后者需要综合外部证据判断。"顾菲菲现场初检之后，对叶曦和韩印做了汇报。

报案人是房东。据他说，房子是他在2月租给余美芬的，就只有她一个人住，下午他路过小区，顺道来结水电费时，发现她已经死了。

房间内没有被大肆翻动的迹象，但台式电脑机箱侧盖被拆开，里面的硬盘不见了，手机也不见了，但钱包还在，里面有她的身份证和一张信用卡，还有

241

几百元钱。房间里提取到一些指纹,从方位上看应该是属于死者本人的。门锁没有被撬过的迹象,如果是他杀的话,凶手要么是敲开房门,要么是自己有钥匙,应该是熟人作案。

房东的作案嫌疑很快被排除,可以追查的只有那张信用卡。叶曦吩咐康小北趁银行还没关门,赶紧去查一下信用卡消费和转账记录。

过了不长时间,银行方面的消息反馈回来,转账记录显示:自本年2月开始,每月都有一笔8000元的金额转进余美芬的信用卡,最后一笔转账发生在4月16日,转账方户头登记在"牟凡"的名下。核查身份证号码,这个牟凡就是许三皮的朋友,那个畅销书作家。

综合目前证据,由于有电脑硬盘和手机的丢失,案件暂时倾向于他杀,与余美芬有金钱往来的牟凡自然是调查的重点。而因为"1·4"碎尸案的调查,韩印和叶曦曾在许三皮的宴会上与其接触过,并且"1·18"碎尸案案发时,牟凡也租住在古都大学附近,还接受过警方的排查,那么他会不会与"1·4"碎尸案有关呢?先前由于韩印认为他不符合画像报告的范围,故未对其认真调查过,也许是一个很大的疏忽。事不宜迟,韩印和叶曦决定立即前往牟凡住处与其当面接触一下,摸摸他的底。

黄昏时候,城市西郊,高档别墅区。

牟凡现在虽是有点儿名气的作家,但也曾有过相当长时间的蛰伏期。和省内许多怀揣作家梦想的年轻人一样,为了寻找机会,当年他也在古都大学周围租住了多年。那段日子对他来说尤为艰难,他一边坚持小说创作,同时还要维持生计。他在古都大学附近摆了个书摊,卖些八卦杂志和盗版书什么的,顺便也卖些学生用的生活用品以及女生爱戴的小饰物,甚至还在过年前卖过烟花,总之能赚钱的他都会卖。后来,他终于得到一位编辑的赏识,出版了人生中第一部小说,但未料小说销量奇差,坊间反馈评价也不是很好,严重打击了他写作的信心。在经历一段时间的人生低潮后,他遇见后来成为他妻子的、一位知名的图书策划人。在妻子的帮助和包装下,他的作家之路才渐渐明朗,直至后来创作出一系列畅销作品。

一系列畅销作品为他带来了高额的版税收入，自然便有了豪车、豪宅以及高品质的生活。和大多数中国富人一样，如今他妻子和女儿移居海外生活，而他由于需要相对独立清净的创作空间，则单独留在国内。

牟凡向来嗜烟如命，惯常是烟不离手，而近来他疯狂地爱上了雪茄，尤其是古巴雪茄，那浓烈而鲜明的烟草味道总让他灵感迸发。此时，他置身于自己奢华的别墅客厅中，坐在茶几前，时而敲击一通笔记本电脑键盘，时而品尝一口几百元一支的"COHIBA"雪茄，整个人完全陷入小说的创作情境中，以至于门铃响了好长时间，他才反应过来。

突然造访的当然是叶曦和韩印。

刚踏进客厅，一股浓烈的烟草味道猛地蹿进二人鼻息中，呛得他们忍不住一阵剧烈咳嗽。牟凡见状，赶忙关掉空调，推开窗户，反身又熄掉搁在茶几烟灰缸上还燃着的雪茄。

"不好意思，呛着二位了，没这玩意儿，我写不了东西。"牟凡扬了扬手中的雪茄，指着客厅沙发邀请二人坐下，"二位喝点儿什么？茶还是咖啡？"

"不用，别忙了，你坐下吧。"叶曦摆摆手，示意他坐到侧边沙发上，紧接着进入正题，"你认识余美芬吗？"

"认识啊！"牟凡干脆地答道。

"你们是什么关系？"叶曦继续问道。

"朋友！普通朋友关系。"牟凡说。

"普通朋友关系，怎么会每个月给她8000块钱？"叶曦盯着牟凡追问。

"呃，这个……"牟凡迟疑了一下说，"她经济状况不好，我帮帮她而已。"

"有你这样的普通朋友可真不错。"韩印笑笑，随手拿起放在沙发前茶几上的全家福照片，打量着问道，"你女儿很可爱，你一定很爱她吧？"

"当然了！"牟凡一副不容置疑的口气说。

韩印把照片放回茶几上，盯着牟凡的眼睛，继续问："那你爱你妻子吗？"

"我爱我的妻子啊！"牟凡表情有些生硬地紧跟着说，"我妻子对我帮助很大，我们感情特别好。"

韩印抿嘴笑了笑，讥诮地说："你不用过分强调，这样会让我们觉得有些'此地无银'的味道。"

韩印的嘲讽令牟凡脸上现出一丝不快，他怔了一下，随即低头陷入思索。末了，他抬起头，做出一副无奈的样子说："好吧，我承认我包养了余美芬，还请二位为我保密，要不然被我爱人知道了，我现在的一切都可能化为乌有，她可以塑造我，当然也可以毁掉我。"

"你最后一次联系余美芬是什么时候？"叶曦问。

"上个月20号左右。"牟凡说。

"她既然是你的情人，好长时间没给你打电话，你不觉得反常吗？"叶曦又问。

"哦，她一般不给我打电话，我最近忙于赶稿子，也没心思找她。对了，美芬怎么了？你们来找我到底是什么意思？"牟凡好像刚刚才反应过来有些不对劲。

"她死了！"韩印接下话说。

"死了？什么时候？怎么死的？是被人杀了吗？"牟凡瞪着惊愕的双眼，一连串地追问道。

"目前还无法判断是死于意外还是他杀。"叶曦紧跟着问道，"5月1日晚8点左右，你在哪儿？在做什么？"

"我在家啊，我这阵子正在赶一部小说的结尾，所以很少出门。"牟凡仿佛还未从震惊中解脱出来，一副失神的模样，嘴里喃喃地念叨着，"她怎么会死了呢？你们不会以为是我杀了她吧？"

"案子一天未破，各种可能性就都存在，所以你最好仔细回忆一下，想想有没有人能够证明当时你在家写作。如若不然，我们还会来打扰你的。"韩印提醒他说。

"那好，我仔细想一下。"

牟凡做出尽力回忆的模样，客厅里出现了短暂的沉默。韩印的视线被摊在茶几上的两份报纸吸引了，确切地说是被报纸头版上的大标题所吸引。两份报纸，都是以最近话题被炒得火热的"某偶像作家与某专家所谓的'代笔门'之争"作为当期卖点，看来同为作家的牟凡，对这样的话题也很关注。韩印脑袋里突然冒出一个问号，莫非……

"想出来了吗？"韩印笑了笑问。

牟凡摇摇头，摊摊手，表示确实想不起来5月1日晚间与谁有过接触。随后，他抬腕看看表，一脸歉意地表示，他一会儿要与出版社编辑开个视频会议，然后便自顾自地起身做出送客姿态。

韩印和叶曦只好跟着起身，像是随口一问，韩印指着茶几上的报纸说："最近这'代笔门'话题很热啊，牟老师不找个代笔吗？光自己写多累啊？"

韩印冷不丁地一问，牟凡突然愣住了，用力抿着嘴唇，挤出一丝难看的笑容，摆摆手说："不找，不找，那是一种欺诈行为，是对读者的欺骗，我是不会那样做的。"

韩印笑着点点头，走到门口，突然好似又想起什么，转过头对跟在身后的牟凡说："哎，对了，牟老师能不能送我一支雪茄尝尝？都说这东西很提神，我想试试。"

"没问题啊，别说一支了，就是一盒也没问题啊。"牟凡大度地说。

"不，不，一支足够了，我知道它的价值。一支就够把我逮起来了，要是一盒，非得判我几年不可。"韩印打着哈哈说。

"看你说的，太见外了，朋友之间送点儿雪茄有什么啊，怎么扯到受贿那儿去了？好吧，既然你只肯收一支，那我就给你一支。"

牟凡回身走进客厅西边的房间，出来的时候手里擎着一支雪茄，他把雪茄递到韩印手中。韩印"小心翼翼"地接过来，扬了扬，道声感谢，与叶曦走出别墅。

两人走到街对面，坐进车里。韩印知道叶曦肯定有一肚子疑问，赶紧解释："这牟凡肯定有情人，但不会是余美芬，他这么轻易地交代和余美芬的情人关系，显然想隐藏更深的内幕。"

"他想隐藏什么呢？是想隐藏他真实情人的身份？"叶曦一脸疑惑，顿了顿说，"他真实情人与余美芬有什么不同，都是包养女人，难道被他妻子知道了'待遇'会不同？"

"咱们不一定要把关注点放在'情人'这条线上。"韩印接下叶曦的话说，"他之所以敢抛出余美芬，是因为他和余美芬没有那方面的关系，而他妻子也知道余美芬的存在，并非常了解他们之间的关系，所以即使她知道了我们今天的对话，也很清楚牟凡说的不是真的。"

叶曦有些被韩印绕迷糊了，皱着眉问："那他为什么每个月给余美芬那么多钱呢？他们之间会是什么样的关系？"

"代笔！余美芬有可能是牟凡小说的代笔。"韩印顿了一下，从兜里掏出一个证物袋，将雪茄装了进去，接着说，"我刚才一提起'代笔门'的话题，牟凡嘴唇抿得很深，表情极不自然，意味着我的问题带给他很大的压力。"

"如果是这样的话，8000块钱和丢掉的硬盘就能解释得通了。可能他和余美芬之间出现了争执，所以他要毁掉证据，这意味着他有足够的杀人动机。所以你问他要雪茄，是想比对他的指纹对不对？"叶曦终于醒悟过来，但随即开始担心比对样本的问题，"可咱们在现场提取到的指纹，证明都是属于死者的，你不会想打尸体的主意吧？"

"那就要看顾菲菲有没有这个化腐朽为神奇的能力了！"韩印笑着点点头，冲着前方挥挥手，"走吧，去法医室！"

"哎，对了，你怎么看所谓'代笔门'之争的？"叶曦发动起车子，随口问道。

韩印想了一下，说："那位作家的小说，我没怎么看过，那位所谓的专家，我也不怎么了解。不过咱们是警察，当然应该遵循证据，没有证据，任何指责都不构成事实。"

"立场很鲜明嘛！小警察！"

叶曦笑着打趣，使劲踩了脚油门，汽车飞驶出去。这一瞬间，韩印好像看到一个身影在街边晃了一下，那身影有些熟悉，好像在哪儿见过……

市局，法医解剖室。

对于韩印和叶曦的请求，顾菲菲似乎早有预料，所以她先前并未急于对尸体进行解剖。

此时，她和助手们正在用塑胶管搭建一个长方形框架，然后在框架上扣上塑料薄膜，将余美芬的尸体和一种加热了的强力黏合剂，共同密封在里面。

这种在尸体上提取指纹的方法，国外的法医实验室中比较常用。强力黏合剂是由氰基丙烯酸酯制成的，利用对其加热散发出的浓烟，附着在指纹的油脂面上，再通过带有颜色的着色剂将指纹显现出来。这与国内以502胶水为主要成分，制成显现皮肤潜在指纹滤纸的原理差不多，但鉴于尸体状况不够理想，所以使用前面的方法。由于指纹上的物质与皮肤分泌物相近，通常在人体上提取指纹是非常困难的事情，何况眼下是一具已经开始腐败的尸体，对最终的结果，顾菲菲表示不容乐观。

看着白色的烟雾在密封体中弥漫着，渐渐浓烈，所有人的心都悬了起来。如果在尸体上能够提取到指纹，并与牟凡的匹配，那么他很可能就是杀死余美芬的凶手，甚至也是"1·4"碎尸案的凶手，可想而知，"指纹"的结果对专案组有多么重要。由于此种方法需要相当长的时间才能看到结果，所以这一夜对专案组来说将是个不眠之夜。叶曦、韩印、付长林、康小北、姚刚等专案组骨干，齐聚在解剖室外焦急地等待着……

康小北似乎更加紧张。他手里不停地摆弄着手机，时而将手机贴到耳边，又失落地放下，时而烦躁地来回踱着步子，嘴里念念有词。

见他一副失魂落魄的样子，韩印将他拉到一边，关心地问道："你又怎么了？出什么事了？"

"没什么。"康小北尴尬地笑笑说，"这两天忙，没空接晶晶下班，她最近又都下班挺晚的，我有些不放心。"

"那给她打电话啊。"

"打了，手机关机。"

"给她家里打个电话问问不就知道了？"

康小北看看表，咬了咬嘴唇说："算了，这么晚了，别打扰叔叔阿姨了，也许她只是手机没电了。"

…………

凌晨3点，结果出来了：在余美芬右手腕的主动脉附近提取到一枚指纹，经比对后，与牟凡留在雪茄上的指纹完全相符。

出于谨慎负责任的态度，顾菲菲表示将会重返案发现场，实地做一次模拟，才能给出相对精确的结论。而凭借指纹的结果，专案组已经可以正式拘传牟凡了。

◎第三十一章　杀手显现

清晨7点，牟凡在睡梦中被一阵急促的敲门声惊醒。

他披上睡袍，摇晃地走出卧室，由别墅二楼下到客厅。打开门，门外是一众威风凛凛的警察，为首的正是叶曦和韩印。

叶曦将拘传证举到睡眼惺忪的牟凡面前，冷冷地说道："由于在余美芬尸体上发现属于你的指纹，所以我们怀疑你与她的被杀有关，现在依法拘传你，请你在上面签字！"

牟凡好像刚刚真正从睡梦中清醒过来，他打了个激灵，颤抖着接过拘传证，冲着四周瞅了瞅，以一副恳求的姿态说："你们先进来再说好吗？"

牟凡自顾自走到客厅沙发坐下，低头盯着手中的拘传证，怔怔出神。

良久，他把拘传证放到茶几上，抬起头迎着站在对面一众警员冷峻的目光，镇定地说："我承认前天傍晚去过余美芬那儿，但我去的时候她已经死了。"

"你和她到底是什么关系？"叶曦冷冷地追问。

"事到如今我也不瞒你们了，她是我即将出版的小说的代笔。"牟凡用双手使劲拢了几下头发说，"今年1月末，我偶然在街上遇到余美芬，得知她的境况非常不好，父母都不在了，欠下许多债，而且手中的书稿也没有出版社愿意用。一方面，我确实想帮帮她，因为她是我第一本小说的出版编辑，算是对我有知遇之恩；另一方面，我和妻子一直想找个文笔好特别是人品可靠的写手做我的代笔，这样既可以减轻我的负担，也可以加快小说出版的速度。考虑几天，我和妻子商量了一下，决定以8000块钱一个月雇用她，她当时也确实山穷水尽了，没怎么想就答应了。我给她一笔钱，让她租住房子，买台电脑，每月

249

按时把钱打到她的信用卡上。

"本来我们商定好，这个月2号她要把她负责写的那部分书稿传给我。但当天我给她打了好多电话她都不接，后来就关机了。再后来，我在QQ上留言，给她发邮件，她也不理我。我担心她思想有什么变化，会把代笔的事情捅出去，只好上门去找她。她先前给过我一把出租屋的钥匙，我打开门后，看到她躺在浴室的地上，顺手摸了下她手腕上的脉搏，发现她已经死了。随后，我取下电脑硬盘，拿了她的手机，又抹掉一些指纹就走了。事情就是这样。"

"那5月1号晚上，你在哪儿？"叶曦继续追问。

"这个……"牟凡愣了一下，冲客厅中直通二楼的楼梯口望了一眼，犹疑地说，"这个我昨天没骗你们，当晚我确实在家里赶稿子。"

"那就没办法了，你刚刚说的只是你的一面之词，无法证明你是3号去的余美芬家，而不是1号去的。"叶曦指了指放在茶几上的拘传证，"所以还是麻烦你在那上面签字，穿好衣服，跟我们走一趟！"

"真的不是我！她的死真的跟我没有关系！你们怎么就不相信我呢！"牟凡的情绪有些激动，对着叶曦高声叫嚷着。

"我们只相信证据！"叶曦毫不留情地回应。

"我来给他证明！"

正在牟凡冲着叶曦竭力为自己辩解时，突然，楼梯上方传来一个女人的声音，接着楼梯间响起缓缓的脚步声，一个身着淡粉色睡衣、面带一丝羞怯的女人，出现在众人面前。

这个女人的出现令韩印和康小北大为震惊：她竟然是曾经接受过二人调查的，尹爱君与余美芬的同学，王伟的妻子——薛敏！

"你们不要逼牟老师了，从五一小长假前一天傍晚到5月1号，我们一直在一起。"在众人诧异目光的注视下，薛敏径直走到牟凡身边坐下，用力握住他的手，像是下了很大决心似的说，"我对我爱人王伟撒谎，说利用假期去上海探望住在那儿的姐姐，其实我是和牟老师私会去了，我们是在1号晚上10点多才回到本市的。如果你们不相信，可以查一下我们在上海住的酒店。"

当初负责调查薛敏王伟夫妇的是韩印和康小北，叶曦只见过照片并未见过本人，直到刚刚听她提起王伟，叶曦才大概猜测出她的身份。薛敏突然冒出来，虽然让她和牟凡的情人关系暴露，但直接洗去了牟凡的杀人嫌疑。情势急转直下，令叶曦有些措手不及。她略带丧气地扭头望向身边的韩印，只见他眉峰紧皱，双目如炬地直直注视着薛敏。

"你丈夫王伟知道你有外遇吗？"韩印突然沉声发问。

"知道。"薛敏垂下头，尴尬地回应。

"他是什么时候知道的？"韩印接着问。

"元旦前一天傍晚，他偶然在我的电话上看到牟老师给我发的短信。"

"然后呢？"

"他把世界上所有形容放荡女人的脏话都骂了一遍，还动手打了我一巴掌，就开车走了。"薛敏看了一眼牟凡接着说，"然后我一生气，就跑到牟老师这儿住了几天，直到3号晚上才回家。"

"你回家的时候，王伟什么反应？"韩印问。

"他当时不在家，好像第二天也就是4号早晨他才回来的，反正我醒的时候，他已经把早餐做好了，坐在餐桌前等我。"薛敏说。

"这么说，你当初给我们的口供是假的，是王伟逼你的吗？"

"不，是我要求的。"薛敏详细解释说，"你们来调查的前一天晚上，刘湘明给我打过电话，说警察怀疑我们这些同学与最近发生的杀人案有关，说你们会问我和王伟在元旦假期间的活动情况。虽然我和他的夫妻关系名存实亡，但也不想家丑外扬，我担心跟你们说了实话会被传出去，会被别人指指点点，于是便和王伟商量着互相做证。"

其实当薛敏从楼梯上走下来那一刻，"王伟"便再次进入韩印的视线中，而随着刚刚与薛敏的一系列问答，"1·4"碎尸案的凶手渐渐浮出水面：

初次作案的刺激性诱因，是因为突然发现妻子有外遇，从而在元旦假期间杀人碎尸；第二次作案，是因为五一小长假期间，妻子与情人到外地私会，动机和时间点都与"1·4"碎尸案非常吻合。另外，王伟的年龄、职业，与尹爱君的关系，曾接受过警方的调查，与余美芬也是同学关系，并很可能听余美芬详细描述过辨认尸体时的情景，这些都在韩印针对"1·4"碎尸案凶手所做的侧写范围内。而且韩印相信：从薛敏的言语中能够听出，王伟还有一项重要的特征，一定也与他的分析相符。

韩印走到叶曦身旁，在她耳边交代了几句，叶曦眼睛一亮，立即从刚刚无措的状态中恢复过来。她雷厉风行地吩咐康小北先将其他警员带到别墅外待命，又指着牟凡让他回二楼的卧室回避一下。

当客厅里只剩下三个人的时候，韩印拽过两把椅子与叶曦坐到薛敏对面，才轻声问道："你丈夫王伟性功能方面有障碍吗？"

"嗯！"薛敏点点头，有感于自己的隐私得到保护，冲韩印和叶曦投出感激的一瞥，"我们结婚当晚头一次同房就没成功，后来稀里糊涂地做成几次，就有了我们的儿子，再后来他就完全不行了，我觉得他对那种事好像有一种本能的厌恶。所以从去年开始，我和他就分房睡了，但表面上还维持正常的夫妻关系。"

"为什么不离婚呢？"叶曦插话问。

"我和王伟还是有些感情基础的，他一直对我非常好，而且我们还有孩子，我和他都不想孩子没有完整的家庭。再者我和王伟谈恋爱时，家里所有人都很反对，因为我父母都是国家干部，家庭条件比较优越，而他家是郊区农村的，我父母觉得他配不上我。最后，我还是不顾家人的反对，不惜与父母闹翻和他结婚了。如果现在离婚，我面子上会很过不去。"薛敏顿了一下，咬了咬嘴唇说，"其实我骨子里是一个非常传统的女人，能够忍受无性的婚姻，直到遇到牟凡，这个男人像谜一样深深地吸引了我，让我无法自拔。但我也非常害怕，害怕我和他的关系不小心曝光后，将无法面对我的孩子和我的父母，所以当4号那天早晨，王伟说，如果我能和牟凡不再来往他就选择原谅我的时候，我同意了。此后，我尽力履行承诺，克制着自己不去想念牟凡，直到他给我发短信，说想与我在五一休假期间到外地幽会时，我的理智和道德防线便彻底地崩塌了。而那几天的相聚让我彻底爱上了这个男人，所以昨天下班后，我便迫不及待来到这里，与牟凡共度周末。"

"这次你又用什么借口呢？"叶曦略带讥诮地问。

薛敏尴尬地笑笑，一副豁出去的表情，说："我直接和他摊牌了，我告诉他，如果想继续维持表面夫妻关系，那就不要再干涉我的任何自由，否则就离婚！"

韩印很清楚，直到此时，薛敏仍不清楚刚刚这番对话的意义，她只是想尽力配合警方来排除牟凡杀人的嫌疑，未承想，把一个连环杀手从初次杀人到再次杀人的脉络清晰地展现出来。那么昨天傍晚，当王伟感受到来自妻子的奇耻大辱时，他会不会第三次作案呢？

突然，韩印心里咯噔一下，脑袋里冒出一种不祥的预感：前两日媒体对"1·4"碎尸案的广泛报道，一定会激起王伟更强烈的表现欲望，而昨日再次受到刺激，他会不会产生与赵超明后期作案一样的动机，试图通过与警察的较量来遮掩现实中的无能呢？……康小北……刑警……女朋友……夏晶晶……失去联系一整夜……难道王伟会选择警察身边的人，作为再次作案的目标，借以挑战警方？

韩印从椅子上蹿起，撇下愣愣的叶曦和薛敏，猛地推开别墅房门，冲着门外的康小北喊着："别废话，立即给夏晶晶家里打电话，问问她昨晚的行踪！"

见韩印一副刻不容缓的模样，康小北也不敢多问，慌忙拿起手机拨了个号码，交谈几句，很快放下电话，紧张地说："晶晶昨晚一夜未回家，她爸妈还以为她和我在一起。怎么了印哥，晶晶出事了吗？"

"你先跟我进来！"韩印冲康小北勾勾手，待康小北进门踏进客厅，韩印与他面对面，声色俱厉地说，"先听我说两句：第一，作为警察，你应该知道，莽撞冲动不解决问题；第二，如果你冷静不下来，胆敢违背我和叶队的命令，那你现在就滚蛋！听明白了吗？"

康小北此时大抵已经感觉到女朋友可能出事了，他重重地点了点头："放心吧印哥，我听你的。"

得到康小北的允诺，韩印转头冲一脸茫然的叶曦宣布："小北的女朋友夏晶晶，很可能被王伟掳走了！"

"什么？"叶曦一愣，随即明白过来目前的局势，她指着坐在沙发上的薛敏，急促地说，"赶紧拿你手机给家里和王伟打个电话，探探他的口风，问他现在在哪儿。"

被眼前几个警察搞得有些发蒙的薛敏，哆哆嗦嗦地说："手机在楼上。"

"那就快去拿！"叶曦催促着，"注意别让他听出异样。"

薛敏"噔噔噔"踏着楼梯跑到二楼，几秒钟后拿着手机下楼，边下楼边拨打电话……

"家里没人，王伟手机关机！"薛敏紧张地说，"王伟怎么了，你们不是来找牟老师的吗？怎么又扯上王伟了？"

"时间紧迫不解释了，你先坐下，听我问几个问题。"韩印指着沙发说，"你和王伟在本市还有别的房子吗？他有没有租过房子？他有没有可能还有一个独立的空间？"

"我们就一处房子，他的工资卡由我保管着，没有大额支出去租房子什么的迹象。"薛敏顿了顿说，"如果说独立的空间，那就要说他在郊区老家的房子了。"

"那快说说他老家的情况。"

"我和王伟是在工作第二年正式确认恋爱关系的，听他说他父亲前一年刚刚过世，他母亲则过世得更早，他不太愿意多提父母，只跟我说他们都是病逝的。他家在咱这儿的市郊团山镇，老房子都是住在隔壁的他二叔帮着照看，我和他很少回去，偶尔我俩闹别扭了，他会回去待上几天。"

"把详细地址写一下。"韩印递上记事本和笔。

薛敏写完，韩印将记事本给叶曦过目一下，用商量的语气说："咱们这样行吗？你现在把薛敏带回她和王伟的住处，让她不停地拨打王伟的电话。如果打通了，注意追踪一下发射塔，让薛敏问他在什么地方，他要是不肯说，让薛敏找个理由把他叫回家。从目前情况看，王伟老家的房子很可能就是杀人分尸和拘禁夏晶晶的现场。我和小北带几个人去一趟，争取人和证物俱获。"韩印紧跟着又叮嘱一句，"如果王伟回家了，先不要打草惊蛇，要注意对他的监控。"

"行，就这样办。"叶曦也叮嘱了一句，"你也要注意安全！"

◎第三十二章 凄惨身世

团山镇位于古江以北，距古江大桥20多公里，是J市最著名的旅游景点。120平方公里的小镇上，拥有久负盛名的温泉旅游度假村和几乎是国内离城市最近的原始森林——团山国家森林公园，以及具有近百万年历史的景观奇异的古溶洞。韩印对这个小镇早有耳闻，只是没想到如今它会与连环杀手扯上关系。

团山镇上的居民区，主要集中在团山国家森林公园以南两公里处，照着薛敏写的地址一路打听着，韩印和康小北等人没太费周折就找到了王伟老家的房子。

大概十分钟之前，叶曦给韩印打来电话，告知他们把薛敏送回家时，发现王伟的车停在小区里，于是便给薛敏带上监听设备，让她独自一人回家打探。从监听器里，他们听到王伟表示他也刚到家，手机没电了。王伟显得很镇定，还问薛敏吃没吃早餐、中午做什么饭之类的话。看来王伟确实有与警察较量一番的意思。韩印让叶曦按原计划进行，不要轻易打草惊蛇，同时让她暗中与薛敏取得联系，让薛敏找理由尽快从家里出来，并表示晚上不回家住。这样既可以再刺激一下王伟，同时也是对薛敏的保护。

王伟家的二层小楼建在一排房子的最西头，紧靠一条河沟，由于河道走向问题，院子显得不太规矩，有点儿近于三角形，而且院门是朝向东边，而不是如其他人家，院门是朝向南边的。

康小北冲隔壁院子喊了几嗓子，一个精神矍铄的老大爷应声出现。他承认自己是王伟的二叔，在看了韩印和康小北的警官证后，为他们打开王伟家的院门。

走进院子，几乎一目了然，院子很干净，没有任何杂物。左手边是一个车库，一把大铁锁把两扇大铁门锁得紧紧的；正对着的是一间厕所；右手边四五米远的距离，便是红色瓦顶、刷着乳白色墙漆的小楼。大爷拿钥匙帮韩印他们打开楼门。

踏进小楼，首先是一间大客厅，东西两边各有两间屋子，靠前窗的两间屋子都是卧室，靠后窗的一间是厨房，一间是放杂物的。顺着杂物房旁边的楼梯登上二楼，韩印发现这二楼大概从建好就没用过，除了墙体刷上了白色涂料，没有任何家具摆设。

康小北以最快的速度查看了楼上楼下的各个房间，根本没有夏晶晶的影子，而随后韩印和其他警员对小楼进行了仔细的勘查，除了东边卧室最近有睡过人的样子，其他各个房间都布满了厚厚的一层灰尘，未发现任何血迹，看不出有杀人碎尸的迹象。

难道判断有误？王伟另有杀人碎尸以及拘禁被害人之所？

韩印猛然想到顾菲菲曾说过，分尸现场应该是一个"地窖"之类的地方，便转身询问一直跟在身后的王伟二叔："大爷，这楼里楼外有没有地窖或者地下室之类的地方？"

"没有。"大爷摆摆手，干脆地说，"老三家这楼，是我一手帮着张罗盖起来的，肯定没有地下室或者什么地窖。"

"那据您所知，这镇上有没有废弃的地窖？或者王伟在镇上还有没有可以存放东西的地方。"韩印加重了语气，"比如一个大活人！"

"咋了，王伟这小子绑了人？"本来对于警察的到访，大爷心里就觉得也许是王伟做了啥犯法的事，但见一众警察的架势，便一直憋着没敢问，此时正好顺着韩印的口风，试探着问一句。

"这个目前我没法跟您说。"韩印笑笑，温和地说，"大爷，还是说说我刚才问您的问题吧。"

"呃，废弃的地窖没听说过，咱这镇上现在也算寸土寸金，哪儿有扔着不用的地方。至于……"大爷犹豫了一下说，"至于他在镇上有没有别的房产什么的，我还真不敢说。这小子小时候跟我可亲了，长大了不知怎么跟我就疏远了，人变得特别冷淡，有时回来住上一晚，第二天连声招呼都不打就走了。"

"印哥，会不会是院子里那个车库？"康小北急促地提醒了一句。

"对啊，大爷您有钥匙能打开车库门吗？"韩印紧跟着问。

"有。"大爷走到小楼门边，从墙上一根铁钉上摘下一把钥匙，快步走到小院中，把车库铁门上的锁头打开。

缓缓推开两扇大铁门，布满灰尘和蜘蛛网的车库里传出一股重重的霉味。很明显车库好多年都没用过了，里面没有夏晶晶的踪影。

大白天，敞着门，车库里的光线仍然有些幽暗。出于谨慎，韩印和康小北举着手电，顶着刺鼻的异味，走进车库里搜索了一圈，同样也找不出杀人碎尸的痕迹。

康小北用力甩着手中的手电筒，大口喘着粗气，大概是心里惦记女朋友的安危，又不敢过于表露，只好靠这种动作发泄一下。但韩印貌似有所触动，他关掉自己手中的手电筒，让康小北先出去，同时把车库两扇铁门带上。康小北有些摸不着头脑，只好机械地照着他的意思做。

铁门合上，车库里瞬间暗黑一片，只有两扇铁门中间不足掌心厚度的缝隙中漏进来的一丝光亮，但这光亮与黑暗相比太微不足道了。

这一刻，韩印知道自己找到了，他找到了王伟"杀人方式"的根源——黑暗、窒息、恐惧、挣扎，是韩印此时的内心感受，也是年幼的"小王伟"的感受。"车库"就是套在被害人头上的"黑色塑料袋"，他想让惩罚的对象，体验他曾经在这黑暗的车库里经历过的内心煎熬，那是他"回报"的方式。

黑暗封闭的空间，总是对孩子的心理健康有着极大的杀伤力，同样的环境也造就了"杀手刘亮"。和年幼的刘亮被赶到阴暗潮湿的偏房中一样，王伟幼年时一定被母亲经常禁闭在这间车库里。

韩印把车库大门拽开，重新打亮手电，在两边的墙壁上摸索着，他想也许当年的小王伟会在那上面留下些什么。由于车库本就闷热，再有难闻的异味，此时，韩印早已汗流浃背，不时还得忍着胃里一阵阵涌上来的酸水。

搜索了一会儿，突然他猛地一拍自己的后脖颈，嘴里忍不住嚷道："真是太笨了，从一个孩子的心理来说，在这样的空间里，当然愿意接近光亮的地方，那么当年小王伟在车库里活动的范围，应该仅限于车库门边的位置。就算他在墙上留下些什么，也只会留在两扇大铁门附近的墙壁上。"

顺着这一思路，韩印果然很快在靠近门口东侧的墙壁上发现了一些涂画，准确点儿说应该叫"刻画"，因为从地上散落的一些断裂的铁丝来判断，那些画应该是小王伟用铁丝刻在水泥墙上的，所以直到今天仍能清楚地看到他所要表达的内容。

韩印用手机拍下了那些画，放下手机，眼睛仍凝滞在刻画上，脑海里不可抑制地浮现出一幅画面。

那些个午后，当太阳从偏西北方向照进车库，从铁门缝隙中透进的光亮投射在靠近门边东侧的墙壁上，孤单的小王伟借助这微弱的光亮，用铁丝在墙壁上一点点刻下自己的梦想与哀伤。

韩印现在特别想知道，为什么一个母亲要如此这般折磨自己的孩子？母亲和孩子之间到底发生了什么？王伟的母亲究竟是怎么死的？

提起王伟的家事，王伟二叔的表情和言语中都透着无尽感伤，老人家唏嘘一阵，才道："我父母一共养育了三个孩子，王伟他爸排行最小。我们家几代人都在镇上做杀猪卖肉的生意，在整个镇子也算些名号。到了我们这一辈，父母当然希望把手艺和生意传接下去，可只有我和老大愿意干，老三打小就表示长大绝不会做一个屠夫。小时候，他宁愿跑老山林里摘野果子、掏鸟蛋，也不愿跟父亲学手艺。这一点他还不如王伟小时候，偶尔帮帮我的忙，也学得有模有样，因此我还送过他一整套刀具。

"后来，老三和本镇的一个女孩成了家。那女孩挺漂亮的，花花点子也多。两人结婚没多久，便跑到市内去倒腾服装了，王伟就是在那个时候出生的。你还别说，折腾了七八年，两口子还真攒下不少家底，不但在我家旁边盖起了这栋二层小楼，还买了一辆出租车。那可是全镇第一个做出租车生意的，我们全家人都觉得脸上有光。从那时开始，老三便早出晚归，把心思全用到出租车上，结果那几年钱是没少赚，可后院起火了。

　　"也许是在家待着不用干活，闲着难受，又不愁没钱花，老三媳妇开始热衷打扮，整天把自己收拾得花花绿绿的，在镇上招摇。没过多久镇上便开始有些闲话，说她和镇上一个小白脸好上了。那小白脸父母早亡，没个正经工作，人倒是长得高高大大挺英俊的，也就靠着他那张脸，整天吃女人的软饭。我当时觉得，老三媳妇人那么精明，不会这么糊涂吧？可谁知后来还就成了真事。

　　"我记得那年王伟11岁，好像是八九月，对，就是8月底，王伟还在放暑假。那天晚上7点多，老三突然跑到我家，说他出完车回来发现媳妇不见了，媳妇的衣服和首饰还有家里所有的钱也都不见了，估计是跟人跑了。我当时一合计，准是和那小白脸。果然，第二天小白脸就没在镇上出现。

　　"这件事对老三的打击实在太大了，再加上不知怎么的老三媳妇跟小白脸私奔的消息又在镇上传开了，老三是逢人不敢抬头，整天以酒浇愁，慢慢便养成了酗酒的毛病。

　　"后来连车也开不了了，就把车卖了整天待在家里，除了睡觉就是喝酒，再就是——打孩子。"

　　大爷叙述到最后，禁不住老泪纵横。

◎第三十三章　终极较量

在王伟家未发现夏晶晶，也未发现杀人碎尸的痕迹，这意味着王伟还有一个不为人知的隐蔽之所。韩印返回市内与叶曦会合，通报了王伟老家的情况。叶曦则表示薛敏很早之前就从家里撤离了，但王伟一直未出过门。两人商量了一下，决定再观察一段时间他的动向。

晚上7点，王伟的身影终于出现在小区停车场。他来到自己的黑色轿车前，警惕地四下张望一番，然后拉开车门，坐进车里，发动车子。

车子缓缓驶出小区拐上大道，叶曦等多组车辆随后跟上，为避免被王伟察觉，多组车辆采取交替跟踪的方式。但这里面并不包括韩印和康小北，此时二人已经用薛敏先前交给警方的一把钥匙打开王伟家的房门，开始进行一番细致的搜索。

穿过一个路口，又一个路口，王伟的车总是开得不急不缓，偶尔还会把手臂露出车窗，有节奏地敲打着车门，显得非常轻松惬意。但是警方这边不敢有丝毫松懈，生怕一个闪失丢掉了目标，从而贻误解救夏晶晶的时机。

就这样，两小时过去了，王伟带着警方绕市区转了一大半，最终又返回自己居住的小区。各跟踪小组此时终于察觉，王伟这是在故意戏耍警方。叶曦一声令下，通知各组，包围目标车辆，拿下王伟。这意味着，警方决定要放手一搏，与王伟正面交战了！

这是一个夹杂着无奈和矛盾并具有相当大风险的决定！对夏晶晶来说，女孩的身体本来就弱，再因为惊吓和恐惧，身体里的水分流失得会相对较快，现在她被劫持已经超过24小时，身体的脱水状况不容乐观。所以从解救生命的角度，留给警方的时间并不多；可从王伟目前的状态上看，不知道是来自犯罪人与警察同样敏锐的直觉，还是从薛敏身上察觉到异样，他好像已经知道自己被警方盯上了，这种情形下再跟他周旋就没有什么意义了，只会让他更享受；但是警方目前并未有实质性证据证明王伟杀人，只能寄望在审讯中采取攻心策略打动王伟。关键是一击必中，必须把他的心理防线彻底击溃，否则一旦被王伟这种变态杀手占据主动，取得了心理优势，他就会沉溺于掌控局面，恐怕他将永远不会说出夏晶晶的下落。

午夜，审讯室。

王伟被带进审讯室不久，韩印抱着一只证物箱走进来。

韩印把证物箱放到桌上，掏出钥匙打开王伟腕上的手铐。王伟活动了一下手腕，道声感谢，韩印以微笑回应。

韩印缓缓从证物箱中取出笔和审讯记录本放到桌上，摆放整齐，然后发问道："王先生，这是咱们第二次见面吧？"

"对。"王伟镇静地点点头。

"因为在第一次见面中，你对我们警方提供了假口供，严重干扰了我们的正常办案，所以这次我们依法对你进行拘传。"

"就为这个？那你们更应该抓的是我爱人薛敏吧。噢，对，她恐怕早就是你们的人了。"王伟讥笑一声说，"我跟薛敏结婚将近十年，她那点儿小心思，怎么可能逃过我的眼睛。不过拘传就拘传吧，不就12小时吗？"

"王先生很懂法啊！"韩印抿嘴笑笑，"那你应该知道，按照法律，我们有权利申请再延长12小时的。"

"那也不过24小时。"王伟直视着韩印，缓缓地吐出四个字，"我等得起！"

王伟的话已经很直白了，其实他的潜台词是："我等得起，你们等得起吗？"这分明就是一种挑衅的姿态，韩印觉得没必要浪费时间再旁敲侧击了，是时候切入正题了。

韩印从证物箱中分别取出王莉、田梅、夏晶晶三张照片，依次摆放到王伟面前，道："另外，我们怀疑你与自元旦至今发生的两起杀人碎尸案，以及5

月4日晚间的一起女性失踪案有关。"

"杀人？碎尸？你们觉得我有这个能力吗？"王伟反问道。

"你有！"韩印直截了当接下他的话，"我们去过你的老家，见过你二叔，他证明你有这个能力。"

王伟撇撇嘴，并未表现出太过意外，耸耸肩膀说："我会杀猪，就意味着我可以杀人碎尸？这是不是太可笑了？你们警察办案是靠联想的吗？"

"当然不是。我们已经了解你妻子婚外情的情况，知道她与情人私会的时间就是你作案的时间，也知道其实你杀人碎尸真正要报复要惩罚的不是你妻子，而是你母亲。"韩印从证物箱中又取出一张照片摆在桌上，"我们在你二叔家找到一张你母亲当年的照片，你觉得她的外形是不是跟其中两个被害人很像。"

王伟装模作样地比较了一下，说："是挺像，那又怎样？"

"好，接下来咱们就来说说你的身世。"韩印略微沉吟了一下说，"可以说直到你11岁暑假之前，你的童年生活都是非常幸福的。你家庭条件富裕，父亲事业有成，母亲漂亮贤惠，对你疼爱有加，但是这一切随着你母亲的偷情被全部葬送。就在那年的暑假，你母亲与情夫的欲火愈加炽烈，她趁你父亲出车的时间，把情夫带到家中苟合，而这个时候，她就会把你锁到黑漆漆的车库里。我能够想象得出，那样的空间会对一个11岁的孩子造成多么大的困扰，孤独、委屈、恐惧，以及遭到背叛的感觉，紧紧缠绕着你幼小的心灵，它们渐渐涂抹掉你人生中经历过的所有美好的东西。"

韩印从证物箱中再拿出三张照片摆到王伟面前，照片记录的便是韩印摄于车库墙上的'刻画'：一张画的是两个大人牵着一个孩子，另一张画的是一个孩子和一辆小车，最后一张画的是一个孩子和一些圆圈。

韩印指了指照片说："这是我在你老家车库的墙壁上照的，照片中的画应该就出自你的手。它们非常清楚地反映了随着反复遭遇禁闭车库的经历，你的心理发生的变化。这几乎就是一个从满怀幻想，到寄望被父亲拯救，到彻底绝望的过程。孩子旁边的那些圆圈，应该就是你的眼泪吧？"韩印顿了顿，接着说，"我想就是从那个时候，一个11岁的孩子开始对这个世界产生一点点疑

262

惑和怨恨，而随着你母亲与情夫的私奔，你的这种认知更加清晰起来。由于你父亲需要早出晚归出车，事实上你的大部分时间都是与母亲相处，母亲几乎就代表着你对整个世界的认知。那么她对你的背叛，就理所当然被你解读成老天爷对你的不公，以及整个世界对你的背叛。其实你的这种心理，我能够感同身受，因为在童年时期，我也有过和你差不多的经历。好在，我的继母用她的善良和爱心呵护我，让我可以沿着正常的人生轨迹成长。而你则不然，随后你父亲染上了酗酒的毛病，并疯狂地对你施以虐待和毒打，你的反社会人格便逐渐成熟起来。以至于你成人之后，当你遭遇不顺，经受挫败，就会产生惩罚你母亲、报复社会的欲望，而这种欲望又让你产生对暴力行为的向往和幻想，由于你具有正常人格的一面，并受过良好的教育，所以起初你只是借由这种暴力幻想去化解你心中的愤怒和焦虑。当然，我知道对你来说，可能成人之后最大的焦虑应该来自你生理上的缺陷。这种缺陷深深地压抑着你，让你对暴力的渴求更加强烈，而当你同学尹爱君的碎尸案发生后，当你听到余美芬向你详细描述她看到尹爱君头颅的情景时，你发现找到了一种可以让自己释放的具体方式。你会经常幻想，把你母亲如同尹爱君一样杀死、碎尸、抛尸，这让你释放了很多的焦虑，并渐渐成为一种习惯。多年以后，当你妻子像你母亲一样背叛了你，你再也按捺不住自己愤怒的情绪，终于开始将暴力幻想变为现实。"

韩印停下话，注视着王伟，观察他的反应。

土伟的表情有些凝重，已经没有先前那么张狂了，他看了眼放在桌上的母亲照片，缓缓开口说道："我，我不知道你说的是不是我，有时候我也分不清我到底是个什么样的人！"

"你是个被命运逼入绝境的人！"韩印见王伟情绪有变化，适时将话头接过来，摆出一副同情而又沉重的表情说，"从我的专业上讲，幼儿时期经历不负责任的母亲，青春期经历狂躁暴力的父亲，几乎是造就反社会人格的标准途径。很不幸，你就是这样一个受害者。但是老天觉得这样对待你好像还不够，他们还要剥夺你作为男人的尊严，还要不断践踏侮辱你的人格。说实话，这样的经历如果放到我身上，也许我也会成为今天的你，所以我能够理解你所做的一切。"韩印顿了顿，从证物箱里拿出一本诗集，翻到其中的一页，送到王伟面前，"我在你的书桌里发现了这本诗集，我看到你读得最多的就是这首顾城写的《我是一个任性的孩子》。这首诗很早之前我也读过，也非常喜欢，所以我知道你喜欢它的原因。虽然现实一次又一次摧残着你的梦想，但你内心其实如作者顾城一样，渴望能够拥有一个单纯、干净的世界，希望能用一支彩色蜡笔来描绘出美好的人生愿景。你会用它：'画出笨拙的自由''画下一只永远不会流泪的眼睛''画下想象中我的爱人''画下一个个早早醒来的节日''涂去一切不幸''在大地上/画满窗子/让所有习惯黑暗的眼睛/都习惯光明……'"

韩印从证物箱中取出一把钥匙拿在手上，这把钥匙是从王伟书桌中的一只锦盒中找到的，韩印认为它很可能打开拘禁夏晶晶的大门。"我知道很多时候，没有人会给你那样一支蜡笔，今天我来给你一支，我希望你能用它画出让你内心堂堂正正获得满足感的画面。"

此时的王伟，眼睛早已湿润，他用力抿着嘴唇，不停抽着鼻子，强忍着不让泪水流出，他伸出手缓缓接下韩印递过来的钥匙，紧紧地握在手中，手臂不可抑制地颤抖着……

这一刻，韩印的拳头也攥得紧紧的，他知道王伟很快就将崩溃，他离成功只一步之遥了。

但是，他错了。

王伟摊开掌心把钥匙送回韩印手中，用手背抹了抹眼睛，长舒一口气，抽泣着说："你好像很了解别人，那你应该知道，如果我是你说的那个凶手的话，当一个女孩在我的掌控之下，逐渐地、逐渐地停止了呼吸，而你们这些警察，却只能干瞪着眼睛，什么也做不了，这才是能激起我最大满足感的时刻！！！"

笑声——放肆的大笑——震耳欲聋的狂笑，在审讯室中响起，那笑声震得韩印一阵眩晕，他知道这一局他败了，败得彻彻底底。他满脸屈辱地用力攥着王伟送回的那把钥匙，钥齿深扎在掌心中，引起一阵钻心的疼痛，这疼痛反而使韩印猛然清醒过来，现在不是自怜自哀、意气用事的时候，要马上找出问题的所在，才是最应该做的。

韩印转身走出审讯室，来到隔壁观察室。

观察室中坐着所有专案组的骨干，刚刚在审讯室中发生的一切，也远远超出他们的想象，此刻面对韩印，他们的表情都极为复杂：忍不住失望，又想尽力掩饰，又担心被韩印看穿，又故作鼓励的表情。总之凝滞在一起，大家的脸色都十分难堪。

韩印顾不得众人的反应，对负责审讯录像工作的技术人员催促道："把审讯录像从头到尾放一遍。"

技术人员即刻将审讯录像重放出来，韩印皱着眉头，双眼紧盯着显示屏幕……

反复看过两遍，没看出问题所在，当韩印要求第三次重放录像时，坐在身后的叶曦忍不住上前阻止。她担心现在韩印不够冷静，这样看下去只是浪费时间："韩老师，你先冷静一下，要不然我们大家坐下来，一起将线索再理一下，看看有没有什么地方有遗漏的，或者也许能找出其他的突破口。"

"不，时间不等人，一定是我的审讯出了问题，不过你说得对，我是需要冷静。"韩印拉过一把椅子坐在显示屏前，低头沉思了一会儿，再抬头时语气已经没有了刚刚的狂躁。他吩咐技术人员将录像的声音去掉，把画面放慢，逐帧播放。

录像再次以韩印要求的速度开始重放，这是一个需要极度耐心和挑战视神经的工作，汗水顺着韩印的脸颊两侧不断地流淌，很快便浸透了衣衫，他也全然不顾。在场的其余警员也屏着呼吸，大气不敢出，生怕干扰了韩印。

终于，在所有人的期待中，韩印突然喊了一声"停"！应着韩印的声音，屏幕上出现的王伟，右边嘴角微微上翘，显示出一个轻蔑不屑的表情。但这个动作王伟做得极快，一瞬间的动作大概只有零点几秒，在正常速度的画面中，肉眼根本无法捕捉到。

韩印让技术人员配上声音，看看自己说了什么话，让王伟有这样的反应。

"随着你母亲与情夫的私奔",就是这句话让王伟表现出极度的不屑。为什么呢?韩印低头看着一直握在手中的那把钥匙,这把钥匙是一把挂锁的钥匙,审讯前曾给技术科的专业人员看过,他们表示这是一把后配的钥匙。

韩印抬头看着屏幕上王伟不屑的表情,然后又低头打量着钥匙……挂锁……车库……钥匙……后配钥匙……私奔……不屑……

突然,他干笑一声,紧着鼻子轻轻晃了晃头,指着审讯室用一种自嘲的语气对叶曦说:"叶队,刚刚那一次审讯,如果有一天让我的同行们看到,他们一定会笑掉大牙的。"

"怎么,你想到问题所在了?"叶曦面上一阵惊喜地问。

"对,我想我应该找到一些答案了。"韩印点点头说道,"麻烦你给顾菲菲打个电话,让她派助手过来提取王伟衣物以及鞋子上的附着物进行化验,看能不能找到些线索,再让顾菲菲带上'鲁米诺'跟咱们去一趟团山镇。"

韩印之所以强调让顾菲菲带上"鲁米诺",是因为这种检测犯罪现场残留血迹的试剂,针对若干年前的犯罪现场同样有效。

时间来到下半夜,韩印和叶曦以及顾菲菲等一众警员再次赶到团山镇。

王伟二叔帮着打开院门,韩印直奔车库,掏出从王伟住处找到的钥匙,缓缓插进挂在车库门上的那把大铁锁,轻轻一拧,"啪嗒"一声锁开了。同时,顾菲菲在楼内喷洒了"鲁米诺",结果显示:东边卧室以及客厅还有厨房里,都发现了大量的血液痕迹。

这两项结果印证了韩印的判断,他对众人说:"王伟偷配了车库的钥匙,车库大门上的锁在后期已经无法对他形成禁闭,因此他曾多次偷看过母亲与情夫苟合的场面。不仅如此,他也亲眼目睹了父亲将母亲与情夫杀死并分尸,甚至非常有可能协助父亲抛掉尸体。正是这样的经历,让他的性功能出现障碍,也正是这样的经历,让他对尹爱君碎尸案过分地着迷。"

"这个结果与王伟的分尸现场一定有联系吧?"叶曦问。

"对。"韩印紧接着解释说,"我倾向于王伟当年协助了父亲的抛尸行为，这样一来，他很可能利用当年他父亲的抛尸地，作为他杀人分尸以及拘禁夏晶晶的现场，因为他父亲的抛尸地点从未暴露过。"

"如果是这样的话，那么咱们就可以绕过王伟，在他父亲的信息上下功夫了。"叶曦这回完全明白了。

"可是他父亲已经过世了！"顾菲菲从旁提醒道。

"我们也许可以问一下王伟的二叔。"叶曦回应道，这也正是韩印所想的。

"呃，你们叫我吗？"从警方进楼，王伟的二叔一直蹲在门外抽烟，刚刚冷不丁听到屋里有人提到他，以为是叫他，便赶紧进屋。

"对。"也正好省得麻烦，韩印顺着他的话说，"大爷，在您的印象里，王伟他爸有没有这样一个地方，比如——"

韩印话说到一半，便被大爷打断了："警察同志有什么话就明说吧，不用拐弯抹角的。我在外面已经听到你们的话了，我知道老三媳妇和那小白脸根本没跑，是被我兄弟给杀了。"

"那好吧，我直白些说。"韩印点头说，"如果王伟他爸杀了他妈和那个情夫，您觉得他会把尸体抛在哪里？"

大爷低头琢磨了一会儿，沉声说："如果是在我们镇上，而且这么多年都没人发现，那可能只有老山林了。呃，老山林是咱镇上人的叫法，你们城里人都管那儿叫'团山国家森林公园'。"

"团山森林公园？那可是原始森林，据说里面山势凶险，进到里面很少有人能安然无恙地出来。"叶曦说。

"你说得对。不过老三对老山林非常熟悉。他小时候就爱往那林子里钻，几乎天天跑那里面摘野果子，身上经常摔得青一块紫一块的，不过从来也没走丢过。我记得有一年，几个大城市来的大学生到老山林里探险，结果迷路了，还是老三帮助政府把他们救出来的。"

"那林子也太大了，能不能再具体点儿？"韩印问。

"这我就说不好了，那林子我可从来没往深处走过，可能他把他们扔到哪个溶洞里了吧。"大爷说。

"溶洞？您说的是古溶洞吗？那不可能，那里常年有人参观，怎么可能这么多年都没人发现尸体？"韩印说。

"不，不，不。"大爷摇摇手说，"你说的那个供游客观赏的古溶洞，只是一小部分而已，其实整个山里还有很大一部分溶洞群未被开发，这些溶洞群的各个入口和出口的小分支更是数不胜数。小时候经常听老三说，他去山里的溶洞里玩了什么的。"

"大爷说的有可能，对田梅尸检的时候，我不就说过分尸的地方温度相对较低吗？溶洞都是四季恒温的，温度在15~18 ℃。所以要是在溶洞分尸的话，蛮符合尸体特征。"顾菲菲插话说。

"这个案子还真是一波三折，就算咱们现在大概知道分尸现场的范围，也很难轻易找到准确地点。"韩印说。

"这倒没问题，就算范围再大，我们可以请示市局，调集全市各种警力，进山林里搜索。目前的关键问题是，我们能确定王伟的父亲当年真的把尸体抛到团山森林了吗？"叶曦说。

叶曦话音刚落，顾菲菲的手机便响了，她接听之后，冲韩印和叶曦点头说："应该能够确认。我的助手在电话里说，在王伟衣服上发现了碳酸钙。我们经常在溶洞中看到的那些怪石和钟乳石，就是碳酸钙的沉淀物，加上大爷提供的信息，我觉得分尸现场就是团山森林里的某个天然溶洞。"

"太好了，我现在就回市里向局长请示。"叶曦兴奋地说，随即又一脸忧色，"离天亮还有好几个小时，不知道夏晶晶能不能坚持得住。"

"没问题，溶洞里是清凉湿润的，夏晶晶身体里的水分流失，会比咱们想象的速度要慢得多，放心吧。"顾菲菲随即打消了叶曦的忧虑。

早晨，市局特派近千名警力赶赴团山镇执行搜救行动。

局长武成强亲自坐镇指挥，近千名警力分成若干小组，带上相关装备、搜救警犬，开始向团山森林进发。

团山森林是原始风貌保存较好的天然山林，很早之前便被列为国家重点自然生态保护区，所以至今也未做过大范围的开发。只是在山林西部发现古溶洞群之后，才相应地做了一些旅游景点的建设，但范围相当有限，而且对溶洞的开发也只占整个溶洞群的三分之一。

警方当然不会在整个团山森林里搜索，由于团山镇的居民区主要聚集在团山森林以南，警方分析，王伟父亲当年抛尸的溶洞，应该不会特别深入，只是因为这山林里山势陡峭，植被茂密，且长年无人进入，尸体才一直未被发现，所以搜救行动的范围，主要集中在团山森林南麓。

一个小时过去了，各组发回来的信息都是未发现目标，不过已经有警员出现受伤状况，好在伤势并不严重；第二个小时过去了，大家仍未等到好消息；终于在接近第三个小时时，有小组发回消息，发现目标洞穴。

正如王伟二叔说的那样，王伟父亲的抛尸地也是王伟杀人分尸现场，的确是某个溶洞群一个分支的天然小溶洞。洞口隐蔽在茂密的杂草背后，大概高2米、宽4米，初入洞口有一个十几平方米的开阔空间，顶部吊着几块绿颜色的怪石，再往里走空间越来越窄，显得深不可测。

夏晶晶嘴被封住，手脚被捆绑着，侧躺在一张染满血迹的毡毯上，周围地面上也是血红一片。在她头顶不远处，堆着一堆白色的碎骨，碎骨上面并排摆放着两颗骷髅头。洞内还有一套完整的杀猪工具、照明设备……夏晶晶意识还算清醒，有轻度的脱水状况……

夏晶晶被成功营救的消息由对讲机传到各个小组，山林里传出一阵掌声和欢呼声。加入了某个小组执行搜救任务的康小北，虽然没能亲手解救自己的女朋友，但此时已激动地流下了男儿热泪……

审讯室。

再次提审王伟，他还是保持着"高昂的斗志"。

叶曦递给他一瓶矿泉水，他也没客气，接过来打开盖，咕咚咕咚猛灌几口，然后打了个响嗝，昂着头看着坐在对面的韩印和叶曦。

叶曦轻蔑地笑了笑，说："别硬撑了，我们已经救出夏晶晶了，也找到了你母亲和她情夫的尸骨，以及你杀人分尸的足够证据。"

叶曦说着话，冲桌上扔出几张摄于杀人分尸现场溶洞的照片。

王伟盯着那些照片仔细地分辨了一番，表情逐渐凝滞了，随即拿起桌上的水瓶，将里面剩下的水一饮而尽。他手里搓揉着空瓶子，面无表情地缓缓说道："我看着父亲在厨房中一刀一刀砍着母亲，砍掉她的脑袋，砍掉她的胳膊，剖开她的胸腔，把她的心肝肺都拽了出来，把她的大腿砍成一截一截的……他看到我出现，只是稍微愣了一下，但手上的动作并未停止。然后我则主动找抹布，帮父亲收拾卧室和客厅的血迹，又帮他把尸块捡到麻袋里，最后他带着我去团山森林把尸块抛掉。抛完尸后，我坐在父亲车里，一点儿悲伤和害怕的心理都没有，我感觉非常痛快。后来，父亲带着我又回去看过母亲几次……"

疯狂残忍的王伟最终在他的供词上签下了名字，在即将被带离审讯室的那一刻，他突然回头冲叶曦笑笑，抛下一句惊人的话："尹爱君也是我杀的，但我今天不想说了，我累了，明天再说吧！"

王伟冷不丁抛出这番话，叶曦一时之间有些发蒙，她转头望向韩印，韩印摇摇头，轻蔑地笑了笑……

午夜，韩印被手机铃声吵醒，接听，里面传出叶曦沮丧的声音："王伟在看守所咬舌自尽了……都怪我，还是监控做得不到位……"

"别自责了，他有心求死，你是拦不住的。"韩印说。

尾声

　　"1·4"碎尸案虽因犯罪人未经受法律审判而略微留下些遗憾，但总体来说算是成功结案了，同时意味着针对"1·18"碎尸案的调查终止。在这起案件中，马文涛和许三皮都有可能是凶手，但所有可以指证他们的证据都没了。马文涛死了，原书稿烧毁了，连韩印认为可以指证马文涛或者许三皮的余美芬也死了，这是真正的死无对证。另外，余美芬的死亡，经过顾菲菲现场模拟，对方位、距离以及血溅位置进行反复测量，并再次通过电脑构建案发过程，最终被判定为意外死亡。

　　J市国际机场。

　　即将进入安检口的韩印不时回头张望着。虽然昨夜叶曦已经到招待所与他隆重道别，并歉意地表示由于上午市局有重要会议无法前来送行，但此刻他还是盼望着会有意外惊喜出现。也许叶曦突然出现，会让他把昨夜一直如鲠在喉的话一吐为快。

终于，他看到了熟悉的身影，但不是叶曦——是顾菲菲。

"怎么了？失望了对不对？不是你想看到的人，是吧？"顾菲菲人还未走近，这嘴就开始戳人。

韩印笑着迎上去，使劲握了握她的手："谢谢你能来送我。"

"好了，快到时间了，不打击你了，说正事。"顾菲菲看似非常郑重地说，"我来，一是为送送你，再者是想向你发出邀请。"

"邀请？什么邀请？"韩印纳闷地问。

"刚刚接到通知，办完这件案子，我就会调到部里的重案支援部。这是个刚组建的部门，将会集合法医鉴证、行为分析、网络信息、刑侦等各路精英，主要职能是针对各省区市的恶性疑难案件予以相应的协助，部里以及支援部特意委托我郑重向你发出邀请。"见韩印笑笑未回应，顾菲菲接着说，"我知道你可能放不下教师的角色，所以会给你一段时间考虑，考虑好了给我打个电话。"

"好吧，我考虑一下，再给你答复。"这份邀请来得实在太过突然，而且正如顾菲菲所说，韩印对自己的教师角色还是非常在意的，所以一时间确实没法给她交代。

大厅里再次响起催促旅客登机的广播，顾菲菲也就不多废话了，挥挥手说："那我就等着你的消息了，一路平安！"

"好，再见！"韩印也挥挥手，转身走进安检口。

2013年，1月9日，高沈村，忌日。

由于不知道女儿尹爱君准确的去世日期，尹德兴便把女儿从学校失踪的日子作为女儿的忌日。

整整十七年了，岁月的流转早已将心中的悲伤磨灭，在尹德兴心里每一次的祭奠，就好像是去探望住在远方的孩子，他反而会很憧憬这个日子。他可以陪女儿唠唠家常，说说村子里最近发生的事，说说她当年那些小伙伴的近况，说说爸爸妈妈妹妹的生活……

这个早晨，天气晴朗，山谷中风静树止，尹德兴的心情也甚为愉悦。

来到女儿坟前，不知为何周围有一股浓烈的烟草味道。尹德兴觉得那味道有点儿像自己抽的旱烟袋，不对，好像比那个劲更足。难道有人来过吗？尹德兴一边纳闷，一边放下手上的篮子，那里面装着他早上亲手为女儿做的几个小菜。

随即，他在女儿的坟头上发现了一只白色的方块盒子，他好奇地拿在手中打开来看，猛然间惊得差点儿把盒子扔掉，因为那里面装着的是一根干枯的手指。

当年警察说只找到女儿的九根手指，莫非这就是未找到的那一根吗？这是女儿尹爱君的手指？谁，是谁放在这里的？是杀人凶手吗？

尹德兴攥着女儿干枯的手指四下张望，只见一个身影正在远处的山脚下晃动着，并越走越远。尹德兴不顾一切疯狂地冲那身影的方向奔去，空旷的山谷中回荡着他撕心裂肺的喊声："你站住！你是谁？你到底是谁？你杀了我的爱君，你活得安心吗?！"

第一季完

图书在版编目（CIP）数据

犯罪心理档案. 第一季，凝渊者 / 刚雪印著. —— 贵阳：贵州人民出版社，2020.3

ISBN 978-7-221-15786-7

Ⅰ.①犯… Ⅱ.①刚… Ⅲ.①长篇小说 – 中国 – 当代 Ⅳ.①I247.5

中国版本图书馆CIP数据核字（2019）第292759号

上架建议：悬疑·推理

犯罪心理档案. 第一季，凝渊者

刚雪印　著

责任编辑： 胡　洋　潘　乐

出　　版：贵州人民出版社

　　　　　（贵州省贵阳市观山湖区会展东路SOHO办公区A座　　邮编：550081）

印　　刷：三河市鑫金马印装有限公司

开　　本：880mm × 1270mm　　1/16

字　　数：267 千字

印　　张：17.5

版　　次：2020 年 3 月第 1 版　　2020 年 3 月第 1 次印刷

书　　号：ISBN 978-7-221-15786-7

定　　价：49.80 元